梦醒并不一定是好事，可有时梦醒在某处的你却得到了一种身心的愉悦。

异样精彩

西方古代哲学家圣奥古斯丁曾说过：“世界就像一本书，不去旅行的人只读到了其中一页。”虽然为世俗所羁，我们不能走遍世界的每一个角落，但我们可以做出一种个性化的、富有魅力的选择，让每一次城市出游都成为一次心灵的历险，一次文化的探索，一次对历史的追寻，一次异域风情的体验，一次另类生活方式的尝试。

城市的那边是什么？是城市！那**城市**的那边呢？**还是城市！**

生命
不是日复一日年复一年
一成不变的重复
生活
不是在同一个城市
熟悉的街道间
穿梭往来
其实你完全可以如鸟儿般
在不同的城市之间
自由飞翔
领略不一样的风情

目录
人一生要去的60个城市
CONTENTS

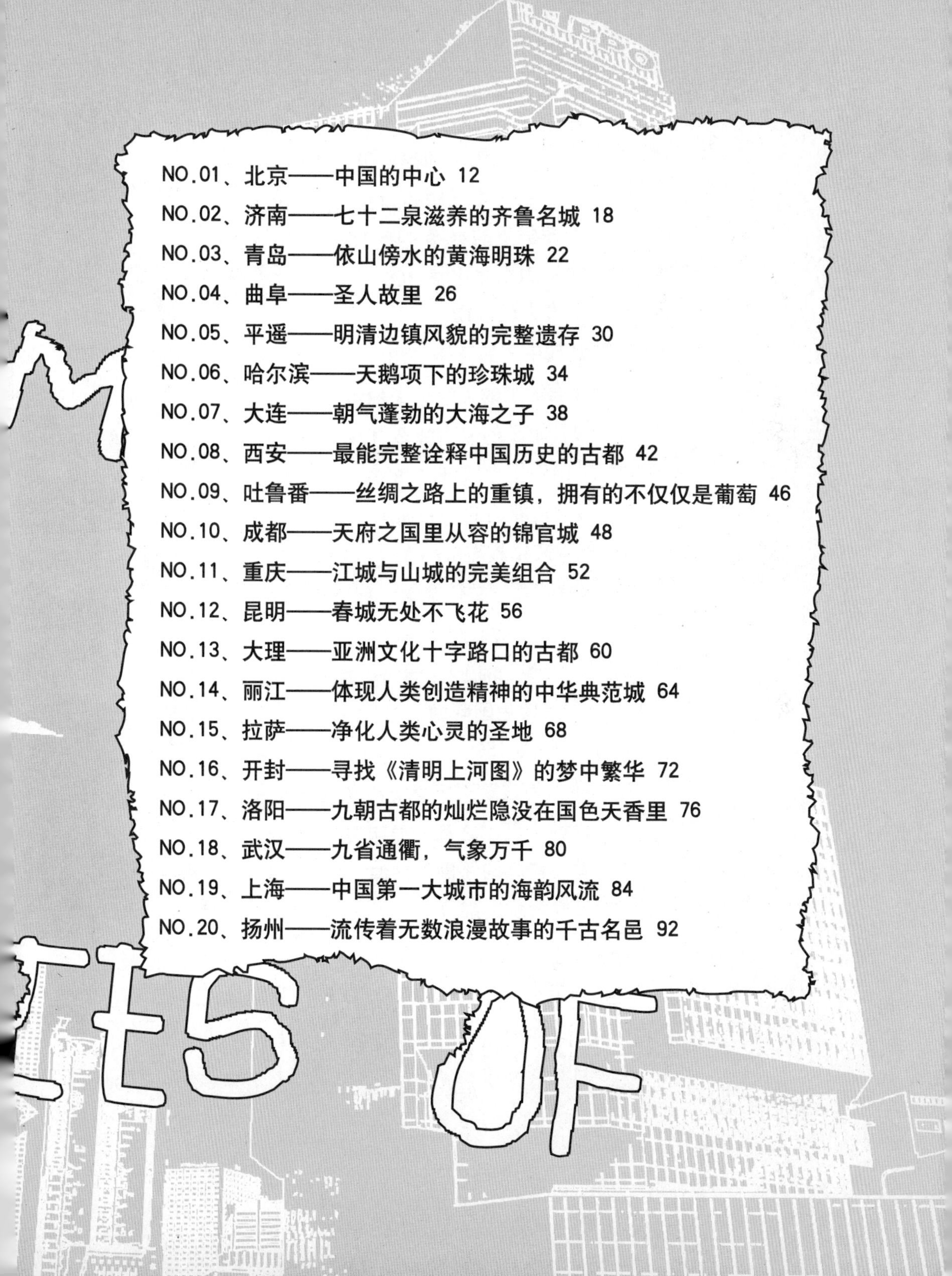

A LIFETIME

CONTENTS

60 CITIES OF

No.01

历代名胜专著

明·沈榜《宛署杂记》、
明·蒋一葵《长安客话》、
明·刘侗、于奕正《帝京景物略》、
清·顾炎武《昌平山水记》、
清·顾炎武《京东考古录》、
清·朱彝尊《日下旧闻》、
清·于敏中《日下旧闻考》
清·戴璐《藤阴杂记》、
清·励宗万《京城古迹考》、
清·佚名《日下尊闻录》、
清·潘荣陛《帝京岁时纪胜》、
清·富察敦崇《燕京岁时记》

北京 BEI JING

——中国的中心

皇城根，四合院，琉璃玉宇的殿阁

去故宫、三山五园感受昔日皇家气派。

北京地处华北平原北端，全境为河北包绕，东南邻接天津，距渤海150千米。面积16808平方千米，人口1100余万〈2005年〉。观其形势：遥临渤海，背依太行，雄踞燕山脚下， 虎视如砥平原，古军事屏障万里长城自其怀抱蜿蜒而过。故向为历代统治者所倚重，中国历史上最后三个大一统封建帝国元、明、清分别定都或迁都于此。换句话说，自12世纪金元时期起，北京便已成为中国的统治重心和中心，其地位之尊崇荣耀、经营者之苦心孤诣、号令天下之王者风范决非同期其他城市所能颉颃。也正因此，北京积淀了自己独特的文化底蕴，形成了自己独特的文化氛围：既有凌驾四方的大气与霸气，又不乏浅斟低唱的闲情雅致；既有正统严肃的道貌岸然，亦不鲜明眸善睐的小家碧玉。这正是老北京风情的原汁原味：傲慢而不失气度，醇厚中浮动幽香。

1949年10月1日，毛泽东主席在天安门城楼向全世界庄严宣告中华人民共和国成立了，作为新中国的首都，作为全国的政治中心和国际交往枢纽，北京这座饱经沧桑忧患的古城重新焕发出青春和活力，向全世界袒露出宽广的胸怀，展示出迷人的风采。

● 著名工艺品

内画壶、雕漆、景泰蓝、料器、绢花、牙雕、玉雕、面塑

No.01

北京一带是华夏先民们最早的栖息地之一，50万年前即有猿人活动。北京的第一个名字叫蓟，出现在西周初期。春秋时蓟成为燕国国都。秦王扫六合，在此设蓟县。此后直至隋前，蓟屡改所属。隋时于蓟地置涿郡，并开挖永济渠，北方重镇的地位亦自此再度确立。唐玄宗天宝元年（742年），此地改范阳郡。13年后，安禄山叛军的动地鼙鼓即自蓟城南响起。759年，另一叛将史思明于此称帝，改其名为燕京。此为“燕京”之名肇始。

北京城的大规模兴建发轫于金。1153年，金海陵王完颜亮以之为中都，迁都于此。其后，金章宗在西山、北海一带掘地为湖，积土成山，多建行宫别墅。湖山之盛，以“燕京八景”名之。金章宗时期亦成为北京地区大规模开发旅游风景资源的开始。

1264年，燕京更名大都，成为元朝首都，时旧城已毁于战火。1267年营建新城，十年告竣，周长28千米余，为当时世界上最大最富丽堂皇的城市。该时期意大利人马可·波罗得睹大都盛状，叹为观止，在《马可·波罗行记》中，从一个外国人的角度极赞其宏伟壮丽。1293年，通惠河凿成，大都经济进一步发展繁荣，成为元朝最大商业中心；同时，大都亦跻身国际大都会之列。随着宗教勃兴，寺院、道观、教堂如雨后春笋般破土而出，其中许多保存至今，成为人们流连忘返的旅游景观。

明洪武元年(1368年)，大都更名为北平府，是为“北平”称名之始。1403年，又更为北京顺天府，是为“北京”得名之始。明成祖于1406年开始重修北京城，14年后又迁都于此，称京师。北京城建史进入最重要的一段时期，今天城市的规模与格局至此已然粗具。其皇城周长11千米，有东南西北四门，分别为东安门、天安门、西安门、地安门。紫禁城(今故宫)居中，周长4千米。北京城的总体布局以中轴线贯穿全城，目的在于体现皇权的至高无上和惟我独尊，空间组织具有典型的中国传统建筑风格。

清朝定鼎，在明代宫城的基础上有所增益，康熙、雍正、乾隆三朝建有著名的三山五园，即香山静宜园、玉泉山静明园、万寿山清漪园(今颐和园)和圆明园、畅春园。三山五园吸收揉合了江南园林的艺术风格，以北方园林的宽博浑厚为基调，创造出古今咸宜、人文与自然美交相辉映、相得益彰的圆融意境，是中国古典园林中的佳作，亦是世界园林史上的珍品。

清朝后期至新中国成立之前，变乱纷乘，北京城的园林建筑遭遇空前劫难，圆明园只剩下破壁残垣，清漪园、静宜园、静明园也惨遭洗劫破坏。辛亥革命后，清帝退位，北京并未如愿迎来新生，而是复又成为乱哄哄你方唱罢我登场的军阀争斗之地，依然处在灾难深重的渊薮之中。只有在伟大的中华人民共和国成立之后，古都北京才得以迅速医治战争时代的创伤，以崭新的面貌巍然屹立于世界的东方，喜迎天下来宾，笑对四海友朋。

No.01

著名景点

北京市境内名胜古迹众多，仅全国重点文物保护单位即达42处，其中市区有故宫、天安门、人民英雄纪念碑、北海及团城、颐和园、孔庙、天坛、太庙、国子监、社稷坛、古观象台、皇史宬、雍和宫、圆明园遗址、天宁寺塔、妙应寺白塔、恭王府及花园、智化寺、崇礼住宅、历代帝王庙、觉生寺等，市属郊县有卢沟桥、周口店北京猿人遗址、琉璃河遗址、十三陵、万里长城——八达岭、戒台寺等。故宫、周口店北京猿人遗址、万里长城已作为世界人类文化遗产被列入《世界遗产名录》。海淀区的西山、房山区的上方山、昌平县的蟒山、密云县的云蒙山已建成国家森林公园。延庆县的松山自然保护区是国家重点自然保护区。市区的人民大会堂、中国国家博物馆、中国国家图书馆、中国美术馆、毛主席纪念堂、中山公园、琉璃厂、玉泉山、钓鱼台、香山、西山八大处，以及市郊的十渡、古北口、金山岭长城、司马台长城、龙庆峡、潭柘寺等，均是著名的人文、自然景观。

北京旅游景观中，有不少属世界之最，开列如下：

长城：西起甘肃嘉峪关，东止河北山海关，全长6000余千米，折合一万余华里，故称“万里长城”。

故宫：世界上规模最大、保存最完整的帝王宫殿建筑群，共有宫室9999间半(传说天帝有宫阙万间，人间皇帝贵为天子，略逊一等，故少半间)。

天安门广场：最大的首都城市中心广场，北京乃至全中国的象征。

颐和园：世界上保存最完整的皇家园林。

天坛：世界上最大的祭天建筑群。

十三陵：世界上保存最完整、埋葬皇帝最多的墓葬群。

北海：世界上现存建筑时间最早的皇家园林。

云居寺：世界上石刻经卷保存最多的寺庙。

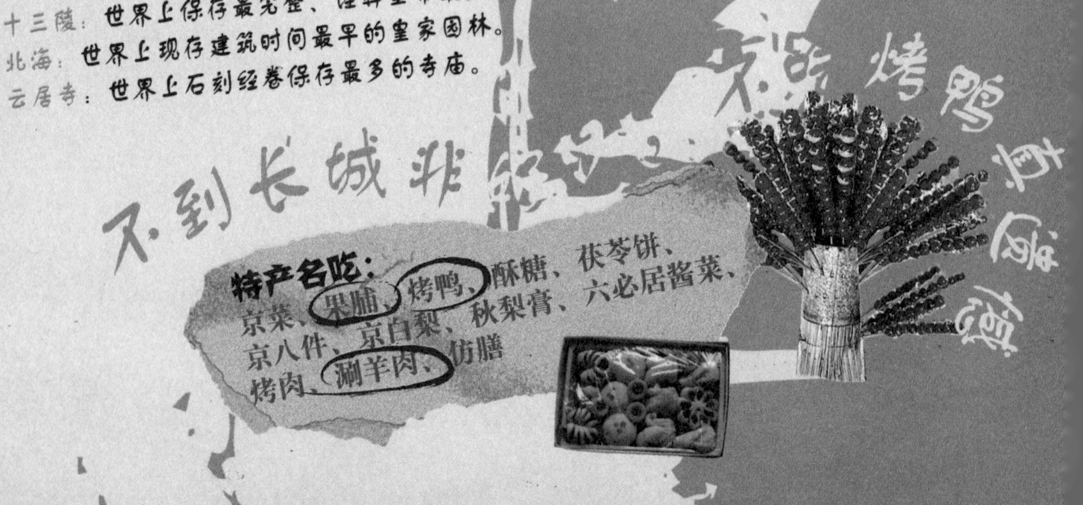

特产名吃：京菜、果脯、烤鸭、酥糖、茯苓饼、京八件、京白梨、秋梨膏、六必居酱菜、烤肉、涮羊肉、仿膳

先有潭柘寺，后有幽州城

北京人古老相传有个俗语，曰：先有潭柘寺，后有幽州城。极言潭柘寺建寺之早。

事实上，此说法对潭柘寺的确不算过誉。有史可考，潭柘寺始建于西晋年间，即公元4世纪前后，距今已有1600余年，堪称北京最古老的庙宇。

潭柘寺位于门头沟区的潭柘山中，初名嘉福寺，中间屡易其称，至清康熙时更名岫云寺，取“云无心而出岫”之意，今寺门尚存康熙御笔亲题“敕建岫云寺”额。因早先寺后有龙潭，山中多柘木，故而习惯上称为潭柘寺。

潭柘寺主体建筑分东、西、中三部分，中轴线上有牌楼、天王殿、大雄宝殿、三圣殿、毗卢阁等。寺内有古银杏一株，传为辽代所植，高30余米，干围需6人合抱，枝干参天，浓荫匝地，被乾隆封为帝王树。院内仿王羲之“曲水流觞”故事，建有流杯亭，亦曾被喜好舞文弄墨、附庸风雅的乾隆帝御笔垂青光顾，题之曰“猗亭”。西部观音殿内，塑有观音菩萨像及元世祖忽必烈帝后、帝子、妙严公主像，应是仿真所绘塑；而且保存至今金元明清各代僧人的72座僧塔之中，尚有妙严公主“妙严大师之灵塔”一座。

潭柘寺殿宇依山而建，背依宝珠峰，四周层峦叠嶂，飞瀑流泉，苍松翠柏，实为人间仙境。梵呗声中，几让人飘飘然生出尘之念，故古即有“潭柘奇秀甲天下”之美誉。可惜！文献所载“柘树千株”盛景今已不存；置身其中，赏心悦目之余，不免让人生前度刘郎之慨叹！

济南

JI NAN

——七十二泉滋养的齐鲁名城

描写济南的诗词佳句

四面荷花三面柳，一城山色半城湖。
——清·刘凤诰

泺水发源天下无，平地涌出白玉壶。
谷虚久恐元气泄，岁旱不愁东海枯。
云雾润蒸华不注，波涛声震大明湖。
时来泉上濯尘土，冰雪满怀清心孤。
——元·赵孟頫《咏趵突泉》

玉甃常浮灏气鲜，金丝不定路南泉。
云依美藻争成缕，月照灵漪巧上弦。
已绕渚花红灼灼，更萦沙竹翠娟娟。
无风到底尘埃尽，界破冰绡一片天。
——北宋·曾巩《咏金线泉》

济南著名景点

大明湖、趵突泉、珍珠泉、玉龙潭、黑虎泉、千佛山造像、灵岩寺、城子崖遗址、四门塔、柳埠国家公园、铁公祠、小沧浪、北极阁、南丰祠、汇波楼、历下亭、辛稼轩纪念祠、李清照纪念堂、金线泉、南大寺、万竹园、鹊华山、张养浩墓、龙洞山、黄花山造像、龙虎塔、九顶塔

- **著名工艺品：羽毛画、刺绣、面塑**

NO.02

济南名人：

汉伏生、终军，宋李清照、辛弃疾、周密，明边贡、李攀龙、李开先。

济南市春秋时为齐国古邑历下，汉初分齐地设郡，因其位于济水之南，始名济南，素称“齐鲁雄都，海右名城”。市区有小清河直通渤海，铁路京沪线、胶济线于此交汇，公路更是四通八达。

作为历史文化名城，济南最负盛名之处当然还是七十二泉。济南自古多泉，泺水即由泉群汇流而成，事见郦道元《水经注·济水·泺水注》。宋人曾巩说：“齐多甘泉，冠于天下，其显名者以十数。”金代有好事者立《名泉碑》，首提济南七十二名泉之称，自此七十二泉名扬天下，济南也因之得名“泉城”。严格说来，七十二泉只是一个概称，具体泉名，众说纷纭，莫衷一是，最有名者有趵突、黑虎、珍珠、玉龙潭四大泉群，另有散泉20余处，人工泉八处，总计108泉。无怪乎清人刘鹗在《老残游记》中有如下赞语：“家家泉水，户户垂杨，比那江南风景，觉得更为有趣。”实是道出了泉城的内蕴。

济南众泉汇流而成湖泊，清人刘凤诰有名联：“四面荷花三面柳，一城山色半城湖。”此言非虚，济南众湖之中，以大明湖为最，湖区遍布名胜古迹，与千佛山、趵突泉有“济南三胜”之称。

大明湖地居市区东北一隅，由珍珠泉、芙蓉泉等多处泉水汇成，经由小清河注入渤海。水面46.5公顷，曲尽小巧玲珑之妙。沿湖一带绿树依依，湖中“接天莲叶无穷碧，映日荷花别样红”。乘一叶小舟，飘逸湖中，但见水光接天，倘有豪兴者，一手持蟹螯，一手持酒杯，浮拍此江湖之中，诚为人生一大快事。宋曾巩曾有诗句赞此湖曰：“最喜晚凉风月好，紫荷香里听泉声”，“何须辛苦求人外，自有仙乡在水乡”。13世纪意大利旅行家马可·波罗亦有“园林优美，堪悦心目，山色湖光应接不暇”之叹。

特产名吃：

大明湖蒲菜、白莲藕、黄河鲤鱼、奶油蒲菜、糖醋鲤鱼、清汤蝴蝶海参、清汤银耳、油爆大蛤、清蒸嘉吉鱼、红烧海螺、烧大虾、扒原壳鲍鱼、芙蓉干贝、西施舌

大明湖沿岸多风景名胜、人文古迹。湖南有仿宁波天一阁格局而建的遐园。现为山东省图书馆的一部分。虽为藏书楼，但园中古木怪石，虹桥卧波，曲径通幽，回廊亭榭组合得颇具诗情画意，颇堪玩味。园东百步的明湖居，即刘鹗于《老残游记》中所言之白妞说书处。湖东北有为纪念北宋文学家、曾任齐州太守、颇得民心的曾巩而建的“南丰祠”，又名曾公祠。湖北高台有道教庙宇，始建于元初的北极阁。彼时地势高峻，视野开阔，登之有“万树风声缘阁入，一湖山色抱城来”之势，是一个登临送目的好所在。

铁公祠位于大明湖北岸景色最优美处，是为纪念明初兵部尚书铁铉而建。燕王朱棣起兵靖难，时铁铉任职济南，忠于建文帝，屡挫燕兵。后朱棣攻破南京，称帝，铁铉被擒，惨遭杀害。后人悯其忠义，在大明湖畔为之立祠，且有诗吊之曰：“一日忠魂万古祠，明湖烟雨柳丝丝。伤心争作闲游地，谁忆孤忠泣血时。”

既名泉城，被清乾隆帝封为“天下第一泉”的趵突泉便不可不提。趵突泉位于泉城路西门桥南趵突泉公园内，为古泺水之源。郦道元《水经注》中即已有载：“泺水……泉源上奋，水涌若轮。”宋曾巩《齐州二堂记》中认为该泉跳跃如趵突，始得今名。又名槛泉、瀑流泉。金人泉碑中列其为七十二泉之首。泉共三眼，昼夜喷涌，汩汩滔滔，飞花碎玉声若隐雷，状若“冰花三树脉相连”，蔚为奇观。明人晏壁已有“第一泉”之誉。乾隆南巡，观之大喜，亲题“激湍”二字，并封之为“天下第一泉”，封号却是落了晏壁的窠臼。趵突泉水质清醇甘冽，素为人所推重，有“不饮趵突水，空负济南游”之说。趵突泉公园内有“龟石”一块，高4米，重达8吨，传为元代著名散曲家张养浩所收藏。

济南风景秀丽，向为历代文人雅士所喜。与济南结下不解之缘的名士，代不乏人，多至不可胜数。唐诗人杜甫在《陪李北海宴历下亭》中赞：“历下此亭古，济南名士多。”历史上济南籍名人荟萃，宋代的李清照和辛弃疾是两颗最耀眼的明星。现当代作家中与济南最有缘者莫过于老舍先生，一篇《济南的冬天》至今脍炙人口，道尽了济南冬天的味道：醇厚、厚美。

只说一下辛弃疾。辛弃疾是地地道道的济南人，字幼安，号稼轩，南宋民族英雄和爱国词人，词作沉郁豪放，气势雄奇，与苏轼并称“苏辛”。辛弃疾早年参加耿京抗金义军，戎马倥偬，壮怀激烈。后来南下归宋，历任地方官，因为力主抗金救亡，不合时宜，屡遭主和派打击，满腔抱负不得施展，郁郁不得志而终。今济南大明湖南岸有辛弃疾纪念祠，是一座三进院落的民宅式建筑，古朴端庄。大门正中所悬金字匾额“辛稼轩纪念祠”系陈毅元帅亲书。抱柱楹联为郭沫若所题，联曰：“铁板铜琶继东坡高唱大江东去，美芹悲黍冀南宋莫随鸿雁南飞。”高度概括了辛弃疾一生的历史功绩与沉郁不平。

提起青岛，不自觉地，总想拿她和大连相比。事实上，两者也确有可以相提并论之处：同为沿海开放城市，同为我国著名海港，同以旅游胜地著称。一个是大海之子，一个被誉为“黄海明珠”。地理方位上，大连正处辽东半岛南端，青岛则位于山东半岛中部南侧的胶州湾畔；算不上正然相对，却也属同气连枝。可是感觉上，两者却截然不同：大连像一个振臂呐喊的昂扬男儿，随时准备大踏步出门去；青岛则像一个倚门回首嗅青梅的含羞少女，一副惹人疼惹人怜的模样。大连美，美得雄健，美得阳刚；青岛美，则美得妩媚，美得秀气，美得柔弱。

黄海明珠，闻名中外的风景旅游胜地，东西方风格交融的城市特色

没有丝毫贬低青岛的意思，美原本就非千人一面，所谓“燕瘦环肥，各擅胜场”。

青岛的秀气柔媚是有目共睹的。其市区背依崂山，面朝黄海。崂山自古便有“神仙之宅，灵异之府”的美称，群峰削玉，泉石秀润，山舒水缓，林幽壑美；向不以雄奇见称。黄海一碧万顷，本该有“浊浪排空，惊涛拍岸”的气魄，但在青岛这个柔弱处子面前竟也似乎乖得像猫咪一样；纵或有过咆哮震怒之时，也被人们主观地淡化或遗忘了。

和其他沿海的旅游城市一样，青岛拥有应该有的一切：蓝天、白云、碧海、绿树、阳光、沙滩、大海螺，处处洋溢着诗情画意，构成一道绝佳的海滨风景线。除了这些共享的资源，青岛还有自己独具特色的优势：街道随山势起伏各依地势而建，错落有致；建筑风格不拘定式，各具美感，兼具东西艺术魅力。市容市貌整洁优美。气候温暖湿润，冬无严寒，夏无酷暑。青岛全市还有海水浴场10余处，浪轻波平，沙细水清。更有驰名天下的崂山景区，已被列为国家重点风景名胜区；“石老人”附近的沿海，自前海而至崂山风景区一线，也已建成国家级旅游风景。青岛也因此而成为驰名中外的旅游度假城市。

崂山风景名胜区

大家大概都知道“崂山道士”这个名号，蒲松龄的《聊斋志异》中经常提及，大多是降妖除魔的有道之士。小说家言不足为凭，但彼崂山的的确确就是青岛的崂山，而崂山上的的确确曾经有不少修道之士。因崂山为“道教全真天下第二丛林”，故全盛时曾有“九宫八观七十二庵”之说，其中上清宫、下清宫、明霞洞、太平宫、华楼宫等虽历千年风雨沧桑而尤存，九水、梳妆楼、龙潭瀑、蔚竹庵、潮音瀑、狮子峰、白云洞、华严寺、明道观等道教胜地星罗棋布、点缀山中，为崂山风景之一大特色。

崂山位于青岛市东北黄海沿岸。山曾数度易名，以“崂山”最为常用。秦始皇曾登此以望蓬莱仙境，汉武帝亦曾至此访仙，结果自然是无功而返，饱览了崂山风景倒是真的。至于历代文人雅士在此留下游踪的更是数不胜数。当然莅临此山的其他各界大人物定必也不少，只不过他们中的多数吟不出“江山有胜迹，我辈复登临”之类的诗句，又没有附庸风雅者为他们勒石为铭，所以就只好白来一趟，当时赚个大开眼界，终于还是湮没无闻了。

说崂山，一定要提到一个文人，那就是蒲松龄。蒲氏为山东籍作家，一生求官不得意，所以愤世嫉俗，姑妄言之，作了部《聊斋》。蒲氏估计多次到崂山傲啸风月，故而对崂山胜景了如指掌。其小说《香玉》篇中的花仙绛雪曾化身为耐冬，即山茶花，就在崂山的太清宫内。太清宫系宋太祖为华盖真人刘若拙所建，坐落于崂山东，三面皆山一面临水，环境清幽雅静，确为修身养性的绝好去处。除耐冬外，宫内还有汉梅、唐榆、宋银杏。其中以汉梅最为有名。

崂山主峰名巨峰，俗称崂顶，山体由灰黑色花岗岩组成，海拔1133米，因兼山海之胜而愈显其峭拔。巨峰上有1932年修建的观日台，登临远望，不用畏“浮云遮望眼”，但见海天一色，若遇日出时分，更有霞光万道，彼时感触，无以言表，亦为著名景观，曰“巨旭照”。

“石老人”亦位于崂山风景区内，在中韩镇石老人村南。离海岸约百余米，石高约4米，远望极似一正襟危坐眺望大海的老人，实系岩石经海水不断冲击侵蚀后偶尔形成，但民间传说却附会上了一个令人忧伤愤慨的故事，说是一位善良的老人在此等待被海神掳去的宝贝女儿早日归来，等之不来，久而化石。石老人脚下有两个天然石洞，吐纳海水，发声如雷鸣，似在为可怜的老人鸣冤叫屈，更为传说抹上了悲剧色彩。

青岛可堪玩味之处甚多，还有由海岸直伸入海、全长440米的该市象征建筑——栈桥；坐落在鲁迅公园内，我国第一个研究介绍海洋环境和资源、普及海洋科学知识的专门博物馆——青岛海产博物馆；长580米，宽约500米的青岛最大海水浴场——汇泉浴场；总面积只有0.012平方千米，小巧玲珑的青岛市标志——小青岛；市区内惟一创建时号称“中国最年轻的佛寺”——湛山寺等。青岛市下辖的胶州市有以“秦之胜地”而扬名的琅琊台。其上秦二世刻石尚存，相传为李斯所书，为现存秦代石刻中字数最多者。即墨市有田横岛，为秦末汉初齐王田横手下五百壮士集体自刎处，今五百壮士墓尚存，俾使后人千古感念其忠义。平度市有天柱山摩崖石刻，属全国重点文物保护单位云峰山—天柱山摩崖石刻的组成部分，是我国书法艺术中的精品。

■ 青岛著名景区景点

栈桥、青岛海产博物馆、小青岛公园、湛山寺、青岛市博物馆、汇泉浴场、八大关、崂山风景名胜区、九水、太平宫、华严寺、太清宫、龙潭瀑、上清宫、明霞洞、华楼山、巨峰、石老人、琅琊台、田横岛、天柱山摩崖石刻

特产名吃：青岛啤酒、崂山矿泉水、高粱饴、巨峰葡萄

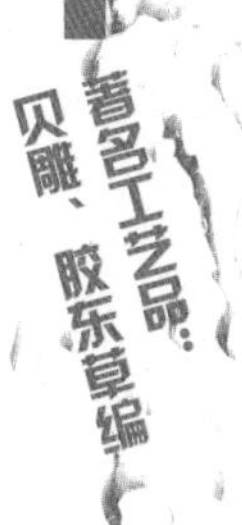

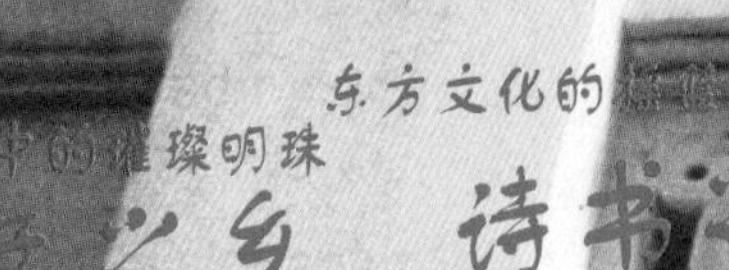

孔孟之乡、诗书之地、礼仪之邦

5000多年历史的“东方圣城”

世界三大圣城之一

“千年礼乐归东鲁，万古衣冠拜素王”

曲阜景区景点

鲁国故城、孔庙、孔府、孔林、阙里坊、圣迹殿、孔庙汉画像石陈列室、崇圣祠、铁山园、万古长春坊、至圣林坊、享殿、孔子墓、孔尚任墓、颜庙、周公庙、洙泗书院、舞雩台、少昊陵、尼山孔子庙、尼山书院、孟子故宅、孟母林、九龙山崖墓群、六艺城

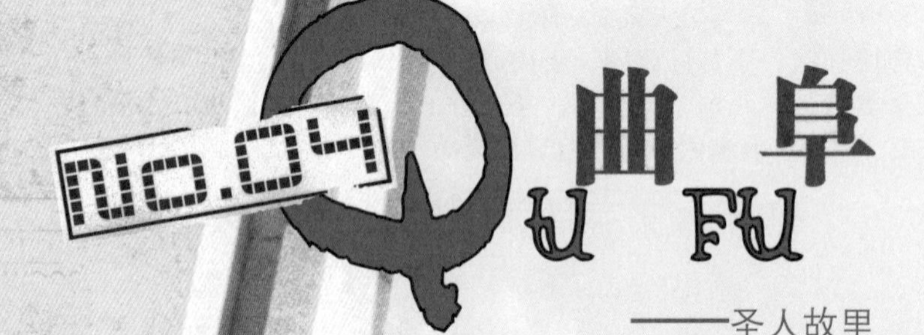

——圣人故里

歌咏曲阜的诗词佳句

南沂西泗绕晴霞，北岱东蒙拥翠华。
万里冠裳王者会，千年邹鲁圣人家。

——明·乔宁《谒阙里》

春暮台高露未家，桃花飞涨掩荆扉。
当年童冠随游处，惟有空城独鸟归。

——清·颜光猷《曲阜词·舞雩台》

古陵皇寝不知年，尚有穹碑耸道边。
……
帝力到今良亦泯，独留遗迹镇山川。

——清· 孔传锋《少昊陵》

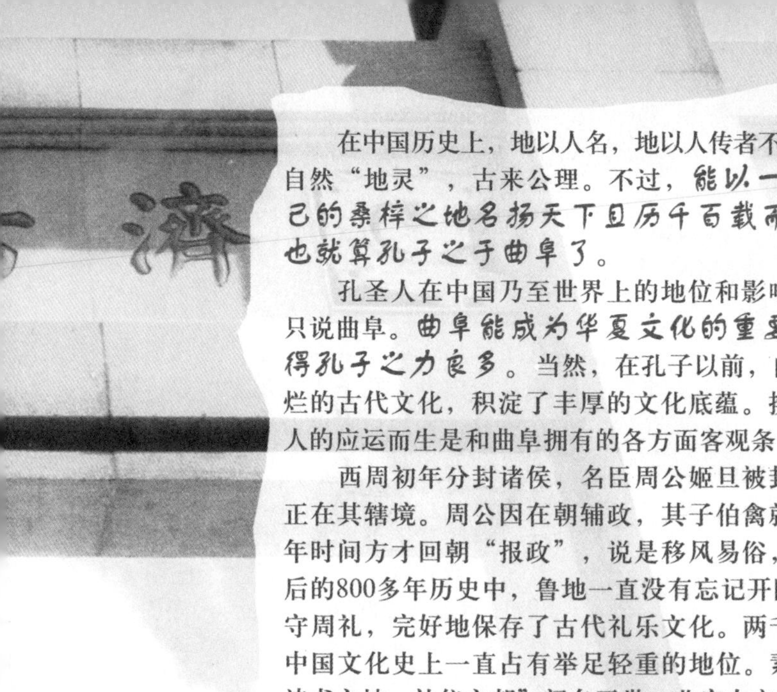

在中国历史上，地以人名，地以人传者不乏其例。“人杰”自然“地灵”，古来公理。不过，**能以一人之力而使自己的桑梓之地名扬天下且历千百载而荣崇不减的，也就算孔子之于曲阜了。**

孔圣人在中国乃至世界上的地位和影响不须笔者饶舌。只说曲阜。**曲阜能成为华夏文化的重要发祥地之一，得孔子之力良多。**当然，在孔子以前，曲阜就已具备了灿烂的古代文化，积淀了丰厚的文化底蕴。换句话说，一代圣人的应运而生是和曲阜拥有的各方面客观条件分不开的。

西周初年分封诸侯，名臣周公姬旦被封于鲁，曲阜一带正在其辖境。周公因在朝辅政，其子伯禽就国，整整花了三年时间方才回朝“报政”，说是移风易俗，费力甚巨。在此后的800多年历史中，鲁地一直没有忘记开国之祖的遗教，恪守周礼，完好地保存了古代礼乐文化。两千余年来，曲阜在中国文化史上一直占有举足轻重的地位。素以“孔孟之乡，诗书之地，礼仪之邦”闻名于世。北宋大文豪苏轼诗云：“至今齐鲁遗风在，十万人家尽读书。”一语道破了曲阜民间敦诗重礼的好学风俗。

作为千古圣人孔子的故里，儒家学派的发祥地，自汉高祖刘邦亲至祭孔以后，历朝历代统治者闻风效仿，至此举行大典者不乏其人，留下了为数甚多的文物古迹。文人骚客因慕圣人之名，亦不乏到曲阜一览之雅兴，题咏者甚众，最著名的有刘桢、高适、李白、李东阳、顾炎武、孔尚任等。如今，孔庙、孔府、孔林和鲁国故城均为全国重点文物保护单位。曲阜当地政府以国际孔子文化节牵头搭台，开展了一系列丰富多彩的旅游观光活动，使曲阜的文化旅游事业获得长足发展。孔圣人虽耻于言利，声称“道不行”，要“乘桴浮于海”，但其七十二名弟子中并不缺做生意之奇才，最著名的要算子贡，即端木赐，财力甚至大到可与诸侯分庭抗礼，让之不敢小觑的地步，孔子能够周游列国，得子贡之力着实不小。

圣迹采风

人生天地间，忽如远行客。孔子已远，但千载而下，其遗风遗泽惠及海内外，孔圣人之足迹所履，教化所及，皆为后人或言之凿凿，或凭空附会为一时胜迹，令无数后生末学遥思遄想，不免生高山仰止之感。如孔子曾经登上过老家附近的东山，大发了一通感慨，意思是说上了此山，放眼远眺，才知道鲁国之大也是有限的，真长见识啊！此话被人听了去，再传开来，东山上于是便多了一个“孔子登而小鲁处”。后世之所谓圣迹，大抵如是。不过，虽难免牵强之嫌，能抬出圣人现身说法，其教化之功自然不容置疑。如今的孔庙、孔府、孔林之门楣匾额，多由孔子言论及后人评述演绎而来，其间之深意应该就在于纪念和教化两方面吧！

位于孔庙泮水桥南的金声玉振坊取《孟子·万章下》中赞誉孔子之语。“集大成也者，金声而玉振之也。金声也者，始条理也；玉振之也者，终条理也。”金声玉振坊建于孔庙最前端，意即在此。孔庙前大门名棂星门。坊额所镌三字系乾隆御笔亲书。棂星即天镇星，“主得土之庆，其精下为灵星之神”，寓指孔子是天上广施教化培育英才的天镇星临凡之意。

圣时门为孔庙第二进院门，即正门，为清雍正帝所命名，亦取《孟子·万章下》中之语“孔子圣之时者也”，进一步的解释是：“可以速而速，可以久而久，可以仕而仕，孔子也。”院内西出之仰高门，则取《论语·子罕》中颜回赞孔子“仰之弥高”的句意。

杏坛轶语

孔子杏坛讲学一向在教育界传为美谈。有关此事记载较全面的是《庄子·渔文》，文曰：“孔子游乎淄帷之林，休坐乎杏坛之上，弟子读书，孔子弦歌鼓琴。”赖于庄子的一枝生花妙笔，把孔子师徒相得之乐刻画得栩栩如生，呼之欲出，让人不禁心向往之。

今之杏坛位于孔庙大成殿前甬道正中。东汉时明帝东巡，曾命皇太子及诸王、皇子讲经堂上。后来堂遭毁弃。宋时于旧址“除地为坛，环植以杏，名曰杏坛”。这下杏坛方才实至名归，有杏有坛，金代时又于坛上建亭，由大学士党怀英篆书“杏坛”二字并勒石为铭。以后明清两代屡经修葺。整个建筑金碧辉煌，雕梁画栋。坛中亭内尚有最喜附庸风雅的清乾隆帝于乾隆二十一年(1756年)御制的《杏坛赞碑》。

特产名吃：
冬孔膳、孔府家酒系列

大中门为孔庙第四道门，取孔子所倡中庸之道而名，前冠以“大”字而示尊崇，孔庙第五道门为同文门，原名“参同门”，意指孔子之德参同天地。清顺治年间改为今名。典出《礼记·中庸》“车同轨，书同文”，以彰显孔子对思想，文化、教育等方面统一所作的巨大贡献。

孔庙内主体建筑为大成殿，共有宫殿九间，殿顶部为歇山式结构，飞檐斗拱，巍峨堂皇，殿下筑有巨型须弥座石台基。殿前露台宽敞宏阔，旧时祭孔，“八佾舞于庭”，庭即指此。大成殿原名文宣王殿，宋徽宗时，以孔子“集古圣先贤之大成”而更为现名，沿用至今。

No.05 平遥 PING YAO

——明清边镇风貌的完整遗存

平遥位于山西省中部，太原盆地西南，汾河中游，同蒲铁路斜穿县境，交通便利。1997年联合国教科文组织确定“平遥古城”为世界文化遗产，列入《世界遗产名录》，平遥自此声名更著。

平遥古城位于今平遥县城内。北魏始名且修筑城池，明太祖朱元璋时在原城基础上予以扩建，并全面包砖。后虽经多次补建重修，但大体仍保留明初的基本形制，故而是我国保存完整的明清时期古代县城一个标本建筑，也是山西现存年代较早、规模最大的一座县城城墙；且以筑城手法古拙，材料精良称誉于世，为研究我国古代筑城制度和筑城技术提供了不可多得的珍贵实物资料。

中国保存最完整的古城

双林寺彩塑

日升昌票号

四合院式的民居

明清一条街体验时光倒流

歌咏平遥的诗词佳句

风尘杂沓到双林，寂静禅美见客心。
梵景清香低象纬，松涛白昼起龙吟。
映阶两上岩黄邑，山岫云生涧水边。

——清·陆雯豹

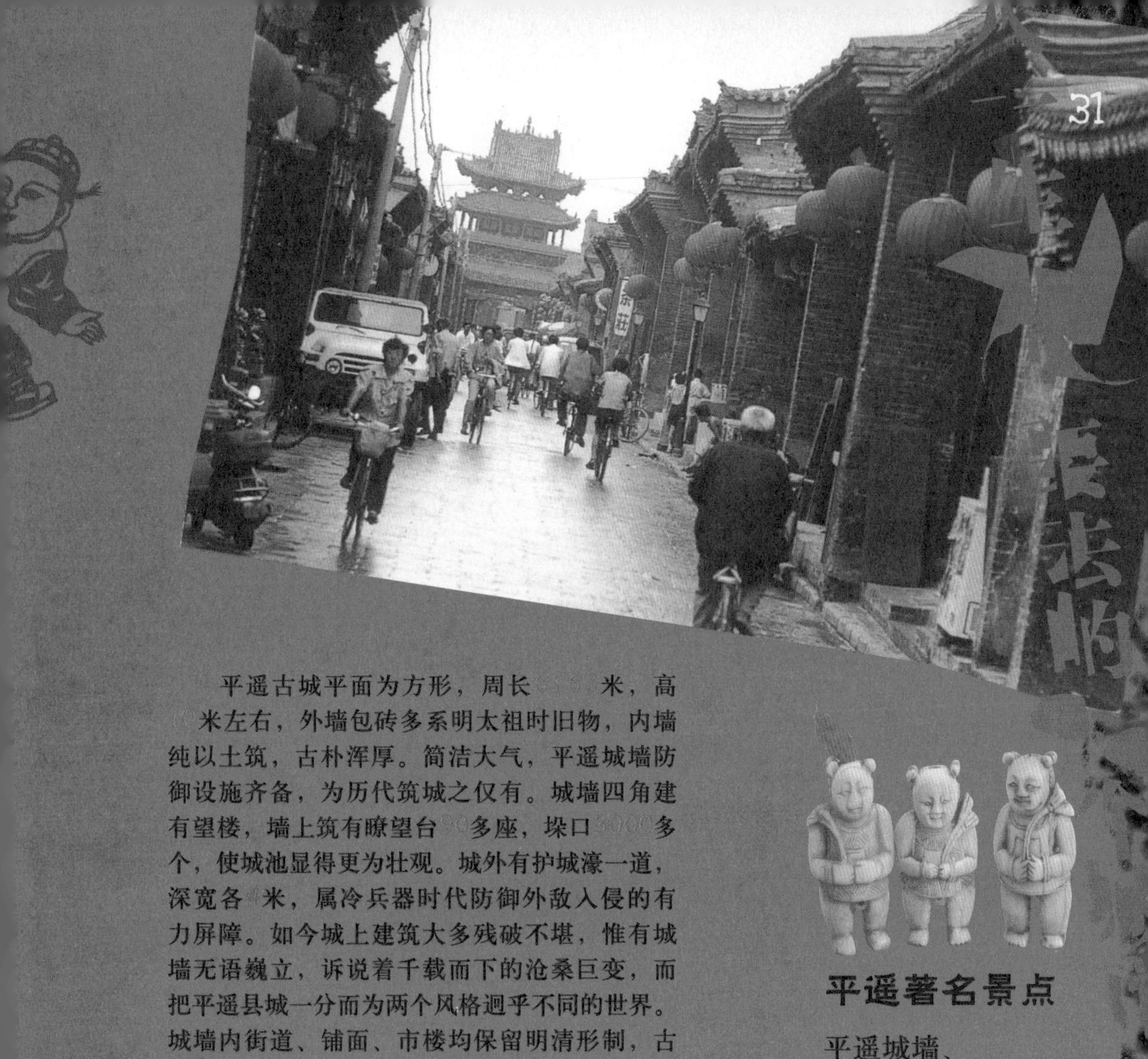

平遥古城平面为方形，周长6163米，高10米左右，外墙包砖多系明太祖时旧物，内墙纯以土筑，古朴浑厚。简洁大气，平遥城墙防御设施齐备，为历代筑城之仅有。城墙四角建有望楼，墙上筑有瞭望台90多座，垛口3000多个，使城池显得更为壮观。城外有护城濠一道，深宽各4米，属冷兵器时代防御外敌入侵的有力屏障。如今城上建筑大多残破不堪，惟有城墙无语巍立，诉说着千载而下的沧桑巨变，而把平遥县城一分而为两个风格迥乎不同的世界。城墙内街道、铺面、市楼均保留明清形制，古意盎然；城墙外的新城车水马龙，红男绿女熙熙攘攘，这是一座历史与现代、继承与创新交相辉映，融为一体，令人遐想不已、逸兴遄飞的佳地。

著名工艺品：推光漆器

平遥著名景点

平遥城墙、
双林寺、
镇国寺、
文庙大成、
殿白云寺、
慈相寺、
日升昌票号旧址

鸟瞰平遥古城，更让人惊叹不已。这个呈平面方形的城墙，竟然是一个栩栩如生的大龟模样。六道城门，南北各一，东西各二，宛然便是龟的头尾和四肢。城池南门理所当然为龟头，为逼真起见，还有两眼水井象征龟之二目，北城门为龟尾，地势最低，亦是城内积水的排泄通道。城池东西四座瓮城两两相对，上西门、下西门、上东门的瓮城门均向南开，形似龟爪前探，惟下东门的外城门开向正东。这里面还有说辞。据传是造城时怕乌龟附了灵气逃走，故而将其一条左腿拉直，拴在离城二十里的麓台上，这样古城这只巨龟就只好老老实实呆着了。传说看似虚妄不经，却也折射出古人对乌龟的崇敬之情。龟自古即为“四灵”之一，生命力强，能长寿。以龟赋城墙之形，寄寓了古人希冀借龟之神气，使古城坚如磐石，固若金汤，永世长存的美好愿望。

除去平遥古城外，平遥还拥有全国重点文物保护单位双林寺、镇国寺等，文庙大成殿、白云寺、慈相寺、日升昌票号旧址亦颇足观览。

双林寺在县城西南6千米处桥头村。创建于北魏初，重建于北齐年间。后毁于战火，仅存残碑断碣。宋时恢复旧观、取释迦“双林入灭”之说，定以今名，寺为城堡式建筑，坐北朝南，夯土墙壁，内有殿宇10余座，分前后三进院落，共有大小彩塑佛像2052尊，完好无损者1566尊。形制各异，大小不一，大者高达数米，宝相庄严；小者仅数十厘米，惟妙惟肖。释迦殿内四壁布有悬塑80多幅，述说释迦故事，均以连环彩塑艺术表现人物、山石、居所等，技艺老到，勾画细致入微，比壁画更富真实感、立体感和表现力。整个寺院布局匀称，结构谨严，层次井然；塑像千姿百态，各臻其妙，向有“东方彩塑艺术宝库”之称。

镇国寺位于平遥县城15千米处的郝洞村。寺分前后两进，前院中央的万佛殿，建筑风格明显有唐代遗风，为五代时期留存至今的惟一木构建筑。殿内释迦坐像身躯丰伟，眉目生动，是中国寺观中硕果仅存的五代彩塑。

日升昌票号旧址位于今县城西大街路南，占地1300余平方米，前后三院进落，布局考究，防范森严。四周高墙卫护，要紧处敷设铁丝网，展示了中国金融业在发轫之初的风貌。日升昌票号创立于明末清初，为当时国内金融机构之始作俑者；鼎盛于清咸同年间，分号几遍天下，时称“天下第一号”。

特产名吃：
平遥牛肉

人一生必要去的33个城市

哈尔滨主要景点

松花江冰雪大世界
中央大街
果戈里大街
圣·索非亚教堂
太阳岛
东北虎林园
亚洲第一高钢塔——龙塔
龙珠二龙山滑雪旅游度假区
亚布力滑雪旅游度假区
长寿国家森林公园
岔林河漂流
巴兰河漂流
通河乌龙国际狩猎场
玉泉国际狩猎场
斯大林公园
七级浮屠塔
欧亚之窗
极乐寺
文庙
哈尔滨东正教堂
东北烈士纪念馆
原侵华日军731细菌部队遗址
萧红故居
金上京会宁府遗址
松峰山
亚沟石刻
依兰古城
五国头城遗址

哈尔滨十大建筑：

1.圣·尼古拉教堂
2.中东铁路官员私邸
3.老火车站
4.“大石头房子”
5.马迭尔宾馆
6.莫斯科商场
7.秋林公司
8.松浦洋行
9.文庙
10.国际饭店

著名工艺品：牛角画、麦秸画、通草画、玛瑙、石雕、提花毛毯、貂皮制品、亚麻制品、水晶制品。

“这里虽是欧化的都会，但闹的处所竟有甚于北平。大商店……至少在哈尔滨的，像是与街有不解之缘。在巴黎伦敦最热闹的路上，似乎也只如此罢了。

……

这里的路都用石块筑成。……总之，尘土少是真的，……从好些方面看，确是比北平舒服多了。因为路好，汽车也好。……

——朱自清《西行通讯》

黑龙江省位于中国北部边陲，中国国土的最东端与最北端皆在省境之内。林业、农业、水资源和矿产在中国占有很重要的位置。可以说，黑龙江就是中国北方白山黑水间一只振翅欲飞、唳声惊天的天鹅，而省会哈尔滨市则是悬在天鹅项下的一颗熠熠闪光的珍珠。

哈尔滨在满语里是“晒鱼场”（另一说为天鹅）的意思。哈尔滨于清道光年间以后逐渐形成城镇规模。1903年中东铁路及其支线建立，以哈尔滨为枢纽及管理中心，并进而成为东北亚经济中心与国际商埠。一度建有外国领事馆15个。经过百余年的发展，如今的哈尔滨已是拥有936万人口的国际化大都会。如果把哈尔滨比喻为美女的话，那么她就是那种中西合璧的混血儿美女。东西方文化在这里经过百年的融合，使这座美丽的城市散发出与众不同的气质。

美丽的松花江从哈尔滨的市区穿过。夏日的松花江畔，太阳岛上，绿树成荫，气候宜人，波平浪静，是游泳划船，休闲度假的理想场所。夏秋季节，天朗气清，街头巷尾处处繁花似锦，香气四溢，让你几疑并非置身于“千里冰封，万里雪飘”著称的北国。

号称“冰城”的哈尔滨是世界冰雪文化的发源地之一。寒冷和冰雪成就了哈尔滨的“冰城”本色，也深深地锲入了冰城的晶魄。抖擞精神，漫步冬日的江畔，树木上满挂着晶莹剔透的雾凇，颇有“忽如一夜春风来，千树万树梨花开”的神韵。千里冰封的江面上，极目望去，破冰冬泳的、溜冰的、坐雪橇的、乘冰帆的、打冰尜(陀螺)的，欢声笑语，各显其能。无一例外，每一张冻得通红的脸蛋上都洋溢着笑意，散发着朝气和活力。这些才是真正懂得享受冰城绝世之美的人啊！**哈尔滨如今已成为中国冬季旅游最热的地方。**

冬季夜晚的冰城，各个街道、公园及松花江上的“冰雪大世界”满是色彩缤纷夺目的冰灯。“冰雪大世界”是哈尔滨冰雪节的龙头品牌。大型的、精美的……活脱脱一个水晶般的童话世界。市区内的兆麟公园，原为纪念东北抗联将领、烈士李兆麟而命名，如今却又以展示冰雕艺术、开展冰灯游艺活动而著称；并且每年还在此举办国际冰雪节，弘扬冰雪文化，全面展现冰雪的骄人风彩和独特魅力。哈尔滨以冰雪驰名天下，但也并非处处以冰雪取胜。市区内风景名胜众多，有省内最大佛教寺院建筑极乐寺，有省内现存最完整的中国仿古建筑哈尔滨文庙，有属巴洛克式建筑风格的圣·索非亚教堂，有亚洲第一高的钢塔——龙塔。还有保存式样各异欧式建筑的中央大街和果戈里大街。太阳岛的美景也是享誉华夏。

哈　尔　滨　十　大　名　街

1.洋味十足——中央大街　2.百年老巷——裤裆街　3.石头马路——地段街　4.昔日沼泽——新阳路　5.泾渭分明——国境街　6.烧酒飘香——安埠大街　7.龙脊龙背——大直街　8.历史在这里聚焦——红军街　9.青史照长街——兆麟街　10.沧桑巨变——中山路

太阳岛掠影

太阳岛位于松花江主航道北侧，与哈尔滨市区隔江相望，被誉为哈市的“掌上明珠”。

太阳岛上林木葱郁，草木芬芳，空气清新，兼之四面环水，杨柳绕堤。江边大型水榭共分三层，上层长廊宽敞，凉亭小巧翼然。隔江望来已然美不胜收，可堪入画；倘使人在画中游，那就另是一番滋味了。

太阳岛的主景叫“水阁云天”，水阁分上下两层，中央透空以吸纳云天之美；中部与长廊相连，长廊尽头石阶没入水中。太阳山及其附近的太阳湖为水阁云天两大陪衬。山以假山石垒砌而成，石间清泉流淌，分三级跌落，有如银帘，帘下岩洞名水帘洞，可容十余人。

太阳岛北部为“青年之家”，拥有全市最大的旱冰场及其他文娱体育活动设施。

哈埠第一街——中央大街

虽然太阳岛名闻天下，但更多人心中的最爱还是中央大街。中央大街旧时称中国大街，亚洲最长的“步行街”。

漫步在这个“洋味儿”十足的百年老街，脚下是石块铺成的马路，身旁则尽是有着百年以上历史的欧式建筑，是国内一条罕有的建筑艺术长廊。让人有身在巴黎、莫斯科的感觉。

中央大街还有个“俊男美女集中营”的称号，这里俊男美女的比率很高，是喜欢看靓的年轻人的最佳地点。

哈尔滨有“中国音乐之城”、“东方维也纳”的美称，这里不仅音乐人才辈出，每年一届的“哈尔滨之夏”音乐会也是中国国内最负盛名的音乐盛会。

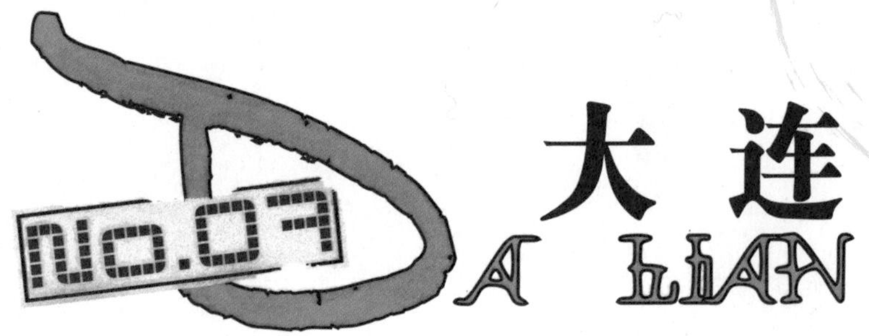

大连

——朝气蓬勃的大海之子

在辽宁省辽东半岛的南端，有一个美丽富饶、风景宜人的城市。它东西两面临海，南隔渤海海峡与山东半岛遥遥相望。如果把两个半岛比做一个温暖臂弯的话，辽东半岛无疑便是其中一支坚强有力的臂膀，而城市既可以说是一只紧握的拳头，也可以说是臂弯中享受温馨的赤子。不管怎么说，这个大海之子是朝气蓬勃、奋发向上的。

这个大海之子就是大连。

大连因大连湾而得名。大连湾港阔水深，终年不冻，巨型海轮一年四季可畅行无滞，是中国对外贸易的重要口岸之一，其货物吞吐量仅次于上海港，在国内排名第二，现已同世界上100多个国家和地区有贸易往来。

著名工艺品：
玻璃制品、贝雕

特产名吃：
苹果、鲍鱼、对虾、海参、干贝、香螺、各种海鱼、生猛海鲜

凭着这么优越的自然条件，大连得以成为国内最早的沿海开放城市之一。近年来，大连市的市容市貌焕然一新：街道整洁，绿树成荫，花坛遍地，完全成了一个花园城市。风格各异而又造型典雅的建筑如雨后春笋般拔地而起，各依地势参差而立，虽繁多而毫不拘谨，有一种独出心裁的韵律美，可远观亦可就近亵玩，总之都让人赏心悦目。点缀在市街各处的街心花园和广场，布置得浑然天成，看似无心，实则有意，让人流连忘返。建筑布局都这么富有匠心，其他的当然也不用怀疑。还有最重要的一点，大连还是全国公评的精神文明城市，在这里，你是绝对不会听到任何一个冒渎耳朵、有辱清听的脏字的，而且不是靠强制措施执行，全凭市民自觉主动。不信就去试试看！

另外，大连经常举办一些节日活动，这自然也是不落俗套，富有大连创新特色的。如每两年举办一次的大连艺术节，每年五月举办的赏槐会，每年十一月举办的大连国际马拉松赛，每两年举办一次的大连服装节等。这些都能让慕名而至的国内外旅游者获得与众不同的享受。

如果你以为这就是大连的全部，那你就大错而特错了。大连还拥有不少足以让你眼花缭乱的风景名胜和文物古迹，先带你去大连海滨——旅顺口风景名胜区走一走吧！那儿有长达45千米的海滨风景线，陆地、岛屿面积加起来有105平方千米呢！

- 中国首批优秀旅游城市
- 全国公评的精神文明城市
- 蜚声海内外的大连国际服装节
- “半个中国近代史天然博物馆”
- 中国著名的避暑胜地和旅游热点城市

No.07

■大连海滨景区

长达30余千米的海岸线首先会让你大吃一惊，碧海、蓝天、青山、礁石、沙滩、岛屿、游览道路以及星罗棋布的景点构成的三维效果更会让你大开眼界。不瞒你说，此地仅仅目前规划出的，就有10个风景区和48个风景点。

在这里，看海，黄海水域辽阔，烟波浩淼，水天一色。看礁，石槽村的虎牙礁、美人礁的黛色岩溶礁石，林立海面，千姿百态，浪花飞溅，激浪排空，构成特有的礁石奇观。看滩，岩岸百转千回，自然形成数不胜数的海湾和沙滩，其中棒槌岛、老虎滩、傅家庄、星海湾、金沙滩，已成为驰名远近的海滨浴场。看山，游览区内群山起伏，连绵不断。尖山、白云山、莲花山、西大山、秀月山、虎滩北山无不郁郁葱葱，宛然一道道绿色屏障。看花，山上树木花草计有400余种：春天繁花争艳，夏天翠黛满山，秋天果实压枝低，冬天松柏傲霜雪。无不给你以美的享受。

■蛇岛

蛇岛早已是高山上打鼓——名声在外了，位于旅顺口区西北海中，距海岸有7海里，与大陆呈基本隔离状态，自成世界。岛上坡陡沟深，冬暖夏凉，草木繁茂，故而便成了蝮蛇的天堂。蝮蛇可是相当毒的蛇，但又全身都是宝：拿来泡药酒或制药粉，可以治疗多种疑难杂症。在总面积只有1.2平方千米的蛇岛上，既往的统计数字是有13000多条蝮蛇。蝮蛇家族繁衍到何种繁盛程度可想而知，恐怕应该是无处无蛇了。

■老铁山候鸟乐园

如果对鸟类情有独钟，旅顺口西南角的老铁山不能不去。那里地处辽东半岛最南端，是举世闻名的候鸟乐园。春秋两季，有数百万只南下北上的候鸟以此为“加油站”，在此觅食、小憩。想想都不得了，数百万只，简直是无边无涯，遮天蔽日，故人惯称其为“鸟站”。据不完全统计，来往此处的鸟类共有21目、46科、210种之多，其中不乏珍禽异鸟，如白鹭、虎头海雕、白鹳、黑鹳、黑喉石鹏等。

——最能完整诠释中国历史的古都

可以这么说，如果要想在古都里面找寻出一个最能诠释中国历史的话，那这个古都定非西安莫属！北京城虽有明、清两代之倾力经营，不乏王者气象，但是资历浅了些；南京城亦曾龙盘虎踞，钟鸣鼎食，但是江南的繁华烟柳地究竟有些小儿女情态，不及八百里秦川雄浑大气；开封和洛阳虽然各擅胜场，名重当时，但是它们的繁华背后埋藏着太多的隐患，远不如汉唐时柔远能迩，四夷宾服；安阳曾经是殷商的故都，资格够老，可惜有些老气横秋，后事难继。只有西安，七八十万年前就已有我们的祖先蓝田人在此印下生命的足迹，后又有附近20多万年的大荔人和6000余年前的半坡人一脉相承，薪火相传。从公元前11世纪起，西周建立，定都丰、镐一带，位在西安西南，西安彼时已属京畿重地。中国第一个大一统封建王朝秦建都咸阳，居于西安之北约10千米，西安的重要地位亦由此可以想见。

西安在中国历史上的第一个辉煌期出现在汉高祖五年(前202年)以后，是年刘邦置长安县，并以此为都城，开始修建长乐宫，两年后又建未央宫。前194年汉惠帝开始筑长安城墙，至汉武帝太初元年(前104年)，汉长安城的主体工程方告竣工，北宫、桂宫、明光宫、建章宫已然齐备，城西的皇家苑囿上林苑和昆明池也开始投入使用。

未央宫系我国历史上最著名最豪华的宫殿之一，西汉以外，尚有西晋、前赵、前秦、后秦、西魏、北周等六朝皇帝以之作为处理朝政之所在。当时由丞相萧何负责工程事宜。萧何随高祖初入函谷关时劝其“珍宝玉器，一无所取”，这回自己却擅作主张，大大铺排浪费了一把，将未央宫营作得美轮美奂，富丽堂皇。高祖怪萧何太过奢侈，萧何对曰：“天子以四海为家，非壮丽无以重威。”能让见到秦始皇出行仪仗便生艳羡之心慨叹“大丈夫当如是也”的高祖大吃一惊，未央宫豪华壮丽可知。

西汉以降，对长安城进行重大扩建的当数唐朝。早在西汉时期，长安已是当时世界上最大的城市，更是著名的国际贸易中心，商业活动尤其繁荣，城西北部有专门的商业区长安九市。“殊方异物”，沿着丝绸之路，源源不断地“四面而至”，丰富着长安市民的生活。唐代，长安又进一步发展成为国际驰名的经济文化中心，各国遣唐使、商人、学者接踵而至，仅拥有长期居留权者即数以万计。

位于今西安北关龙首原上的大明宫遗址是唐都长安建筑的典范之作，亦是其时长安三大宫城中面积最大、建筑最豪华、帝王居住时间最长的宫城，始建于唐太宗贞观八年（634年)，唐高宗李治时扩建为宫城并迁居于此，后为唐代帝王居住理政朝会之所，为时长达230年之久。大明宫后来屡遭兵燹。1994年经保护性复原勘查，在周长7.6千米的宫城内已共发现殿、亭遗址40余处，包括建在15米高台上的正殿含元殿；接见、宴请外国使者的麟德殿，面积达4000平方米的道教建筑三清殿，面积达7500平方米的清思殿。其中麟德殿面积更达12300余平方米，比现存最大的宫殿北京故宫太和殿大出足足四倍有余。遥想当年外国使节由衣冠楚楚的御史引导，从龙尾道鱼贯而入，顶礼膜拜大唐皇帝龙颜时，大唐帝国的泱泱大国之风和长安城的雍容大度必定会在他们心目中留下不可磨灭的印象。的确，唐都长安周长35千米的城市规模，超过百万的城镇人口，严谨与疏朗兼存的规划布局，精湛而大气的建筑艺术，先进发达的科学技术，在当时世界大都市中均属上上之选。

唐以后，因遭战乱严重破坏及其他原因，虽然彻底失去了京都地位，但一直还是西北军事重镇及陕西一带的重心所在。迄于唐朝，屈指算来，长安一带作为自西周以下十一朝国都的时间，即达1062年。倘若城市有知，这个数字会让无数拥有悠久历史的古都名邑汗颜的。

- 世界四大古都之一
- 拥有大量的历史人文景观
- “世界第八大奇迹”——秦兵马俑博物馆
- 中华民族的发祥地之一——半坡遗址
- “五千年历史看西安”
- “丝绸之路”的起点
- 许多外国元首都把她作为访华的必游之地

骊山故事——幽王烽火戏诸侯

骊山位于西安市临潼区南，是国家重点风景名胜区。山上两峰算峙，遥望苍翠如绣，故两峰亦以东、西绣岭名之。其中以西绣岭名胜景点居多；岭顶有烽火台一处，虽作观一无奇处，说起渊源来却大有名堂，据说是周幽王烽火戏诸侯处。

周幽王为西周“名”君，“名”就是“名”在烽火戏诸侯一事。说来这周幽王还是挺大一个多情种子，宠幸一个爱妃褒姒。褒姒长得千娇百媚，国色天香，可就是不爱笑，背地里笑不笑无史可考，反正幽王是从来没见过她笑。幽王想尽了办法逗她笑，愈逗她愈是笑不出来。日子一久，在幽王心目中，天底下就只剩逗爱妃一笑这件头等大事了。

当时因为周都地近犬戎，为预防他们突然袭击，各处山顶山腰可借以凭高瞭望之处均设有烽火台，用来在紧急情况发生时点燃烽火招呼京畿地区的各路诸侯火速救应。幽王手下有个叫虢石父的臣子，惯会出馊主意，不知怎么地异想天开，建议幽王不妨用烽火招呼一下诸侯试试，幽王病急乱投医，加之一时猪油蒙了心，爽快答应。当下一干人众簇拥幽王和褒姒来至骊山烽火台上，幽王传令各处点燃烽火，不多时，以为犬戎来犯的各路诸侯即狼奔豕突，一窝蜂地拥将而来，一个个忙活得大汗淋漓，盔歪甲斜；待幽王说明原委，众诸侯又丧家犬般气急败坏而去。估计是一群大男人的狼狈相触动了褒姒的笑神经，她竟然真的笑了！

褒姒这一笑之魔力着实了得，自此幽王的心全都蒙上猪油了，乐于戏诸侯逗褒姒笑不疲，先前几次自然是屡试不爽，诸侯们次次鼓勇而来，悻悻而返。如是者数，就都明白大家是在充当逗女人乐的工具了，而且还是一大帮子人集合起来才算一个工具；心自然也全凉了。

到后来，犬戎真的来犯，幽王真个儿举起烽火想调兵遣将，诸侯们却以为他又有好几天没见着褒姒笑了，所以一个也没有来。幽王手下无可用之兵，只得狼狈逃窜，最后被追兵赶上杀掉了。

著名工艺品：

秦俑复制品、仿唐三彩、蓝田玉雕、西安扎染、西安香包、漆器

西安的著名景点

大雁塔、小雁塔、大明宫遗址、半坡遗址、西安城墙、西安碑林、阿房宫遗址、汉长安城遗址、西安清真寺和八路军西安办事处旧址、西安事变旧址、西安钟楼鼓楼、灞桥遗址、隋大兴唐长安城遗址、兴庆宫公园、兴善寺、曲江春晓园、秦王宫、八仙庵、白鹿原、卧龙寺、鸿门宴遗址、姜寨遗址、华清宫遗址、秦始皇陵

特产名吃：

仿唐菜系列(辋川小样、遍地锦装鳖、同心生结脯、驼蹄羹等)、……柿银耳……临潼石榴、火晶柿子、长安板栗

歌咏西安的诗词佳句

送君灞陵亭，灞水流浩浩。
上有无花之古树，下有伤心之春草。
我向秦人问路歧，云是王粲南登之古道。
古道连绵走西京，紫阙落日浮云生。
正当今夕断肠处，骊歌愁绝不忍听。
——唐·李白《灞陵行送别》

阿房废址汉荒丘，狐兔又群游。
豪华尽成春梦，留下古今愁。
——南宋·康与之《诉衷情令·长安怀古》

噌吰初破晓来霜，落月迟迟满大荒。
枕上一声残梦醒，千秋胜迹总苍茫。
——清·朱集义《题小雁塔》

吐鲁番

——丝绸之路上的重镇，拥有的不仅仅是葡萄

古城轶闻——火焰山

《西游记》中有孙悟空三调芭蕉扇，终于扑灭火焰山烈火，打通西行通道一节，彼火焰山即以今吐鲁番盆地中火焰山为原型；考其行途，唐僧玄奘的取经之路上的确有吐鲁番火焰山一站。

火焰山位于吐鲁番盆地中部，山色赤红，东西长达100余千米，远望如火炎昆冈。更兼炎夏热气窒人，阳光直射在赤红山岩上，云烟升腾，红光闪烁，气温最高可达70℃，为世界上最热的地区之一，故名。不知是后人迎合了小说还是历史创造了传奇，今天，火焰山附近尚有唐僧的拴马桩、上马踏脚石和牛魔王洞、八戒石等古迹，是耶非耶？其实不用考较，会心一笑即可。与火焰山之酷热形成鲜明对比的是山谷绿洲，泉水叮咚，碧绿阴凉，盛产葡萄瓜果，为吐鲁番一带富庶之地。

坎儿井独一无二

丝绸之路上的重镇

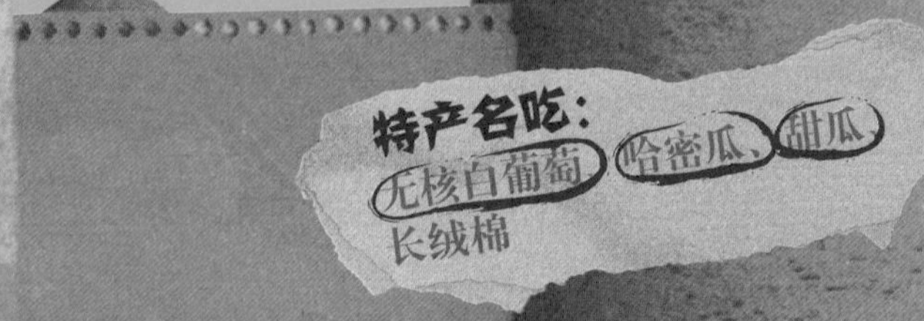

吐鲁番主要景点

苏公塔、高昌故城、交河故城、火焰山、胜金口千佛洞、艾丁湖、阿斯塔那古墓群、台藏塔、柏孜克里克千佛洞、白石头、车师古道七泉湖萨依烽燧、吐峪沟、巴扎、盘吉尔怪、石林、白杨河魔鬼城、吐鲁番神泉、吐鲁番博物馆

吐鲁番位于新疆维吾尔自治区吐鲁番盆地中部，博格达山与库鲁塔格之间，历史悠久，美丽神奇，两汉以来一直是我国西域地区的政治、经济、文化中心。

吐鲁番夏季均温达33℃，极端最高温创过48.9℃的纪录，素有“火洲”之称。由于这里日照时间长，气温高，降水量低而蒸发量大，故而尤其适宜种植无核白葡萄，甜瓜，长绒棉等作物。其中以无核白葡萄最为驰名，用它晾制的葡萄干以含糖量高、维生素C高，色泽碧绿，惹人喜爱等特点，在世界葡萄干品种中堪称珍品，吐鲁番因而也便成了名下无虚的“葡萄城”，葡萄总种植面积逾8万亩。“苍藤蔓架覆檐前，满缀明珠络索园”。夏秋之交，硕果累累的葡萄藤架成为吐鲁番一大胜景。“吐鲁番的葡萄熟了”更成为国人耳熟能详的一支名歌，不少人知道有吐鲁番的存在还真是靠了歌曲中那让人不自觉垂涎三尺的诱人葡萄。

殊不知，吐鲁蕃拥有的并不仅仅是葡萄，还有许许多多事物比葡萄更为诱人，更令人神往。

在茫茫大海对于古人来说尚且险恶莫测时，中西交流主要靠陆上的丝绸之路来完成，而吐鲁番一直都是古丝绸之路上的重镇。吐鲁蕃的葡萄能够到达中原并为人所赏识，最早正是借了丝绸之路上商旅的光。

还远不止这些。吐鲁蕃汉时为车师前王庭，魏晋时为高昌郡郡治所在地，唐归西州所辖，宋为吐番地，历朝历代均为西域核心，遗留下来众多的名胜古迹，仅国家和自治区级的重点文物保护单位就有14处之多。有沐浴了两千多年风风雨雨依然巍然矗立的高昌、交河故城，有意为“美丽的装饰之所”，历经沧桑巨变而风采依旧的柏孜克里克千佛洞壁画，有藏有千年古尸等珍贵文物的西晋至唐代居民公共墓地阿斯塔那古墓群，有清代吐鲁番郡王苏来满二世为纪念其父额敏和卓功绩所建的结构独特的伊斯兰风格建筑苏公塔，有宏伟的人造地下河流坎儿井，《西游记》中描绘到的充满神话传奇色彩的火焰山；更有葡萄园里采摘葡萄的姑娘怀着美好憧憬的动人情歌，别具韵味的“巴扎”风情，葡萄架下富有民族特色的维吾尔族歌舞，凡此种种，把吐鲁番精心塑造为古代历史文化遗产荟萃的宝地和集火洲、风洲、沙洲、绿洲于一身的历史自然地理博物馆。

吐鲁番有各类文化遗址计70多处，包括原始遗留、古城遗址、古墓群、石窟寺，烽燧驿站、岩画等等，出土文物不可胜数，由于历史原因，很大一部分已流散到海外，保存于德、日、俄、英、印、美等国博物馆。这些出土文物中，以代表丝绸之路特色的古丝绸制品和具有重要史料价值的古文书最为珍贵。

新疆最富地域色彩的人工灌溉系统坎儿井在吐鲁番分布最广，有1100条之多，总长5000余千米。为减少蒸发量，当地人别出心裁，采用了这种地下引水方式，即在坡地上方找到地下水源，然后沿水源流向挖一排直井，再从直井下去挖暗渠，使水源能在地底下畅通无阻，直到在最低处将水引出地面。最长的坎儿井据说有8千米，联结水流的直井多达300眼，工程之浩大、艰巨可窥一斑。最有意思的是，所有的坎儿井刚好分布在当年的古丝绸之路上，包括中国的陕西、甘肃和国外的伊朗，土库曼斯坦等国；因而，至少可以确认的一点是，它肯定和丝路之路有关，至于技术肇源于何方，那就不得而知了。

No.10 成都 CHENG DU

——天府之国里从容的锦官城

四川省所在地区古称蜀地，物阜民丰，人杰地灵，称“天府之国”，一向为我国中西部地区物资、人才及各种信息流通的重要渠道。而成都作为蜀地的政治、军事、经济、文化中心亦是自古皆然。

相传距今2400多年前的战国初年，蜀王自郫县迁都于成都，史载其地“一年成邑，二年成都”，故此得名。秦未统一前灭蜀，置蜀郡，成都置县，为蜀郡治。汉仍秦名，为益州治。当时蜀地织锦业发达，名蜀锦，政府为此专设锦官署，置锦官城以督促；成都别称锦城、锦官城即由此得。经济的发展及文化、物资交流的加强使成都一跃而成为五都之一。汉末莽初文人扬雄在《蜀都赋》中盛赞曰：“都门二九，四百余间，两江饰其市，九桥带其流。”

三国时期，诸葛亮辅佐刘备建立蜀汉，定都成都，三分天下40余年。西晋时成都愈加繁荣，左思《蜀都赋》称其“比屋连甍，千庑万宝”，经商之所“罗肆巨千，贿货山积”。

唐时成都商业之盛仅次于扬州，俗谚有“扬一益二”之说。唐末五代，王建、孟知祥建前后蜀，均都于此。宋时设成都府路治，是当时全国三大市场之一，经济之繁荣亦可想知。

成都地居四川盆地之中，盆地四面群山环绕，宛若天然屏障。历史上不少地方仅能通过建在悬崖峭壁间的栈道联结内外。唐时李白在《蜀道难》一诗中说：“蜀道难，难于上青天。”虽属夸张性的文学语言，但至少不会是空穴来风。在科技不发达的时代，这种地方因易守难攻，最易出割据政权。事实上，蜀汉、前蜀、后蜀以及北宋末年李顺农民军所建大蜀国，立基时间长短不一，却都曾雄霸一时，裂土称王；在此期间，统治尚算清明，使成都经济获得了长足发展。加之蜀地归属中央政权期间，封建统治者考虑到该地一旦反叛会造成比其他地区更重大的影响及严重后果，往往会明智地在此实行较为宽缓的政策以笼络民心，此即所谓攻心战术。今成都武侯祠有匾额楹联30余件，以清人赵藩一联最为有名：“能攻心则反侧自消，从古知兵非好战；不审势即宽严皆误，后来治蜀要深思。”大致可从中窥知历代统治者治蜀方略的取向，极耐人寻味。

也正因此，历史上，蜀地除张献忠及少数几人曾经开过杀戒外，天府之国几乎没有遭遇过太多的兵燹离乱之苦；即便是政权更迭，大多也是在半和平状态下进行，且与普通老百姓基本无涉。这是饱受战火蹂躏、动辄兵荒马乱的中原人民做梦也想不到的好事。久而久之这种类似“桃花源”式的与世无争生活极大程度上培养了蜀地，尤其是成都人民恬淡平和、进退从容的生活观念。这一点，只要你到成都市的大街小巷里走上一遭就会明白。被紧张情绪控制、总觉得生活是根鞭子从背后驱赶着自己的人们也许要羡慕不已；生活怎么还可以过得这么潇洒、从容、随心所欲、无忧无虑？

可是，从容、随心所欲并非没有追求，没有奋斗目标，成都人最知道怎么把两者巧妙地协调起来，并依靠这种协调实现最大程度的价值和理想；这点，成都从古至今在各方面都取得了那么大的成就可以作为明证。

描写成都的诗词佳句

丞相祠堂何处寻，
锦官城外柏森森。
映阶碧草自春色，
隔叶黄鹂空好音。
三顾频烦天下计，
两朝开济老臣心。
出师未捷身先死，
长使英雄泪满襟。
——唐·杜甫《蜀相》

此间寻校书香冢白杨中，
问她旧日风流，
汲来占井余芳，
一样渡名桃叶好；
西去接工部草堂秋水外，
同是天涯沦落，
自有浣笺流韵，
不妨诗让杜陵多。
——清·刘成荣题望江楼濯锦楼联

九天开出一成都，
万户千门入画图。
——唐·李白《上皇西巡南京歌》

No.10

著名工艺品：蜀锦、蜀绣、漆器、金银工艺品、瓷胎竹编、绢宫扇

■ 杜甫草堂

汉景帝时，蜀郡守文翁在成都创官学，为我国地方官学创办之始，影响极其深远，嗣后，“遂令蜀文章，照耀日月旁”，成都成为西南地区人文荟萃之地，历朝历代文士名人辈出，更引得不少外地文人雅士为“求其友声”，不远万里，视蜀道之难如无物，至成都而流连忘返。唐代河南籍大诗人杜甫即其中之一。

杜甫的名头及成就不谈，他在今成都西郊浣花溪畔筑草堂定居，前后长达3年又9个月，除留下247首诗作外，还留下了如今这座占地面积约20公顷，供后人万世瞻仰的杜甫草堂。

杜甫原先所居草堂准定不够20公顷大，否则他不至于寒酸到屋上三重茅被卷竟而“归来倚杖自叹息”，还借题发挥敷衍成一首名诗的地步。今之草堂基础奠定于明清的两次大修，滥觞于宋元丰五年（1082年）重建之茅屋及新建之祠宇，主要建筑包括大廨、诗史堂、柴门、工部祠等。祠宇堂等建筑格局无甚新奇，大抵其他名人纪念处模样。值得一提的是三副对联，可助了解诗圣其人其事。一为大廨两旁清代顾复初的柱联：“异代不同时，问如此江山，龙蜷虎卧几诗客；先生亦流寓，有长留天地，月白风清一草堂。”一为诗史堂壁柱间朱德元帅题联：“草堂留后世，诗圣著千秋。”一为郭沫若题联：“世上疮痍，诗中圣哲；民间疾苦，笔底波澜。”另外，工部祠中清代泥塑的杜甫像两侧，分别为宋诗人陆游及黄庭坚塑像与石刻像。是知道强中更有强中手，但“江山代有才人出，各领风骚数百年”，陆、黄亦堪称一代文宗，至此陪侍，的可让人聊发一叹！

天府之国 人杰地灵

成都文化名人

司马相如 扬雄 严君平 雍陶 欧阳炯 孙光宪 魏了翁 杨慎

中国名酒之乡

体验茶文化的隽永韵味

特产名吃：

著名美食：麻婆豆腐、担担面、赖汤圆、钟水饺、夫妻肺片、龙抄手

川菜系列：干烧鱼翅、红烧海参、清蒸江团、蟹黄凤尾、烤酥方、樟茶鸭、冰桔银耳羹、枸杞牛尾汤、粉蒸肉、咸烧白、酥肉汤、韭黄肉丝、白油肝、宫保鸡丁、棒棒鸡、烧仔鹅、火锅毛肚、麻辣肉干、回锅肉、野鸡红

成都著名景点

武侯祠、杜甫草堂、王建墓、明蜀王陵、辛亥秋保路死事纪念碑、青羊宫、万里桥、望江楼、文殊院、大慈寺、昭觉寺、和陵

中国最适宜居住的城市之一

重庆直辖市北、东、南三面有大巴山、巫山、大娄山环绕，境内丘陵广布。长江斜贯境内，浩荡东流，穿山越岭，形成著名的长东三峡。市中心地带位于嘉陵江与长江交汇处，三面环江，依山就势而建，向有“山城”之称。而又因有长江、嘉陵江及其支流经过，亦不愧“江城”之称。清人五尔鉴《小记》中已述及重庆夜景，甚为备细，云：“渝州凿为城，沿江为池……每夜万家灯火齐明，层见叠出，高下各不相掩。光灼灼然俯射江波，与星月交灿。阴晦时，更见澄波银树，浪卷金花，终古不能去。”古代照明条件不发达时尚且如此，而今重庆夜景如何不难想见。登上市中区的枇杷山，最高处有一个红星亭，亭前的眺望台上，可以尽览群山簇拥、两江环抱的重庆市区。白天，万千高楼大厦林立起伏于山岭之中，错落有致，气势恢宏。入夜，万家灯火如串串珍珠遍洒江山，水光潋滟，灿烂辉煌，整个重庆如同漂浮在水面上的一座水晶宫殿，流光溢彩。如果遇到大雾弥漫，那就更有得看了。别忘了，重庆一年有三分之一时间为雾日，还有个“雾都”的外号呢。雾日的重庆，交通当然会受到一定程度的影响，不过单从夜景而言，却比平时更胜一筹呢！水光山色、灯影人声尽在虚无缥缈间，恐怕仙山楼阁，天上人间亦不过如此吧！只想想就让人心里痒痒，甭说身临其境啦！要不重庆新增的“怪”里边就提到了，“外地人称赞重庆怪，夜色叫人爱，灯里山，灯里城，灯里海，一片繁华大世界。”

No.11 重庆 CHONG QING

——江城与山城的完美组合

重庆多山、多水、多雾，整个市区被滔滔江流从中分开，城区的交通运输便因此而饶有趣味起来，首先是骑车不如走路快，因为爬坡时老得搬着走，所以从“上城到下城，坐车没有走路快”。其次是空中缆车应运而生。长江、嘉陵江公路大桥之外，还有过江的空中缆车将两江两岸的市区连成一片。不过，坐缆车过江，脚下为滚滚长江东逝水，波涛轰鸣，头上是蓝天白云，胆大的可以饱览秀色，胆小的得费几番思量；渝中区两路口缆车是国内城市最早装置的坡道牵引缆车。近年又建成多处坡道牵引缆车和凯旋路垂直提升直流高速电梯，已俨然成为山城的一处特色景观，尤令外地观光旅客游兴奋增，留连不已。

重庆多风景名胜，奇山丽水，自然不乏幽壑林泉，可供寻芳揽胜之所在，大足石刻已被认定为世界文化遗产。整个直辖市仅国家重点风景名胜区就有多处，分别为重庆缙云山风景名胜区、四面山风景名胜区、金佛山风景名胜区和地处渝鄂之间的长江三峡风景名胜区。有国家级森林公园两座：黄水、仙女山。其他名胜古迹多处。

世界文化遗产“大足石刻”被誉为摩崖造像之精华

饱览三峡风光

观赏鬼斧神工的天坑地缝

品尝火辣辣的正宗重庆火锅

描写重庆的诗词佳句

朝辞白帝彩云间，千里江陵一日还。
两岸猿声啼不住，轻舟已过万重山。
——唐·李白《朝发白帝城》

巫峰十二郁苍苍，片石亭亭号女郎。
晓雾乍开疑卷幔，山花欲谢似残妆。
星河好夜闻清佩，云雨归来带异香。
何事神仙九天上，人间来就楚襄王。
——唐·刘禹锡《巫山神女庙》

树梢高处露瑶宫，梯石层岩曲折通。
一道红栏补新景，春游宛在画屏中。
——清·陆玑《独游太白题壁》

著名工艺品：蜀绣、荣昌折扇、竹编、土家织锦、龙水小五金、三峡石砚、綦江农民版画、北碚玻璃器具、兆峰陶瓷、万县藤编、重庆漆器、三峡卵石画、色窝篾席、垫江手杖、研磨彩绘

特产名吃：

著名美食：重庆棒棒鸡、干烧岩鲤、锅巴肉片、一品海参、竹荪鸽蛋、冰糖肘子、火爆双脆、清炖牛尾汤、蒜泥白肉、汤圆、担担面、老四川灯影牛肉、圆口铜鱼、白市驿板鸭

著名特产：涪陵榨菜、锦橙、脐橙、江津广柑、苍溪雪梨、长寿沙田柚、城口磨盘柿、大红袍桔、合川桃片、露花浓曲酒、重庆沱茶

重庆重要景点

大足石刻、缙云山风景名胜区、四面山风景名胜区、金佛山风景名胜区、长江三峡风景名胜区、八路军重庆办事处旧址、“中美合作所”集中营旧址、北山摩崖造像、宝顶山摩崖造像、白鹤梁题刻、钓鱼城遗址、龙骨坡遗址、黄水、仙女山、巴蔓子墓、罗汉寺、清真寺、若瑟堂、枇杷山、南温泉、佛图关、鹅岭、原国民政府旧址

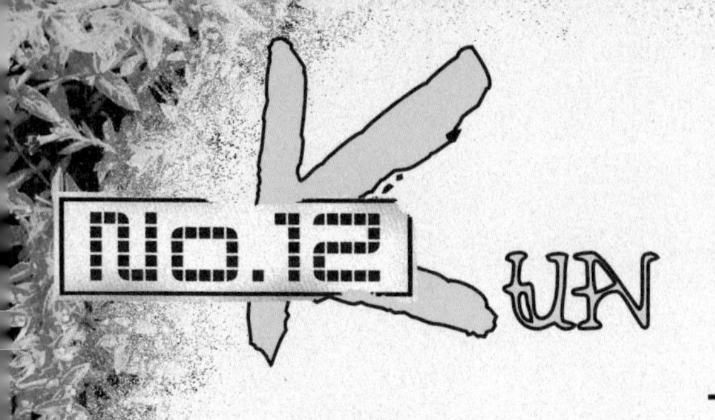

昆明

KUN MING

——春城无处不飞花

歌咏昆明的诗词佳句

泉玉安宁最，潜阳溢至和。
盎深温在沼，清泚洊盈科。
——元·赵琏《温泉漱玉》

昆明波涛南纪雄，金碧滉漾银河通。
平吞万里象马国，直下千尺蛟龙宫。
——见明·杨慎《升庵集》

万顷涛声行木末，千寻岳色倚池头。
石鲸不见秋风动，金马来追夜月游。
——明·王士性《昆明池泛舟夜太华山缥缈楼》

半壁起危楼，岭如屏，海如镜，舟如叶，城廓村落如画，况四时风月，朝暮晴阴，试问古今游人，谁领略万千气象？
九秋临绝顶，洞有云，崖有泉，松有涛，花鸟林壑有情，忆八载星霜，关河奔走，难得栖迟故里，来傲霜金碧湖山。
——三清阁内飞云阁联

著名工艺品：
斑铜金属工艺品、
蜡染制品、
扎染布、
傣家竹编、
木雕工艺品、
建水紫陶、
傣锦、
昆明牙雕、
撒尼挂包、
锡工艺品

四季如春，气候宜人，有“春城”之称

聆听“阿诗玛”美丽动人的传说

观赏“天下第一奇观”——路南石林

昆明地处云贵高原中部，四面环山，南傍五百里滇池。属低纬高原山地季风气候，受印度洋西南暖湿气流影响，日照长，霜期短，四季如春，气候宜人，向有“春城”之称。

“春城无处不飞花”。花是春天的招牌，既为春城，昆明自然就是花的世界，花的海洋，山茶花、玉兰花、杜鹃、报春、百合、龙胆、绿绒、嵩花为春城八大名花，其中山茶花名声最著，号称“甲天下”，已被定为昆明市市花。

千百年来，爱美的昆明人对花一直情有独钟。今天，走在这个城市里，即便是在严冬，也会有娇艳欲滴的玫瑰不合时宜地怒放着，给春城带来浓浓的暖意，也让你眼前陡然一亮。在昆明，不但一年四季都可以用鲜花装扮自己，还能一年四季喝上不同的时令花茶：春天的桂花，夏天的茉莉，秋天的菊花，冬天的腊梅。那淡淡却又沁人心脾的茶香，赋予春城一股悠然隽永的独特味道。人说昆明多美女，大约是和鲜花与茶香的滋润分不开的。

不过，昆明女人的美是极不容易捉摸的，她们不如江南小女子那般明眸皓齿，柔弱可人，亦不如北方女人那样健美丰腴，热情似火。而是像煞了当地的一种绿茶，散发着淡淡的清香，让人在蓦然回首中，方才回味无穷。

昆明女子给外人的最初印象是神秘的，大约是拜云南少数民族“女儿国”所赐，这种神秘有意无意间还被涂抹上一层邪恶的色彩。其实，“女儿国”那点神秘早已被走出去的人抖落得一干二净了，很多感兴趣者对于女儿国的熟悉程度绝对不亚于自己身边的种种。不过，这一切都和昆明女人无关，她们是宠辱不惊的，永远是平淡的，抱一颗淡淡的平常心，走自己的路，过平淡的日子和生活。她们也是快乐的，在每一个风和日丽的好天气，穿上自己最喜爱的花裙子——也许老旧，也许不是流行款式，但她们不在乎——蝶蝴般穿梭飞舞在昆明这座大花园中，用心灵感受煦暖的阳光，撩人的春风。

花和女人都是春城靓丽都市风景线上的亮点。说花打扮成就了女人也罢，说女人使花更增妩媚娇艳也罢，说两者相得益彰又各擅胜场也好，总之，花和女人，对于春城来说，都是不可或缺的，都是一种内在精神的标志。

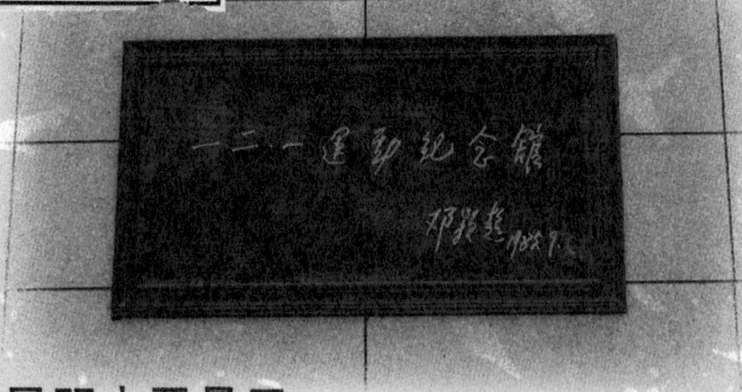

昆明主要景区

官渡古镇、“一二·一”运动四烈士墓、黑龙潭、曹溪寺、翠湖公园、滇池风景区、金鸡碧马坊、太和宫金殿、五华山、云南陆军讲武堂旧址、大德寺双塔、地藏寺经幢、东寺塔、西寺塔、陈圆圆墓、大观楼、筇竹寺、太华寺、三清阁、龙门、安宁温泉

古城轶事——大观楼古今第一长联

大观楼位于昆明市西的滇池之滨，与太华山隔水相望。楼初为观音寺，建于清康熙年间，后增筑为楼，渐成胜景。文人墨客多会于此，俯仰天地，吟风啸月。清嘉庆年间进士宋湘有一题联曰：“千秋怀抱三杯酒，万里云山一水楼。”其襟怀之洒脱可知。咸丰帝尝赐“拨浪千层”金匾悬于楼头。后此楼屡遭水火之厄，数度颠踣，今楼系光绪年间重修。

古今第一长联共180字，由清乾隆年间诗人孙髯翁撰写，清书法家赵藩书。全联曰：

五百里滇池，奔来眼底。披襟岸帻，喜茫茫空阔无边。看，东骧神骏，西翥灵仪，北走蜿蜒，南翔缟素。高人韵士，何妨选胜登临。趁蟹屿螺州，梳裹就风鬟雾鬓。更苹天苇地，点缀些翠羽丹霞。莫孤负：四围香稻，万顷晴沙，九夏芙蓉，三春杨柳。

数千年往事，注到心头。把酒凌虚，叹滚滚英雄谁在？想，汉习楼船，唐标铁柱，宋挥玉斧，元跨革囊。伟业丰功，费尽移山心力。尽珠帘画栋，卷不及暮雨朝云。便断碣残碑，都付与苍烟落照。只赢得：几杵疏钟，半江渔火，两行秋雁，一枕清霜。

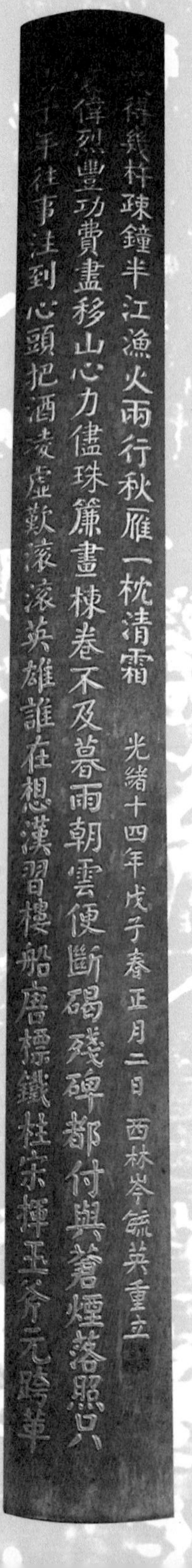

春城名花

春城多花，非但品种多样，更不乏名花、古花，这也是春城作为春城当之无愧之一端。

◇金殿茶花

太和宫金殿系古代道教宫观，全国重点文物保护单位之一。殿宇全系青铜铸造，仿木结构建筑形式，共耗铜约200吨，为国内现存最大铜殿，故美其名曰“金殿”。金殿茶花植于殿后方位，品种是大大有名的“蝶翅”，亦名“照殿红”，树龄已有五六百年，为明季古物。春节前后开放，开时繁花似锦，耀人眼目，远观如红云一片，亦似烈火熊熊，前人曾有诗诵之，曰：“登楼看花花及半，尚有半花出檐牙。”

◇黑龙潭唐柏、明山茶

黑龙潭又名龙泉观，传说有黑龙潜于潭底，故名。潭水上跨一石桥，石桥两侧潭水一深一浅，一清一浊，且桥下“两水相交，鱼不往来”，蔚为奇观。黑龙潭唐柏指龙泉观上观三清殿前的数株柏树，传为唐时所植；与宋柏，明山茶被郭沫若誉为“黑水祠中三异木”。而唐柏、宋柏又与汉祠、明墓并称黑水潭的“古迹四绝”。

汉祠即黑水祠，建于汉，久已湮没。明墓系明末诸生薛尔望为明尽节捐躯处。

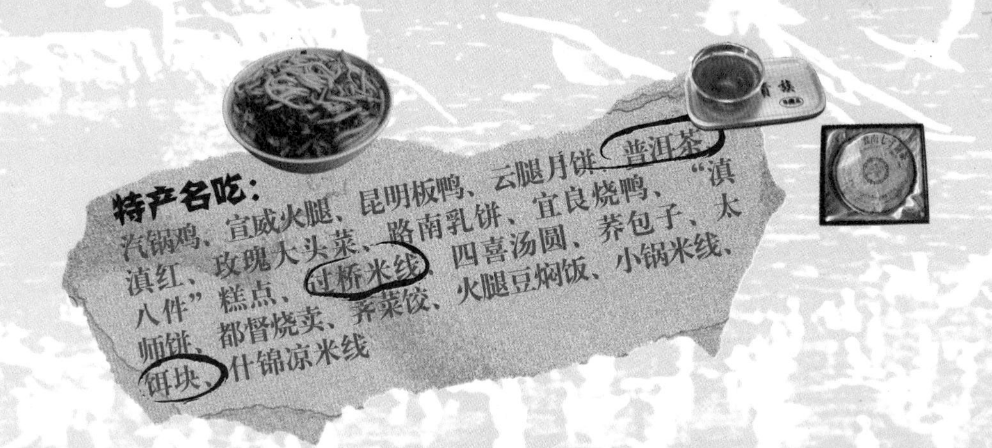

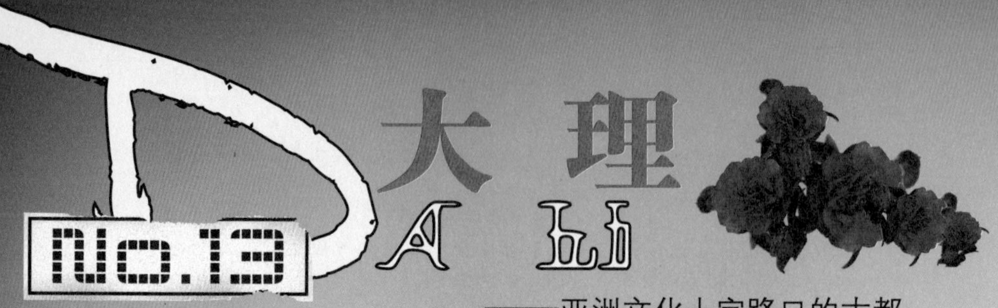

大理

——亚洲文化十字路口的古都

儿时看过露天电影《五朵金花》，依稀记得故事是发生在一个叫大理的地方，那地方很远很远，也很美很美。后来又知道很美很美的是苍山洱海，至于在电影中怎么表现却统统忘却了，只有健康美丽的金花姑娘还影影绰绰有几分印象。

熟稔“大理”这个名称得益于金庸先生的《天龙八部》。大理段氏虽僻处南疆，总也算面南称孤的九五之尊，且还有独步武林的六脉神剑，一旦学成，天王老子都不怵，只可惜太难学了。这是对大理最开始的认识：大理段氏和六脉神剑。书中当然也有对大理风物的描写，只茶花就讲了一大堆，不过那都是衬托人物的，没谁会傻着当成游记来读。

现在想想，这些看法实在肤浅得可笑，但只“唐突山水”一项罪名就非同小可。如此，还是让笔者怀着一份将功赎罪之心，带你逛一逛大理这个亚洲文化十字路口的古都吧!好歹是给大理一个交待。

大理地处滇西北，其景区以苍山洱海为中心向四围延伸。点苍山位于大理古城以西，夹在洱海与漾濞江之间，因山色苍翠而得名。山势峻拔挺秀，高耸入云，山顶积雪终年不化，景色壮观绮丽，“苍山雪”为大理风花雪月四景之一。洱海位于大理古城东，以狭长似人耳，风浪大如海而得名。洱海水面开阔，一碧万顷，与蓝天白云相映成趣。到了夜间，一轮明月涌出天际，清辉素波，海天一色，明河共影，使人如同置身瑶台玉宇，冰壶世界，不免生飘然出尘之想。“洱海月”亦为大理四景之一，与“苍山雪”共同构成“银苍玉洱”奇观。

歌咏大理的诗词佳句

万里云南道，壮哉龙首关。
气吞西洱河，势扼点苍山。
(注：龙首关即龙口城)
——元·王明翰《龙首关》

水绕青山山绕城，万家烟史一川明。
鸟从云母屏中过，鱼在鲛人镜里游。
——元·李京《点苍山临眺》

蝴蝶泉边蝴蝶树，蝴蝶飞来千万数。
首尾联接数公尺，自树下垂疑花序。
——当代·郭沫若《蝴蝶泉》

雪、月有了，风、花也该出场了，风是“下关风”。下关是大理的曾用名。因当地属低纬高原型亚热带气候，冬季日温差较大，常会陡起西南大风。风起之前，苍山玉局峰顶往往奇云幻生，俗称“望夫云”。狂风大作之时，天地为之变色，草木为之披靡，洱海之中波翻浪涌，狂涛怒吼，惊心动魄。民间传说是阿风公主要吹干洱海，和被压在海底的心上人相见。爱情的力量无疑是伟大的，所以风势才这么凶猛。

*上关花的“花”主要指茶花。大理和丽江一样，是鲜花的世界，*杜鹃花、报春花、茶花不择地而生，拥拥塞塞，点缀在苍山洱海间，其中尤以茶花为最，多达40余个品种，居全国之冠。所谓“云南茶花甲天下”，很大意义上系指大理而言。茶花在大理并不归富贵人家专享，寻常百姓亦喜种植，自古即有“*家家流水，户户茶花*”的佳话。

体验“三坊一照壁，四合五天井”的民居文化内涵

苍山脚下，洱海之滨，大理最吸引人眼球的外在性标志要数崇圣寺三塔了。甫进大理，远远望去，三塔色作纯白，在雄伟峭拔的苍山映衬下，显得纤细玲珑。只有走至近前，你才能真切感受到它集伟岸与俊秀于一体的神奇魅力。尤其是那座据说是仿西安小雁塔的主塔，外形秀丽，无论从哪个角度看，都符合黄金分割的比例，挑不出半分瑕疵；而60多米高的塔身让你除对她的美丽赞不绝口外，又不禁为其宏伟气魄所倾倒。侧边的两座小塔从外形上略输一筹，但古朴而稍稍倾斜的塔身无时不向你传递着浓浓的历史沧桑感，似乎在低诉着什么早已湮没在时光隧道中的往事。

No.13

大理主要景点

大理古城、崇圣寺三塔、大理云景、狮子关石窟、南诏德化碑、大理古城、三塔倒影公园、石钟山石窟、杜文秀帅府、南诏太和城遗址、三塔倒影公园、石钟山石窟、杜文秀帅府、南诏太和城遗址、天生桥、蛇骨塔、蝴蝶泉、感通寺、漾濞石门关、永平霁虹桥、天生桥、蛇骨塔、蝴蝶泉、感通寺、龙口城遗址、鸡足山、南诏铁柱、洱源茈碧湖、洱源鸟吊山。

著名工艺品：
下关羽毛画、
大理草编、
大理石工艺品、
云木家具、
剑川木雕、
白族蜡染、
白族扎染

感受独特的白族文化风情

蝴蝶泉在大理也是素负盛名的，可惜早已见不到让徐霞客目驰神摇的缤纷蝶舞，只有清莹莹的一个小池子泉水，和一块写有“蝴蝶泉”字样的石碑。还是让我们重温一下徐霞客的游记吧！“泉上大树，当四月初即发花如蛱蝶，须翅栩然。”如果你是真的想到蝴蝶泉一睹群蝶飞舞，那注定是要败兴而归的；如果只是想寻找一种久已遗忘或被尘封的浪漫情怀，那你决计不会失望。蝴蝶泉就是任你的浪漫像蝴蝶一样自由飞翔的精神天堂；她的美，是要你用一颗敏感的心慢慢去咂摸品味的。

离三塔不足2公里便是大理古城。古城不大，仅仅两千米见方，显得纤弱单薄了点，但是懒洋洋地在其中散步的感觉相当好。你可以什么都不用管，什么都不用想，只慢悠悠地信步行去。头顶的太阳同样也是懒洋洋的，一切都那么安祥静谧，仿佛亘古以来就是这个样子，相信很快你就会悟出老城之所以为老城的味道了。

夜晚，**大理最吸引人的地方当数“洋人街”**。大理人是很有兼收并蓄情怀的，一方面固守着自己的家园特色，一方面也不排斥异国情调。“洋人街”上的酒吧，茶吧，Disco，甚至商店等地方乍一看和古城风貌格格不入，甚至让你怀疑是一股怪风从其他大都市整个儿刮来的，然而却是中外人士全都喜爱的夜生活中心。到了这里，你会陡然发现什么叫和谐的统一。大理居住的外国人不少，且多不精通汉语；而当地人不懂外语姑且不论，连汉语也带着浓重的地方口音；便是老外学过汉语恐怕也是干瞪眼，因为他们学的是普通话。可是，他们互相交流起来却是蛮得心应手的，叽哩咕噜说上一串，然后双方会意地一笑，显然是莫逆于心了。倒是闹得你作为外人满头雾水，双方的话一个字都听不懂。

只有夜晚在大理古城洋人街走一遭，才算真正到过大理，才能体会亚洲文化十字路口处，中国古老文化和外国文化是怎样碰撞出璀璨火花并结出累累硕果的。

丽 江

LIJIANG

——体现人类创造精神的中华典范城

歌咏丽江的诗词佳句

丽江雪山天下绝，积玉堆琼几千叠。
——元·李京《雪山歌》

烛龙倒走回空漾，玉龙迎战寒无功。
鳞甲怒裂迸光怪，化作片片山茶红。
——清·杨晌《玉峰寺山茶花歌》

丽江地处滇西北，距昆明市500余千米，境内绿树青山，奇峰秀谷，鬼斧神工、天造地设的山川胜景，让人赏心悦目，宛然人间仙境。1997年12月4日，丽江被联合国教科文组织批准列为“世界文化遗产”城市。

丽江主要的景区为“两山一江一城一湖”，即老君山，玉龙雪山、长江第一湾、丽江古城、泸沽湖。

老君山紧傍长江第一湾西岸，史称“滇省众山之祖”，相传太上老君曾在此山炼丹，故得名。山体绵亘于澜沧江与金沙江之间，蜿蜒数百里，主要景点有九十九龙潭、杜鹃林、黎明丹霞地貌及横断山植物园等。

玉龙雪山在长江第一湾怀抱当中，主峰海拔5596米，为长江南岸第一高峰。玉龙雪山既集名山之险、奇、秀、美于一身，又是生态类型齐备的动植物王国，属横断山脉中高山动植物生长最集中、物种最齐全的地段，素有“天然高山动植物园”和“现代冰川博物馆”之称。另外，玉龙雪山迄今为止仍是一座人类尚未征服的处女峰，半个多世纪以来，国内外不少登山者莅临此处，均望主峰而兴叹，束手无策。

长江第一湾景区以金沙江改变南流方向的转折点石鼓为中心，溯江而上可至古“花马国”“巨甸”、号称“万里长江第一桥”的塔城铁桥遗址访古探幽，沿江而下又可至世界上最深最险的峡谷之一——虎跳峡。虎跳峡有18处险滩，3个大跌水。上虎跳入口处危崖插天，江水以天崩地裂之势冲腾奔泻，惊涛骇浪，割裂堤岸，形成犬牙交错的暗礁险滩。号称满天星滩。虎跳峡以雄奇险绝闻名于世，对于漂流探险爱好者，具有磁石般的吸引力，但是，直至1986年，中国长江科学考察漂流队、中国洛阳青年长江飘流探险队才完成了“世界上最后的伟大征服”，胜利漂过此峡。

泸沽湖应该是丽江最引人注目的景区。在丽江地区宁蒗县与四川省盐源县交界处，因湖南北宽而东西窄，形似曲颈葫芦而得名。湖水清澈见底，蓝天白云倒映其中，湖畔村庄参差，炊烟袅袅，四围青山环绕；湖西北侧便是当地摩梭人崇拜的格姆女神仙——狮子山。美妙绝伦的湖光山色只是泸沽湖令人神往的一部分，她更以奇特的民俗风情著称于世；沿湖居住的摩梭人至今保留着母系氏族特征及男不娶，女不嫁，结合离散自由的“阿夏”婚姻形态。

丽江这片神奇的土地上，还孕育了多姿多彩的小凉山，神秘莫测的比依仙人洞、永宁高原的温泉，素有“黄金海”之称的永胜程海，永胜灵源胜景等。在高耸的雪山、险奇的峡谷、奔腾的河流之外，还深藏着水草丰美的草甸、坝子以及纯净的海子等。

与优美的自然景观交相辉映、相得益彰的是灿烂夺目的人文景观。世界上惟一“活着”的象形文字东巴文，“中国古典音乐活化石”纳西古乐，北岳庙、玉峰寺、普济寺、文峰寺、福国寺、王风楼、指去寺、扎美寺等众多文物古迹，形成丽江独具特色的民族风情，亦是丽江胜景不可或缺的一大组成部分。

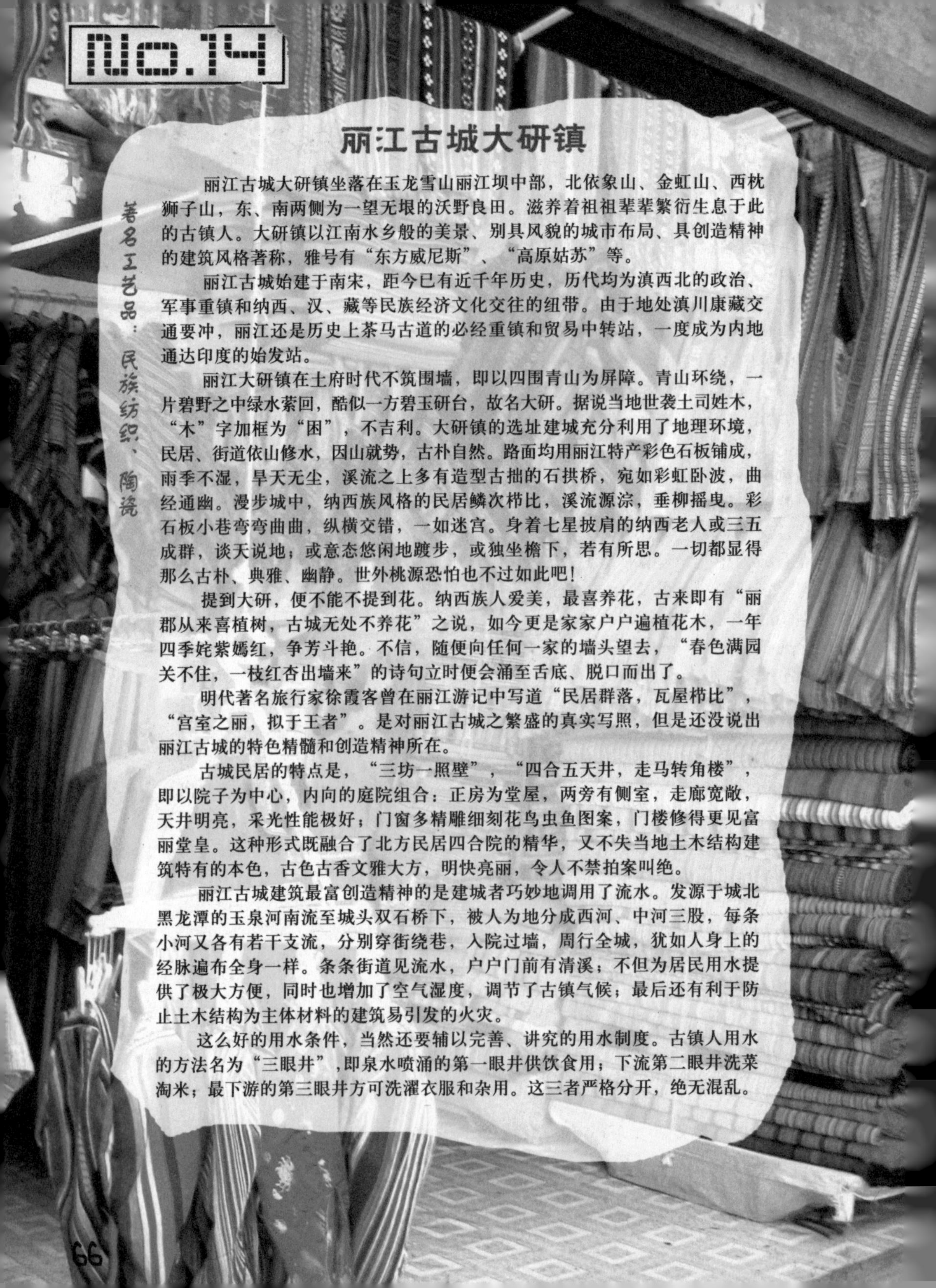

No.14

著名工艺品：民族纺织、陶瓷

丽江古城大研镇

丽江古城大研镇坐落在玉龙雪山丽江坝中部，北依象山、金虹山、西枕狮子山，东、南两侧为一望无垠的沃野良田。滋养着祖祖辈辈繁衍生息于此的古镇人。大研镇以江南水乡般的美景、别具风貌的城市布局、具创造精神的建筑风格著称，雅号有“东方威尼斯”、“高原姑苏”等。

丽江古城始建于南宋，距今已有近千年历史，历代均为滇西北的政治、军事重镇和纳西、汉、藏等民族经济文化交往的纽带。由于地处滇川康藏交通要冲，丽江还是历史上茶马古道的必经重镇和贸易中转站，一度成为内地通达印度的始发站。

丽江大研镇在土府时代不筑围墙，即以四围青山为屏障。青山环绕，一片碧野之中绿水萦回，酷似一方碧玉研台，故名大研。据说当地世袭土司姓木，“木”字加框为“困”，不吉利。大研镇的选址建城充分利用了地理环境，民居、街道依山修水，因山就势，古朴自然。路面均用丽江特产彩色石板铺成，雨季不湿，旱天无尘，溪流之上多有造型古拙的石拱桥，宛如彩虹卧波，曲经通幽。漫步城中，纳西族风格的民居鳞次栉比，溪流源淙，垂柳摇曳。彩石板小巷弯弯曲曲，纵横交错，一如迷宫。身着七星披肩的纳西老人或三五成群，谈天说地；或意态悠闲地踱步，或独坐檐下，若有所思。一切都显得那么古朴、典雅、幽静。世外桃源恐怕也不过如此吧！

提到大研，便不能不提到花。纳西族人爱美，最喜养花，古来即有“丽郡从来喜植树，古城无处不养花”之说，如今更是家家户户遍植花木，一年四季姹紫嫣红，争芳斗艳。不信，随便向任何一家的墙头望去，“春色满园关不住，一枝红杏出墙来”的诗句立时便会涌至舌底、脱口而出了。

明代著名旅行家徐霞客曾在丽江游记中写道“民居群落，瓦屋栉比”，“宫室之丽，拟于王者”。是对丽江古城之繁盛的真实写照，但是还没说出丽江古城的特色精髓和创造精神所在。

古城民居的特点是，“三坊一照壁”，“四合五天井，走马转角楼”，即以院子为中心，内向的庭院组合：正房为堂屋，两旁有侧室，走廊宽敞，天井明亮，采光性能极好；门窗多精雕细刻花鸟虫鱼图案，门楼修得更见富丽堂皇。这种形式既融合了北方民居四合院的精华，又不失当地土木结构建筑特有的本色，古色古香文雅大方，明快亮丽，令人不禁拍案叫绝。

丽江古城建筑最富创造精神的是建城者巧妙地调用了流水。发源于城北黑龙潭的玉泉河南流至城头双石桥下，被人为地分成西河、中河三股，每条小河又各有若干支流，分别穿街绕巷，入院过墙，周行全城，犹如人身上的经脉遍布全身一样。条条街道见流水，户户门前有清溪；不但为居民用水提供了极大方便，同时也增加了空气湿度，调节了古镇气候；最后还有利于防止土木结构为主体材料的建筑易引发的火灾。

这么好的用水条件，当然还要辅以完善、讲究的用水制度。古镇人用水的方法名为“三眼井”，即泉水喷涌的第一眼井供饮食用；下流第二眼井洗菜淘米；最下游的第三眼井方可洗濯衣服和杂用。这三者严格分开，绝无混乱。

古城轶闻——鸡公石的传说

自长江第一湾溯金沙江而上，在上江乡良美村地界的江心上，有一个酷似展翼啼鸣雄鸡的石礁岛，当地人望形生义，称之为鸡公石。旧时鸡公石顶上有观音阁，香火鼎盛，农历二月十九日观音诞期还要演戏，善男信女蜂拥而至，中有好事文人，观石而大惊小怪，发挥想象，名之曰："江上普陀"。

关于鸡公石的来历，当地民间是这么传说的。很久很久以前，巴颜喀拉山神不知跳错了哪根筋，突然想要把金沙江虎跳峡至塔城一带变成汪洋大海。他想的办法是利用虎跳峡江岸险峻、江面狭窄的地势，派遣神石堵水，使江流漫溢。神力无边，说干就干。山神当下命令两个神石全速赶往虎跳峡勾当，期限为第二天鸡叫前。两块神石哪敢怠慢，星夜兼程，赶至云南境内时正是三更时分，一块神石实在走不动了，在良美村前稍事休息。大慈大悲的观世音菩萨早已知悉山神之意，欲待普救众生。于是趁神石酣然入梦之际，叫良美村的所有公鸡，让它们齐声扯着喉咙啼鸣。神石一听到鸡叫便神力顿失（个中原因及操作程序恐怕只有主掌其事的观音知道），休息的那块便永远留在良美村了。

特产名吃：
窨酒、天麻酒、食用菌、茶花、丽江粑粑

主要景点

束河古镇
泸沽湖风景区
宝山石城
东巴之乡
鸡公石
大研镇
玉泉公园
普济寺
长江第一湾
文峰寺
玉峰寺茶花
玉龙雪山
老君山
黑龙潭五凤楼
丽江壁画建筑群
虎跳峡
石鼓渡口

离天堂最近的城市 享受单纯的阳光， 震撼人心的宗教氛围， 独特的文化遗迹 使她成为

诗词佳句

丹碧飞甍阁道连，层梯日[illegible]回旋。
人从鳌背排烟上，地接龙[illegible]得气先。
——清·孙士毅《登布达拉》
一种灵和树，婆娑倍可怜。
根株依佛土，栽植记唐年。
——清·杨揆《唐柳》
大照北去小照迎，金瓦流辉玉砌平。
不信西来皈净土，却因东向望神京。
——清·孙士毅《小昭寺》
金殿晃朝日，宝气凌绀宇。
层楼算花宫，天半轶云雨。
——清·孙士毅《色拉寺》

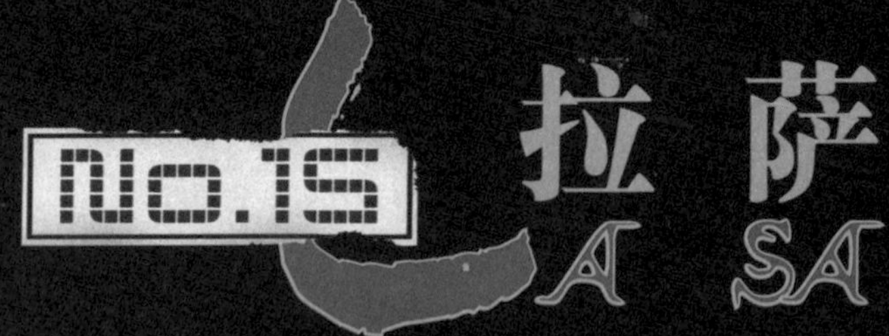

——净化人类心灵的圣地

八 一生必去的一个城市

世界上最具特色、最富魅力的城市

工艺品：藏装、藏靴、藏毯、金银铜器、氆氇

对于西藏的印象是从一曲《青藏高原》开始的，虽然天生对音乐不敏感，依旧没来由地想象到歌者应该是驻足在高高的雪天之巅，蓝琉璃一般纯洁明净的天空高远辽阔，点缀着朵朵白云，不需要扑面的山风鼓荡激情，亦不需绿树红花渲染气氛，自然便会念天地之悠悠，把满腔豪情化为音符喷薄而出了。在那个如幻似梦、自由得可以像飞鸟一样翱翔九天，凭虚临风的地方，至少，在我个人认为，人的存在是完全可以忽略不计的。

拉萨作为西藏自治区的首府，连缀着历史书中学到的点滴知识，嵌在《青藏高原》创造的梦魇般的意境中，于我最初的印象，也只有高远而蔚蓝的天空、金碧辉煌的宫殿、亘古不语的山岳，偶尔再有两只刚从天葬台上参加完葬礼仪式的兀鹰疾如闪电地一掠而过，不能多，只要两只，就已足够。人也许该有，不过应该是在千年一梦的时光隧道中，大概是唐朝吧！一队衣饰华丽、风尘仆仆的人马喧闹着进入这座群山之巅的城市，所有人都疲惫但难掩喜色，迎接的人们从各个地方涌来了，着装虽不类中土但脸上都堆着淳朴憨厚的笑容，只一瞬，甚至连欢呼声都不曾发出，两支队伍便汇合一处消逝于无形中了。只有蒸馏水一般纯净的空气和同样纯净的阳光，日复一日地弥漫在这座已有1300年历史的古老城镇；它们才是这座城市真正的主人，永远的主人。

把拉萨从神话的天国硬生生拉回尘世的是郑均的《回到拉萨》，在那首歌里，拉萨纯净依旧，肃穆依旧，但多了姑娘没完没了的唱和跳，便多了许多亮色，有了生之意味和现代气息，不期然要让人生出走近她、触摸她、融入她以净化心灵的向往了。

人有时候往往会无端地耍弄并欺骗自己，也许是为了逃避现实而宁愿长睡不醒，也许是为了给自己沾满尘俗的心灵世界觅到一方畅快呼吸的净土，总之，明知道有些想法幼稚到可笑，荒唐到无稽，还是不愿承认，固执地在自己营造的虚无中独行其是，恣意遨游。

梦醒并不一定是好事，但是对我，关于拉萨的梦醒之后却绝对得到了一种身心的愉悦，走下神坛的拉萨固然多了几分世俗，但更多的是亲切感，至少我认同了那里有无数和我一样的人在世世代代生生不息着，辛勤劳作着，也许，不久的将来，我就可以打起简单的行囊，去和他们一道享受单纯的阳光，纯净的空气，一道看毫无遮掩的灿烂星空，诱人的黄昏斜阳；也许……

雅鲁藏布江有一条不长不短的支流，叫吉曲河，源于唐古拉山的冰峰雪谷，这条河一路喷珠涌翠，穿山越岭，或许是和天空太过亲近的缘故，连河水都变成了天空的蔚蓝色，因而被誉为“蓝色欢乐之波”。

No.15

■布达拉宫

拉萨最有名的建筑毫无疑问当属布达拉宫。作为拉萨的标志，布达拉宫这座矗立在红山之巅，举世闻名的宫堡式古建筑群创建于公元7世纪，亦是松赞干布为自己心爱的人造的——这就是爱情的魔力——因此，前来布达拉宫礼佛朝圣的人们，在心灵中的尘垢被荡涤干净之余，回顾这个松赞干布与文成公主爱情的见证，心里恐怕会涌起丝丝甜蜜吧？发生在1300年前雪域高原上的爱情应该是最纯洁无瑕的吧？

布达拉宫是观音圣地普陀洛迦的梵语译音，原指观音菩萨所居之处。因松赞干布好善信佛，故有此称。当年松赞干布修建的原宫历经千年沧桑，饱受雷、电、战火劫难，业已破败不堪，仅存法王洞和主殿帕巴拉康，如今的主体建筑系清康熙以来重新修建。

布达拉宫依山而建，殿阁重重，巍峨耸峙，大气磅礴。且因各组建筑均依山势起伏上下错落，前后参差，一眼望去只见千门万户，形成较多层次空间，不但极富节奏美感，又在视觉上加强了高耸向上的感觉，让人不禁生“高山仰止”之崇敬，不愧为世界建筑史上的瑰宝。布达拉宫的主体建筑分两部分。一为白宫，是达赖喇嘛生活起居和进行政治活动的地方；一为红宫，是历代达赖喇嘛的灵塔和各类佛殿所在地。

白宫因整个寺宇的墙面被涂成白色而名。高7层，位于第四层中央的“措钦夏”（东大殿）系布达拉宫最大的殿堂，历代达赖喇嘛均在此举行坐床、亲政大典等重大宗教和政治活动。终日阳光灿烂的“日光殿”位于第七层，是达赖喇嘛冬宫，殿内陈设豪华，珠光宝气，尽显主人身份。宫殿外有一阔大阳台，于此可俯瞰整个拉萨城。远处绵亘的皑皑群峰，蓝飘带一样的拉萨河，包括大昭寺流光溢彩的金顶，亦可尽收眼底。

红宫内共有8座存放各世达赖喇嘛法体的灵塔，以五世达赖之灵塔最高大华丽，通体以金皮包裹，镶珠嵌玉，据说共用去黄金11万余两。宫中最大殿堂“司西平措”(西大殿)内存有康熙帝赠送的大型锦帐一对，是布达拉宫的镇宫之宝之一。

布达拉宫素有西藏历史文化艺术博物馆之称，让人瞠目结舌、拍案叫绝的奇珍异宝数不胜数。走进布达拉宫，每一步你都会有全新的发现，每一次发现都会让你回味无穷。笔者的一枝秃笔是无法让他人“感同身受”的，还是留待读者自己去探索发现吧！记住，一定要先掏空记忆再去拉萨和布达拉宫，任何人的心田和头脑都装不下那么多沉甸甸的发现的。

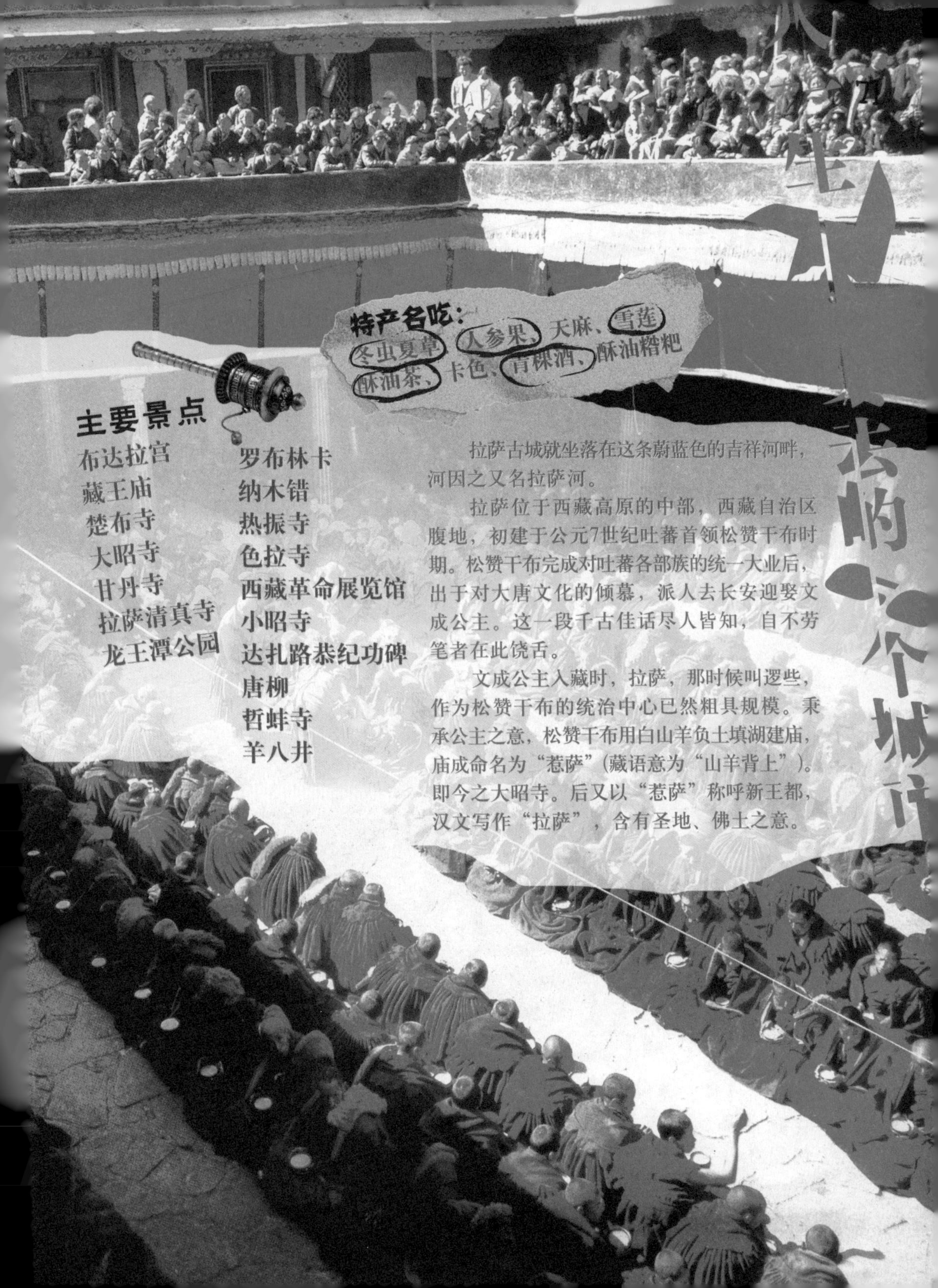

特产名吃： 冬虫夏草、人参果、天麻、雪莲、酥油糌粑、酥油茶、卡色、青稞酒、

主要景点

布达拉宫
藏王庙
楚布寺
大昭寺
甘丹寺
拉萨清真寺
龙王潭公园
罗布林卡
纳木错
热振寺
色拉寺
西藏革命展览馆
小昭寺
达扎路恭纪功碑
唐柳
哲蚌寺
羊八井

拉萨古城就坐落在这条蔚蓝色的吉祥河畔，河因之又名拉萨河。

拉萨位于西藏高原的中部，西藏自治区腹地，初建于公元7世纪吐蕃首领松赞干布时期。松赞干布完成对吐蕃各部族的统一大业后，出于对大唐文化的倾慕，派人去长安迎娶文成公主。这一段千古佳话尽人皆知，自不劳笔者在此饶舌。

文成公主入藏时，拉萨，那时候叫逻些，作为松赞干布的统治中心已然粗具规模。秉承公主之意，松赞干布用白山羊负土填湖建庙，庙成命名为“惹萨”（藏语意为“山羊背上”）。即今之大昭寺。后又以“惹萨”称呼新王都，汉文写作“拉萨”，含有圣地、佛土之意。

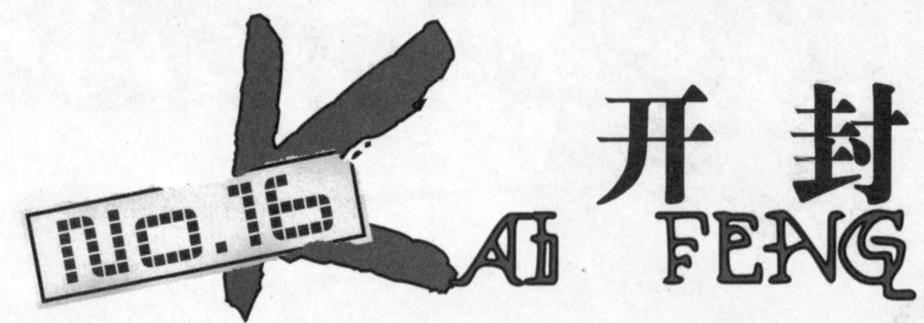

——寻找《清明上河图》的梦中繁华

细雨春灯夜邑新，酒楼花市不胜春。
和风欲动千门月，醉杀东西南北人。
——明・李梦阳《汴京元夕》

描写开封的诗词佳句

梁园花月四时好，日落夷山映芳草。
……
隋堤烟柳翠如织，铁塔摩空数千尺。
——明・于谦《题汴城八景总图》

金牌十二乱如麻，挥泪旋师岂为家。
铁骑纵横胡世界，锦帆飘泊宋天涯。
乾坤遗恨容秦贼，父老欢呼尚岳爷。
公道人心真不死，古今成败重咨嗟。
——明・简霄《过朱仙镇谒武穆祠》

著名工艺品：
汴绣、汴绸、朱仙镇木版年画、开封书画、龙亭蜡像、官瓷、相国寺彩塑草编提篮

历史上曾经有六个朝代在开封建都，最有名的当数北宋，开封城如今保留下的名胜古迹大部分均与这个采风流的朝代息息相关。

开封的建城史最早可追溯至公元前8世纪，初名启封，历史上数易其名，汉景帝刘启时为避其讳而改为今名。北周时以城临汴水而改称汴州，后世称开封为汴、汴京、汴梁盖源于此。

开封历史上第一次兴旺在战国时期，时名大梁，为战国七雄中魏之都城。大梁城宫殿巍峨，百工辐辏，人烟稠密，为天下名都大邑之一。信陵君窃符救赵之故事即发生于此地此时。战国末年，秦攻魏，引黄河水灌大梁城三月，魏亡，大梁沦为废墟。

西汉文帝时，开封一带为梁孝王刘武封地，刘武在此建设离宫、忘忧馆，还有我国最早最大的私人园林——梁园(兔园、菟园、梁苑)。刘武素嗜文雅，招延四方名士，一时群贤毕至，少长咸集。著名文学家司马相如、枚乘、邹阳等人均曾为梁园座上之宾。梁地文风之盛，一时无二，甚至有凌驾于都城长安之上的势头。

开封城的全盛时期毫无疑问应该在五代北宋一段。五代中的后梁、后晋、后汉、后周均都于此。后周时曾调集民工10余万修筑东京外城，城周长48华里余。城内道路宽阔平坦，排水设施齐备，绿树成荫，市容市貌焕然一新，基本奠定了宋都汴梁的雏形。

有宋一代(北宋)的166年时间内，曾对东京进行过4次大规模的修筑。里城周长20华里余，外城更增至50华里余。城内道路亦有所加宽，以御街为中轴线，纵横铺排，四通八达，建筑宏敞华丽，街市热闹繁华，人口多达150余万，为当时国内最大城市。得隋炀帝时所凿通济渠之利，漕运发达，拉动商业繁荣发展，当时开封城内有商户八、九千家，“资产百万者至多，十万而上比比皆是”，市民的财力之充足、购买力之旺盛可以想见。尤其是州桥、相国寺等大市场内，“技巧百士列肆，罔有不集。四方珍异之物，悉萃其间”，夜市更为繁盛，“车马阗拥，不可驻足”。估量情态，今日北京之王府井怕也不过如此吧！

经济发展自然推动旅游业的发展。宋都开封城内外建有不少风景区，以金明池、琼林苑名声最大。《水浒传》中所言之“花石纲”，即是为建造皇家苑囿所要求的太湖石的专称。非独皇家，当时的私人园林亦盛极一时，“都城左近，皆是园圃，百里之内，并无闲地”。园林之中，多栽植奇花异卉。街道两旁亦桃红柳绿，御道两侧的御沟之中栽满荷花，两岸遍植桃、李、梨、杏。春夏之交，或花团锦簇，烂若朝霞，或果实累累，压枝欲低。煞是喜人。

东京城中住宅区与店肆区已混然一统，不再人为分开，这是商品经济发展到一定程度时的必然趋势，在我国城建史上具有划时代的意义。另外，东京城的饮食业也十分发达，酒楼茶馆鳞次栉比，而且多数兼有文化娱乐场所等多种功能。城中较为固定的文化娱乐场所名为“瓦肆”，相当于今天的剧院，里面常年有杂技、说话(评书之类)、魔术、说唱、杂剧、院本等演出，是广大市民喜闻乐见、津津乐道的好所在。宋人孟元老在其《东京梦华录》中言东京繁盛甚详，且有“节物风流，人情和美”，“仆数十年烂赏叠游，莫知厌足”之语。

北宋开封繁荣的见证——州桥

宋时开封的风光秀丽，景色宜人自不待言，还有汴河、五丈河、蔡河、金水河四水贯都，一有了清凌凌的水流，整个城市便凭空多出几分秀气与灵气；有水就有桥，“小桥流水人家”，可堪入画，无怪时评有“一苏二杭三汴京”之说，能与江南水乡的苏、杭二州媲美，汴京也算不枉了。

州桥为汴河上13座桥中之翘楚，因面对大内御，又称御桥。因御道宽阔，气势上与它桥自然不可同日而语，孟元老《东京梦华录》中有载：“其柱青石为之，石梁石榫 栏，近桥两岸皆石壁，雕镌海马水兽飞云之状。桥下密排石柱，盖车驾御路也。”正因处于御道必经的地理位置，州桥一带形成了相当大的市场，夜市可营业至三更天，灯火烟雾蒸熏，人们摩肩接踵，以致“蚊蚋敛迹”。另外，州桥某种意义上已经成为御驾的象征，南宋范成大出镳金国，途经州桥，曾作诗云：“州桥南北是天街，父老年年等驾回”。黍离之悲溢于言表。《清明上河图》中亦绘有州桥。可惜明末农民战争时，黄河水灌开封城，州桥被泥沙淤没，自此不复修建，只有旧址附近还固执地叫做州桥街，大概是难以忘怀曾经的荣宠与辉煌吧！”

开封著名景点

开封城墙、北宋东京城遗址、铁塔、古吹台、繁塔、龙亭、开封古城遗址、宋开封府遗址、包公祠、州桥遗址、相国寺、延庆观玉皇阁、清真寺、犹太教礼拜堂、山陕甘会馆、铁犀、潘杨湖、朱仙镇、岳飞庙、蔡邕墓、张良墓

特产名吃：

黄河鲤鱼、鲤鱼焙面、汴梁西瓜、开封韭黄、朱仙镇五香豆腐干、桶子鸡、灌汤小笼包、大刀面、进士糕、状元饼、太师饼

把北宋时开封盛貌绘成图画、活生生展现在后人面前的是当时的宫廷画家张择端，他的《清明上河图》长卷以写实的手法描绘了汴河两岸的风物人情及店铺林立、百业俱兴的状况，对研究宋代社会生活，市井百态等等不无裨益。今日开封的“宋城一条街”的仿古建筑、服饰等皆以《清明上河图》为蓝本而仿制。可是仿制毕竟是仿制，即便惟妙惟肖也只是赝品而已，我们不可能在现实生活中重温北宋汴京的繁华，只好让《清明上河图》伴我们入眠，梦回宋朝那段火热的岁月了。

洛阳位于豫西山地和黄淮平原过渡地带，周围多山，有邙山、首阳山、周山、万安山、龙门山、香山；多水，有洛水、涧河、伊水，为《易经》上所谓“河图洛书”出现地，历史悠久，山川秀丽。曾有九个朝代在此经营，以此为都，故向有“九朝古都”之称。宫殿苑囿，皇家私人园林极一时之盛。汉光武帝定都洛阳之后，大兴土木，一时间，城内殿宇崇宏，雕梁画栋，商业繁荣，文化发达，一跃而成为全国最大城市。北魏时期，孝文帝迁都于此，杨衒之《洛阳珈蓝记》中载重建宫城之盛况：“帝族王侯，外戚公主，……争修园宅，互相夸竞，崇门丰室，洞户连房，飞馆生风，重楼起雾，高台芳树，家家而筑，花园曲池，园园而有，莫不桃李夏绿竹相冬青”。而且，北魏自孝文以后笃信佛教，“楚王好细腰，宫中多饿死”，洛阳寺院最多时达1367座。隋炀帝欲迁都洛阳，苦心经营，号称东都。城西的西苑“周二百里”，为历史上仅次于汉上林苑之特大园林。唐时洛阳一度仍为东都，园林多达100余处，备极华丽。宋时，上层社会居洛造园成为一种风尚。时人至有“洛阳名公园林天下第一”之语，三苏之一的苏辙亦说洛阳“园囿亭观之盛实甲天下”。宋人已有赏玩牡丹之习俗，天王院花园中有牡丹数十万株，一俟花盛之期，“张幕幄，列市肆”，“倾城士女绝烟火游之”。盛况真可谓空前绝后了。

可惜，洛阳因居天下之中，河山拱戴，地势重要，历来为兵家必争之地，故而屡屡毁于战火。虽有宫阙万间，一朝天子失势，大多化为灰土。九朝古朝的繁华与灿烂不过引来后人扼腕叹息、凭吊而已，只有国色天香的牡丹，至今依然姹紫嫣红笑春风，“洛阳牡丹甲天下”已成为大多数人耳熟能详的一句俗谚，仿佛也是必去洛阳不可的最大理由了。

洛阳历来为名人游赏吟咏的繁盛之地。除了“洛阳春日最繁华，红绿荫中十万家”一因外，上文所说的历经战乱，盛衰兴废，饱经沧桑想也为一大诱因。宋司马光有《过故洛阳城二首》，中云：“若问古今兴废事，请君只看洛阳城”。此言当不为过。

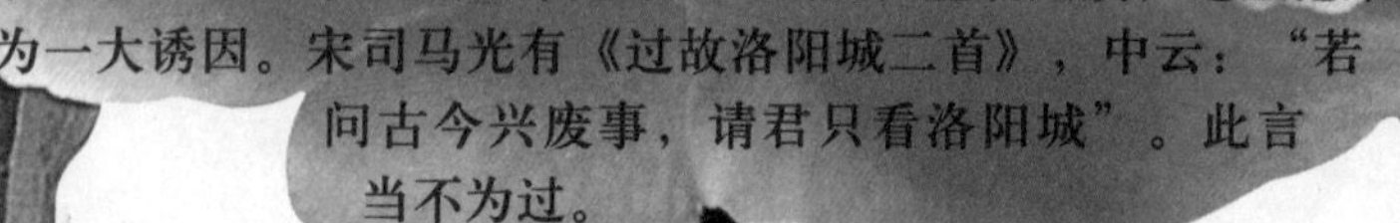

——九朝古都的灿烂隐没在国色天香里

描写洛阳的诗词佳句

雄都宝鼎地，势居万国尊。

……

膏腴满榛芜，比屋空毁垣。

——唐·韦应物《登高望洛城作》

上阳花木不曾秋，洛水穿宫处处流。

——唐·王维

范公之乐后天下，维师温公乃独乐。
二老致意出处间，殊途同归两不恶。

——北宋·宗泽《游独乐园》

著名工艺品：洛阳唐三彩、洛阳宫灯、洛阳仿古青铜器、洛绣、洛宁竹帘

No.17

洛阳牡丹花会

去洛阳最好的季节当然是四五月，彼时正是牡丹花开得正艳时。洛阳牡丹栽培历史悠久，隋时史已有载，两宋时达到全盛，北宋欧阳修曾有诗赞曰："洛阳地脉花最宜，牡丹尤为天下奇。"牡丹为我国传统名花，花朵硕大，色彩艳丽，姿态雍容华贵，素有"国色天香"、"花中之王"之称。如今牡丹已在洛阳发展到20多万株，品种多达290余个，洛阳市大小公园、大街小巷，房前屋后，庭院楼台处处可窥牡丹芳姿。自**1982年牡丹被确定为洛阳市花**以后，政府在每年的4月15日至25日都要定期组织洛阳牡丹花会。花会期间，千万朵牡丹竞相怒放，争奇斗艳，整个洛阳城就是一个花的世界，花的海洋。徜徉于这样的繁花世界，耳中是笑语欢声，鼻中是诱人花香，怒放的鲜花和热情的笑脸让你目不暇接，就算没有一壶老酒，恐怕你也会醉掉的。

洛阳著名景点

龙门石窟、香山寺、白居易墓、关林、白马寺、上清宫、周公庙、文峰塔、孔子入周问礼碑、周都遗址、隋唐洛阳城遗址、含嘉仓、永宁寺塔基、西汉壁画墓、金谷园遗址、白居易故居、安乐窝邵雍祠、独乐园遗址、邙山古墓群、天津桥遗址、洛阳龙门风景名胜区

洛阳牡丹甲天下

特产名吃：

杜康酒、孟津梨、洛阳樱桃、猴头、洛阳水席、阎家羊肉汤、张家馄饨、不翻汤、洛阳燕菜、鲤鱼跃龙门、清蒸鲂鱼、长寿鱼

洛阳白马寺

洛阳白马寺位于洛阳老城东12千米邙山南麓，洛阳北岸。建于东汉永平年间，是佛教传入中国后兴建的第一所寺院，有“中国第一古刹”之称，从创建初始算起，距今已有近2000年的历史，被尊为东土释源和祖庭。

传说东汉明帝夜来偶得一梦，梦见一个金人，身上沐浴着日光，在宫殿前翩然飞行，心里十分高兴。第二天明帝聚集朝臣，询问所梦者究为何方神圣，有知道的就说此是西土大神“佛”。明帝即刻派人前往西域求佛法。求回佛经以白马驮之，先藏于鸿胪寺，次年于洛阳城西雍门外御道北破土建寺，供请回的两位高僧传教译经，因白马有驮经书之功，即名白马寺，且在山门外立石狮石马以志其事。寺内主殿悬有重达2500千克的大钟一口，为明嘉靖年间遗物，“马寺钟声”曾为洛阳胜景之一。大雄宝殿内所塑佛像造型丰满生动，彩绘精美绝伦，系元代作品。殿壁木雕佛龛供佛像5000余尊，具有较高的文物价值。寺东15米处，有金大定年间所建齐云塔。塔名齐云，以言其高大巍峨。又称释迦舍利塔，名刹古塔相依而立，同为佛教在中国传播以及中外文化交流史的重要见证。

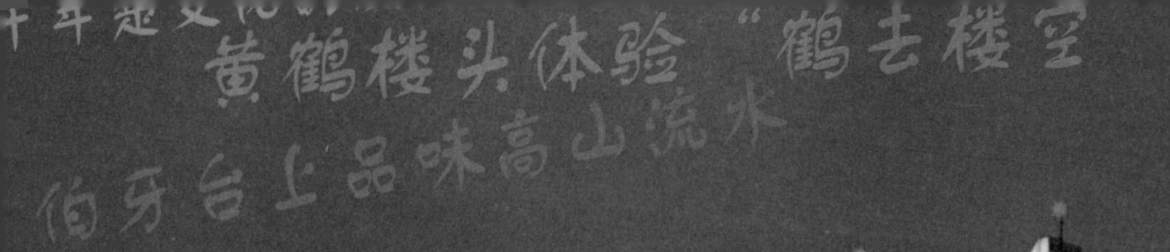

描写武汉的诗词佳句

昔人已乘黄鹤去，此地空余黄鹤楼。
黄鹤一去不复返，白云千载空悠悠。
晴川历历汉阳树，芳草萋萋鹦鹉洲。
日暮乡关何处是，烟波江上使人愁。
——唐·崔颢《黄鹤楼》

孝意翻为逆意终，芳容屈死恨无穷。
至今塔畔榴花放，朵朵浑如血泪红。
——明·赵弼《咏石榴花塔》

紫府琼台仍缥缈，元都金阙故清虚。
——清·王柏心《过长春观》

——九省通衢，气象万千

人一生要去的个城市

武汉位于湖北省境中部偏东，长江与汉江交汇处。因地处南北要冲，扼东西咽喉，故自唐以后，即为北上中原，南抵岭表，东至吴越，西入巴蜀的必经之地。故向有“九省通衢”之称，为兵家必争之地，历史上元末红巾军中之徐寿辉、陈友谅，明末农民战争中的张献忠均曾于此建都成称王。太平军北上以武昌为第一个夺取的省会城市，辛亥革命首义之役亦在此打响第一枪。国民政府1927年由广州迁都武汉，1938年以之为抗战中临时陪都。经济地位上，由于交通极其便利，全国各地商户云集，早在明末清初时，汉口镇已荣膺全国四大名镇之一。

文化上，湖北属古楚文化的发源地和重要分布区。以屈原为代表的楚地作家群的楚辞创作，标志着楚文化当时已达到世界高峰。大量出土的珍贵文物显示：楚国在吸收中原文化基础上形成了独具地方特色的楚文化，在这种文化的熏陶和培育下，楚地人杰地灵，英才辈出：“不飞则已，一飞冲天”的楚庄王、楚辞体的代表作家屈原和宋玉、“一去朔漠家万里，独留青冢向黄昏”的王昭君、推翻新莽政权重兴汉室的光武帝刘秀、唐山水田园诗人孟浩然、茶圣陆羽、以《本草纲目》一书名世的医药学家李时珍、明文坛上的“公安三袁”等。湖北人民还具有光荣的革命传统，武昌起义、“二七”大罢工，均以武汉三镇为策源地。

特产名吃：武昌鱼、黄鹤楼酒、咸宁桂花

深沉厚重的文化底蕴，九省通衢的地理位置，光荣悠久的革命传统，繁荣发达的商业活动，使武汉历史上遗存下来大量名胜古迹、人文胜地，当之无愧成为国家历史文化名城。而且，由于四通八达的地理位置使然，武汉兼东西南北四方之风，采古今中外历代之盛，风光总体特征表现为山水兼胜，自然景区与人文胜迹相依并存，浑然一体，气象万千，各景点自具特色又包含着丰富的历史文化内涵。历朝历代游览者留下脍炙人口的篇章史不绝书。崔颢、李白咏黄鹤楼诗传唱千古，故事本身亦成为文坛佳话，伯牙琴台让人生知音难觅之叹，1957年武汉长江大桥建成，使京汉、粤汉铁路联为纵贯南北的大动脉——京广线，号称万里长江第一桥。毛泽东观之逸兴横飞，有“一桥飞架南北，天堑变通途”之咏。畅游长江后，毛泽东又兴致勃勃地在《水调歌头·游泳》中写下“万里长江横渡，极目楚天舒”的豪语。

黄鹤楼

位于武昌蛇山(黄鹄山)西端。江南三大名楼之一。得名之因颇多，或云因山而名，或云仙人王安女曾乘鹤过此，或云三国费祎曾骑鹤来此流连。楼初建于三国吴时，后屡修屡毁，兴废已莫能详载。黄鹤楼俯瞰长江，登之可极目江天之盛，念天地之悠悠，抚古追昔，故向为文人墨客雅集题咏之所。名声最著者当属唐人崔颢的《黄鹤楼》，中有句云："昔人已乘黄鹤去，此地空余黄鹤楼。黄鹤一去不复返，白云千载空悠悠。"一诗既出，举座皆惊。后来据说大诗人李白亦至黄鹤楼，诗兴大发，饱蘸浓墨，方欲挥毫之际，冷不丁瞥见崔颢之诗，吟哦玩味良久，不能下笔，最后只写下"眼前有景道不得，崔颢题诗在上头"。索然而返。传说虽是传说，但"天子呼来不上船"的李白尚有搁笔束手之时，我辈凡夫俗子亦可免去不少自惭形秽的机会了。

毛泽东1927年春所作《菩萨蛮·黄鹤楼》亦为题咏佳作，中有"烟雨莽苍苍，龟蛇锁大江。黄鹤知何处？剩有游人处"等语。

□ 武汉著名景点

八七会议会址、古德寺、龟山、晴川阁、向警予墓、古琴台、归元寺、石榴花塔、蛇山、黄鹤楼、胜象宝塔、岳飞亭、长春观、武昌起义军政府遗址、起义门、洪山、施洋烈士陵园、宝通寺、灵济塔、卓刀泉、莲溪寺、龙泉营、双凤亭、木兰山、盘龙城遗址、九女墩、磨山、东湖风景名胜区、武汉长江大桥

□ 伯牙台(古琴台)

伯牙台位于汉阳龟山西麓，月湖侧畔。传为春秋时楚国大夫俞伯牙摔琴谢知音钟子期处。后人感之，故筑此台以为纪念。

相传俞伯牙归家省亲，路经此处，正值夜晚，见月白风清，豪兴大发，遂命从人抱琴上台，弹了一曲。意犹未尽，忽发现山岩后似有人窥探，叫出一看，原来是个樵夫打扮的年轻人。俞伯牙信口问道：“年轻人也懂琴吗？”樵夫答：“略知一二。”俞伯牙这下感到奇怪了，莫非深山大泽，真的藏龙卧虎？于是又索琴弹了一曲，志在高山，樵夫叹曰：“洋洋乎若高山！”伯牙再弹，志在流水，樵夫又叹曰：“浩浩乎若流水。”伯牙这次不得不相信了，对樵夫刮目相看，延之上船，问明他叫钟子期，两人定为莫逆之交。

后来，俞伯牙故地重游，欲见钟子期一面，畅叙别情，却发现他已亡故。痛心之余，俞伯牙深感知音难觅，遂摔琴于台上，以示终生不复鼓琴。因俞、钟二人定交时俞所奏为“高山流水”，后人即以“高山流水”作为知音的代称。

著名工艺品：
武汉仿古编钟、绿松石雕、牙雕

上海 SHANG HAI

——中国第一大城市的海韵风流

著名工艺品

面塑、顾绣、嘉定竹刻、金银饰品、嘉定黄草编、玉雕、绒绣、牙雕、丝绸

坦白说，对上海的印象一直不怎么好，原因是多方面的：先是从电影电视上目睹了上世纪二三十年代十里洋场上太多的尔虞我诈、勾心斗角；后来自认为长了点见识，又从报章杂志上见到对于上海人的种种无伤大雅却堪称入木三分的评述。成见大抵自那时起便开始形成且逐渐根深蒂固了，以至于学习中国革命史时，总觉得那些如火如荼的革命活动和斗争的发生该是在上海以外的另一个地方，或者说根本就不是发生在上海。

事实上，谁都明白，上海只有一个，就是那个中国第一大城市，最大的经济、金融、贸易中心；位于中国东部沿海，太平洋西岸、凭海临风的那个。上海的的确确在中国近现代史上扮演了不可替代的重要角色，20世纪初叶的上海的的确确是冒险家们心中向往的天堂和乐园，报章杂志上对于上海人的种种谑笑亦的的确确不是捕风捉影。上海就是上海，上海人就是上海人，积淀了太多的文化底蕴，经历了太多的沧桑磨难，见识了太多的悲欢离合，自然也便拥有太多不足向外人道而外人亦颇感费解甚至误会的秘密和地域特色；这原本就是无可厚非的。不是有这么一个关于上海人的故事吗?说一帮上海女人坐在窗明几净的客厅里喝茶聊天织毛衣，一须眉男子无怨无悔热火朝天地在厨房里“鏖战”。最后，男子一脸油汗地冲进客厅，柔声细语地向女人汇报并请示道：“老婆，菜都好了，可以开饭了吗?”是贬是褒?对男对女?恐怕只能仁者见仁、智者见智了。

旅游景点

上海有全国重点文物保护单位13处，包括松江唐经幢、徐光启墓、豫园、上海中山故居、中国共产党第一次全国代表大会会址、中国社会主义青年团中央机关旧址、鲁迅墓、龙华革命烈士纪念地、宋庆龄墓、上海外滩建筑群、上海邮政总局、真如寺、兴圣教寺塔。

除此之外，还有宋以后的古典园林如醉白池、秋霞圃、古猗园等，宗教建筑龙华寺、静安寺、玉佛寺、白云观等，尽可徜徉其中，细细赏玩。

如想感受上海的现代气息，还可以去面晤体现上海变化日新月异的新时代标志性建筑，有：

亚洲第一、世界第三高的东方明珠电视塔。

中国第一、世界第三高的摩天大楼金茂大厦。

规模分居世界第一和第三的斜拉索桥——杨浦大桥和南浦大桥。

新人民广场、新外滩、国际会议中心、国际博览中心自然也在其列。

自20世纪20年代中国最早的电影和话剧在上海诞生以后，上海的文化事业一直长盛不衰，近年来又有一批富丽堂皇、具有国际先进水准的文化设施次第落成，如上海博物馆，上海图书馆，上海书城，上海体育场、上海马戏城等，可为上海文化市场蒸蒸日上之佐证。

如果还有充裕的时间，你还不妨去浏览一下外滩和石库门的老房子，还有各种各样的海派建筑及琳琅满目的现代设施，那些爬满绿叶的欧式阳台、刻满历史沧桑的幽深小巷一下子会把你扯进回归往昔的时光隧道。待到重新回到钢筋水泥的现代建筑物前，沐浴在煦暖的阳光底下，略一咂摸，彼时彼景或许只能用“恍若隔世”四字形容。

上海的自然景观同样让人流连忘返，以公共活动中心和社区为主的环城都市文化旅游圈之外，便是远郊休闲度假旅游圈，包括佘山、淀山湖、崇明岛等，尽是寻芳探幽的绝佳去处。

No.19

历史回眸

上海已有约6000年的开发史。有史可考，早在5800年前，已有先民居住。春秋时期上海一带先属吴，吴亡归越，战国时一度为楚春申君黄歇封地；上海简称“申”即由此而来，今之黄浦江得名及宋后又名春申江、黄歇浦亦均因此。汉时出现冶铁、煮盐、铸钱等手工作坊。西晋时期，今吴淞江下游入海口附近有沪渎，以当地捕鱼用具“扈”(竹栅)而得名，上海另一简称“沪”亦由此派生。唐初此地筑海塘，以备潮汐之患，土地扩垦，生民蕃息，渐成重要农区；玄宗天宝年间，今青浦附近设青龙镇，上海作为贸易港口自此而始。北宋初，设上海务，专司征酒税，久之，青龙镇市舶司亦移驻于此，制盐业因之日渐兴盛。南宋时设上海镇。元初，上海镇为江海漕运汇集中转之地，商业、手工业和水上运输业获大发展，该地市舶司为全国七大市舶司之一，上海俨然“华亭东北一巨镇”。明嘉靖年间，倭患猖獗，上海开始筑城。清初为防郑成功，一度实行海禁。康熙年间海禁撤销，于此设江海关，上海成为“江海之通津，东南之都会”。

上海市的最大变化发生在鸦片战争以后。1843年，上海被帝国主义强迫辟为商埠。英、法等国相继辟租界。上海十里洋场遂成为名副其实的“冒险家的乐园”。

上海人对新事物具备超乎寻常的“领略”和接受能力，近现代以来，各种新思潮无一例外选择上海作为策源地之一。

“五四运动”前的1915年，革命刊物《新青年》由陈独秀在上海创办，俄国“十月革命”之后，是它最先把马克思主义介绍给了中国人民。“五四运动”时期，具有强烈反帝反封光荣传统的上海工人和民众有力地声援了北京学生。

1921年7月23日，中国共产党在上海举行第一次全国代表大会，上海成为中国共产党的诞生地，中国革命从此掀开了全新的篇章。

从1921年至1949年，发生在上海的种种事件一直为全世界所瞩目，更深刻影响着中国当代史的进程。择其要者，有：

1925年，上海爆发“五卅运动”。

1927年，蒋介石在上海发动“四·一二”反革命政变。

1932年1月28日，中国驻上海军队奋起还击日军侵略，“一·二八抗战”爆发。

……

任何一个城市具备如此的“资历”都足以傲视群侪，上海自然不例外；对上海引以为自豪的上海人当然也不例外。早就听说上海人傲，不大看得起外地人，甚至连首善之区的北京人亦不怎么放在眼里。细思之，这种表现大概是有很深的历史渊源的，而且仅是上海人诸多表现的一个方面。反过来说，上海人如果没有这份傲气，大家恐怕也会对他的上海人身份产生怀疑的；个中原因，相信读者诸君都会明白。

今日上海

不谈经济地位，上海还是我国的优秀旅游城市、当之无愧的历史文化名城。虽然上下五千年，没有一个朝代选择上海作为自己的统治中心，即首都——原因是不言自明的：不会有哪个深谋远虑的帝王把自己的上层建筑放置在一片汪洋大海之畔，那不够安全——但几乎所有的帝王在意识到中外交流的重要性和必要性之后，都把目光牢牢锁住上海并对之进行了苦心经营，而且，古往今来，不少“所见略同”的英雄和有识之士纷纷旅居沪上，大显身手，在自己的人生之旅上画下浓墨重彩的一笔，尤以上海开埠以来为最。

如今的上海，携着先辈创下的基业，靠着上海人不懈的努力，正以惊人的速度发展，迅速向国际大都市的标准靠拢，已成为东方一颗耀眼的明珠。上海的都市景观、都市风光、都市文化、都市艺术，都市娱乐、都市商业无一不是古今咸宜，中外兼容，全方位展示上海作为东方都市的深邃内涵、文化底蕴和“海派”风格。

No.19

上海购物

在很大一部分国人心目中，上海作为“购物天堂”的名头，一点不比香港逊色。这大概也是人们趋“上海”若鹜的重要原因之一。

上海在中国近现代史上一直是洋人和富商巨贾的聚居地，这些人的消费水平及审美标准自是不俗，故而上海各种高档进口、国产名牌商品应有尽有。在上海购物，俗有“四街四城”之说。即便抱着闲逛的目的，中华商业第一街——南京路也不能不去。且不说在其中的名店、老字号可以览尽上海的特色商品，单是一路行来，便觉仿佛置身店铺发展进化的博物馆之中。淮海路更是精彩不容错过。名店与专卖店云屯雾集，在这里可以窥到时尚最前沿的全部信息，活脱脱就是一个“世界时装博览”；风趣的上海人都说“上海的美女都在淮海中路”，个中原因不言而喻。四川北路是典型的工薪阶层购物街，商店鳞次栉比，商品物美价廉，一直是平民百姓的最爱。要想购买价格便宜的小商品，你不妨到城隍庙福佑路逛一逛，在那儿一定会有意想不到的惊喜。如果“钱紧”又想买点漂亮时髦的衣服，你可以去襄阳路碰碰运气，那儿的服饰市场最能考较爱美一族的眼力。另外，民族特色浓郁的豫园商城、新崛起的徐家汇商业城、浦东新上海商业城，以及位于上海火车站出口处的“上海陆上门户”——嘉里不夜城分别拥有自己的特色，共同构建了上海的整体商业形象，都是难得的购物好去处。

特产名吃：
风尾鱼、崇明水仙花、面丈鱼、刀鱼、老毛蟹、大闸蟹、上海梨膏糖、上海五香豆、油酱毛蟹、八宝鸡、八宝鸭、糟溜鱼片、桂花肉、枫泾丁蹄、南翔小笼馒头、香糟田螺

"江海之通津，东南之都会"有"购物天堂"的美誉

任何城市都无法比拟她的"洋气"

五方杂处，中西交融的文化特色

在上海购物，有些小环节应该注意，如果因此而影响心情，殊不值得。

1 除个别例外，上海的商场营业时间一般为9：00—21：00或10：00—22：00，周末和节假日可适当延长。

2 商场前有人分发小商品，切勿轻易接受，容易招致不必要麻烦。

3 换季、节庆、店庆为商场打折期，千万不要空手而归，以免后悔。

4 上海部分商场实行三色标价签制度，各有所指：蓝色——明码标价；黄色——削价处理；红色——议价销售。

金龍山

扬州

——流传着无数浪漫故事的千古名邑

歌咏扬州的诗词佳句

广陵实佳丽，隋季此为京。八方称辐辏，王达如砥平。大映空色，萧发连营。层台出重霄，金碧摩灏清。

——唐·权德舆《广陵》

故人西辞黄鹤楼，烟花三月下扬州。
孤帆远影碧空尽，惟见长江天际流。

——唐·李白《送孟浩然之广陵》

青山隐隐水迢迢，秋尽江南草未凋。
二十四桥明月夜，玉人何处教吹箫。

——唐·杜牧《寄扬州韩绰判官》

京口瓜洲一水间，钟山只隔数重山。
春风又绿江南岸，明月何时照我还。

——宋·王安石《泊船瓜洲》

著名工艺品：漆器、玉器、剪纸、绒花、盆景、长毛绒玩具

有宋一代，名臣韩琦，大文豪欧阳修、苏轼均曾在扬州任职，南宋末，金人南侵，扬州亦未能免此浩劫，姜夔的《扬州慢》抚古叹今，让人几不忍卒闻。

不过，这还不是扬州城最惨痛的记忆。明末清初，崇祯帝缢死煤山，南明小朝廷尚僻处一隅苟延残喘，其孤忠臣子史可法坐镇扬州，誓死不降。现在看来，史可法的做法是有几分“不识时务”的，怀着一腔忠义之气。清兵如林而至，一场大战下来，扬州城破，史可法从容殉难，保住了自己的气节，扬州却生灵涂炭，“扬州十日”，至今思之，仍让人心惊胆落。

清时，扬州最有名的当数八个书画家，即扬州八怪。其领军人物为郑板桥。此人曾自称“康熙秀才，雍正举人，乾隆进士”，一生只做过几任县令，以“为民请命”为己任，乃至把“竹叶萧萧”都听成了民间疾苦声，也算千古以来痴人一个了。这等关切民瘼，沉沦下僚、诗酒自娱“固所宜也”。

“淮左名都，竹西佳处”，是南宋词家姜夔自度曲《扬州慢》的开篇。下文即言扬州“自胡马窥江去后”的破败境况，哀惋悱恻，以至于千岩老人以为“有黍离之悲”。

总认为扬州应该是江南迷蒙烟雨中一个撑着油布伞、眉目如画，楚楚可怜的娇小女子，总认为她应该是超凡脱俗，不食人间烟火的；纵非如此，属于男人的纷飞战火也不该惊扰她的清梦；因为那无疑是对她冰肌玉骨的最大亵渎。然而，在扬州2500年的建城史上，她不止一次经受过铁与血的锻炼，不止一次遭到过兵燹之苦。也许，每一次战火兵燹之后，扬州都会变得坚强、成熟、妩媚一些吧！要不，她又怎么能够牵系着那么多才子佳人的爱恨情仇，演绎了他们那么多的浪漫故事呢！

扬州古称广陵，西汉前地处长江近海口，“广陵潮”曾和“钱塘潮”一样名擅当时，枚乘《七发》中之“广陵观涛”即指此。晋时大名士稽康忤怒权贵，被杀。临刑前索琴而奏，响遏行云，气冲霄汉，奏毕叹曰：“广陵散自此绝矣！”那时的广陵，分明是不乏大丈夫阳刚之气的。

“扬州”一称自隋始。至唐，俗谚已有“腰缠十万贯，骑鹤上扬州”之说法。可见扬州已成富商巨贾的寻欢作乐之所，销金之窟。宋时洪迈在《容斋随笔》中忆及唐时扬州，十分向往地称“扬一益二”，亦是证扬州举足轻重之地位。以《悯农》一诗闻名的李绅也用诗人的夸张语言赞誉扬州“夜桥灯火连星汉，水郭帆樯近斗牛”。如此丰富的夜生活，少了歌伎舞女侑酒行觞，浅斟低唱当然是不行的；扬州的脂粉气当是自此大盛，也吸引了无数自命风雅的文人骚客迢迢而至。唐人诗句中多有吟及扬州之作，个中原因不言自明。

No.20

“十年一觉扬州梦”

晚唐大诗人杜牧一生潦倒，命途多舛。有说文人一向和诗、酒、女人分不开，这一点在杜牧身上体现得尤为明显。

杜牧在扬州差不多呆了10年。据他自述，只是做了一个“十年一觉”的长梦，不过成绩倒也斐然，至少在青楼中挣足了名声，所谓“赢得青楼薄幸名”是也。当然，诗人早已有言在先，之所以如此放浪形骸，是因了“落魄江湖”的缘故。人家心里不痛快，又不愿做苦行僧，而且还是“载酒”而行，“酒入愁肠”，自然要“化作相思泪”，石榴裙下求解脱，寻大自在也在情理之中，要是不这样反倒会让人惊诧莫名了。

有这样一则轶事，说杜牧在扬州的“宦迹”。当时杜牧任节度使掌书记，是主官的副手，估计也就是“司文翰”什么的，这难不倒才华横溢的小杜，所以他就有充足的时间流连齐台楚馆。主官很有容人之量，甚至还可以说有些纵容，明知杜牧生活腐化糜烂，闭上眼睛便罢，还派手下日夕跟着，随时用纸条向他汇报杜牧的行踪，怕自己的文胆遇上地痞无赖出问题。

久而久之，主官的纸条装满了好几箱子。有一次衙门宴饮，杜牧在座。酒酣耳热，主官不经意中带出一句，大意是要杜牧注意身体。文人大多护短藏拙，杜牧亦不例外，自思所作所为神不知鬼不觉，当下矢口否认。主官笑而不言，命手下抬出几个箱子，打开来看，全是纸条子。若有好事者加以条分缕析，完全可以据此绘制出一幅相当精确的“杜牧狎妓路线图”！

著名景点

- 泰州日涉园
- 高邮镇国寺塔
- 仙鹤寺
- 天宁寺
- 冶春园
- 普哈丁墓园
- 高邮文游台
- 文峰塔
- 高邮盂城驿
- 瘦西湖
- 史公祠
- 石塔
- 文昌阁
- 马可·波罗纪念馆
- 大明寺
- 瓜洲古渡
- 观音山
- 个园
- 隋炀帝陵
- 何园
- 茱萸湾

扬州明月

明月原本便是“寄相思”之物，所谓“露从今夜白，月是故乡明”。“举头望明月，低头思故乡”。道尽了游子在外漂零的思乡之情。不过，同是一轮明月，同是相思，在扬州却有另外一种诠释。徐凝诗云：“天下三分明日夜，二分无赖是扬州。”堪称咏扬州明月的压卷之作。

在扬州，明月一般是和二十四桥紧紧联系在一起的。因为富商巨贾多无吟诗作赋之雅兴，我们只能从文人的诗篇中寻觅明月的踪迹。杜牧云：“二十四桥明月夜，玉人何处教吹箫。”月明如昼，小桥流水，一缕箫声隐隐传来，怎不让人生无穷遐想？甭说多情的诗人，便是一介村夫也不会认为吹箫的是个粗莽汉子，那样太煞风景，因此蕊宫仙女般的“玉人”在此映入人们脑海也就不足为奇了。也只有“玉人”方能消受得了扬州的明月。

姜夔笔下的明月又是另外一番滋味，“二十四桥仍在，波心荡，冷月无声”。国破家亡，离愁别绪涌注笔尖，连明月都变得对人世间冷眼相向，默默无言了。

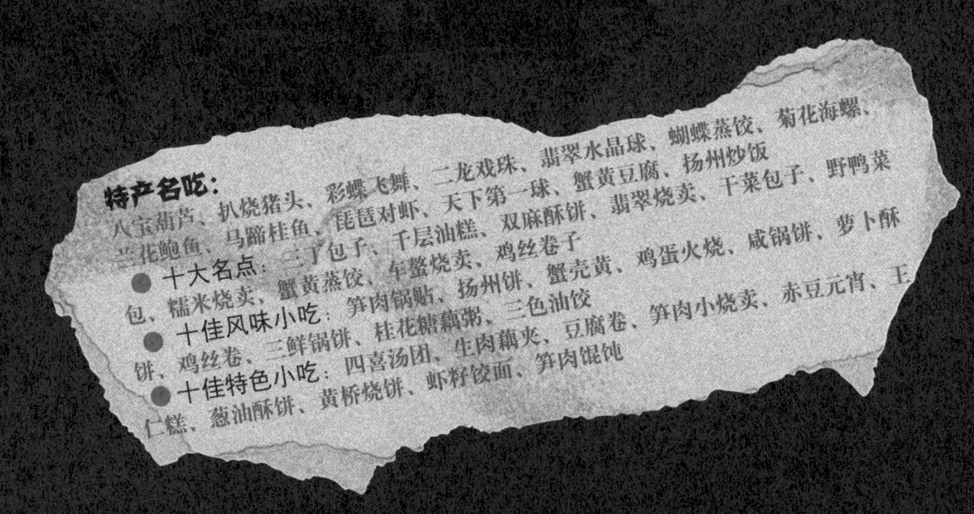

南京
No.21
NAN JING
——江南女儿国中的雄奇男儿

杏花春雨，水村山郭，美人如玉，明眸善睐，这应该是大多数北方人对于江南的第一印象，恐怕也是最为持久的一个印象。这些，作为一个江南名邑，南京无一例外都具备。秦淮河的桨声灯影、丝竹管弦引无数王孙公子、文人墨客竞折腰。史书载：秦淮灯船之盛，天下所无。两岸河房，雕栏画槛，绮窗丝障，十里珠帘；读来让人心旌神摇。“秦淮八艳”的名头和那些缠绵悱恻的才子佳人轶事更引人不免发千年一叹。

然而，这并不是南京的全部。“三吴佳丽城”之外，南京还是“十代帝王都”（东吴、东晋、南朝的宋、齐、梁、陈、南唐、明、太平天国、国民政府均曾建都于此）。六朝金粉、秦淮灯火甲天下，道不尽的风流蕴藉，无奈总被雨打风吹去。斑驳古老的南京城墙，“藏兵三千不见影”的中华门，安息一代枭雄朱元璋的明孝陵和被诸葛亮称为“钟山龙蟠，石城虎踞”的古石头城遗址诉说更多的还是须眉男子们纵横决荡的金戈铁马之声、攻战杀伐之气。

不是说江南的钟灵毓秀地容不下志士仁人的慷慨悲歌，总觉得既然是“铁马秋风”，还是在大漠孤烟的塞北为好；总觉得柔弱女子一般明丽纯洁的江南是看不惯连天烽火、剑影刀光的。缘此，无端地便认为南京该当在另外一个地方，长城内外、黄河上下皆可，只要不是长江南北。或者，可以把南京两个截然不同的角色剥离开来，一个尽由金粉争艳，一个任凭须眉驰骋。

这只是一厢情愿的痴人说梦而已。历史不容改写，偏偏有时候又写得十分离奇。离奇中也许自有冥冥的天意在，南京这个大刀阔斧的雄奇男儿偏偏就生在了江南女儿国，不失其男儿本色，却平添几许珠光钗影，温柔富贵。两者就这么奇怪而又和谐地统一在南京这个已有2500余年历史的古城之中。

南京有道不尽的故事，默默无语的秦淮河水中流淌着的不只是商女和歌伎所弃的脂水，还有无数迁客骚人酒杯的余沥、英雄豪杰激烈或老去的情怀，仁人志士“十二栏干拍遍”后勃发的广武之叹。“赢得青楼薄幸名”虽不是真实目的，但绝对是那些一肚子不合时宜的知识分子不得已时的一种选择。一边偎红倚翠，一边抚古追昔，这两者似乎不能相提并论，然而，在历史上的南京，在昔日的秦淮河畔，这一切都真真实实存在着，合理而又怪诞地存在着。也许，今天，在南京某个幽僻的小巷，每一步走过去，哪怕蹑手蹑脚，你也有可能惊醒一个骚人或歌伎业已沉睡千年的迷梦！

与北京、西安、洛阳并称“中国四大古都”

寻访六朝金粉之地的流风余韵

景点介绍

南京现被列为全国重点文物保护单位的古迹共有10余处，有：南京南朝陵墓石刻、南京城墙、明孝陵、太平天国天王府、栖霞寺舍利塔、堂子衙太平天国壁画、中山陵、雨花台烈士陵园、中国共产党代表团办事处旧址梅园新村等。另外，古石头城遗址、晋时王、谢两大族世代所居的乌衣巷、因王献之爱妾桃叶而得名的桃叶渡、南朝梁武帝萧衍为侯景所困并最终饿死的所在地台城、王安石晚年退隐居住的半山园、王安石曾经读书、陆游亲笔题字的定林山庄，还有灵谷寺、鼓楼、大钟亭、朝天宫、夫子庙、瞻园、煦园、扫叶楼、白鹭洲、中华门、长干里、大报恩寺遗址、渤泥国王墓、牛首山、胭脂井、覆舟山、渡江胜利纪念碑、珍珠泉风景区、千佛岩、栖霞山、燕子矶、明故宫遗址、谢公墩、梅花山、玄武湖等。近郊江宁寺还有“四时如汤”的汤山温泉、南京猿人所在地葫芦洞、南唐先主李昪和中主李璟的钦陵和顺陵。

最后要提到的是侵华日军大屠杀遇难同胞纪念馆。这是一个让所有国人为之窒息、为之目眦尽裂的地方。还是不要再翻开那一页浸满鲜血和屈辱的历史了，只要牢记一个事实：长达六周的血腥大屠杀中，一共有35万中国同胞倒在血泊之中。勿忘国耻，我们方能发愤图强！

歌咏南京的诗词佳句

台城六代竞豪华，结绮临春事最奢。
万户千门成野草，只缘一曲后庭花。
——唐·刘禹锡《台城》

烟笼寒水月笼沙，夜泊秦淮近酒家。
商女不知亡国恨，隔江犹唱后庭花。
——唐·杜牧《泊秦淮》

朱雀桥边野草花，乌衣巷口夕阳斜。
旧时王谢堂前燕，飞入寻常百姓家。
——唐·刘禹锡《乌衣巷》

冶城访公迹，犹有谢安墩。
凭览周地险，高标绝人喧。
——唐·李白《登金陵冶城西北谢安墩》

江雨霏霏江草齐，六朝如梦鸟空啼。
无情最是台城柳，依旧烟笼十里堤。
——五代·韦庄《台城》

特产名吃：
南京板鸭、肫干、六合牛脯、南京香肚、雨花茶、南京盐水鸭、烧鸭、金陵酱鸭、香酥鸭、八宝珍珠鸭、香肠、小粒玫瑰花生

著名工艺品：
南京云锦、雨花石、仿古牙雕、木雕、玉雕、金银丝器物、云锦、天鹅绒

NO.22 苏州 Su Zhou

——蕴含着优雅气质的园林之都

歌咏苏州的诗词佳句

月落乌啼霜满天，江枫渔火对愁眠。
姑苏城外寒山寺，夜半钟声到客船。
——唐·张继《枫桥夜泊》

君到姑苏见，人家尽枕河。
古宫闲地少，水港小桥多。
——唐·杜荀鹤《送人游吴》

南浦春来绿一川，石桥朱塔两依然。
年年送客横塘路，细雨垂杨系画船。
——宋·范成大《横塘》

吴会括众山，戢戢不可数。
其间号天平，峻绝为之王。
——宋·苏舜钦《天平山》

苏州好，串月有长桥。桥面重重湖面阔，
月光片片挂轮支，此夜爱吹箫。
——清·沈朝初《忆江南》

谚云：*上有天堂，下有苏杭*。天堂之美我辈难得一回见，只能于黑甜乡中自己描摹。处身于万丈软红尘中，若想领略人间天堂美景，说不得便要取道东南，往苏、杭二州走一遭了。

单说苏州。苏州位于江苏省东南部的长江三角洲，东临上海，南依浙江，西濒太湖，北襟长江。明山秀水，四通八达，端地是一处好所在。因此早在公元前514年，吴国大臣伍子胥即慧眼独具选中此处，为吴国阖闾建造大城。他“相土尝水”，“象天法地”，于城之四周水陆各开八门，以征天之八风与地之八卦，又广筑离宫别馆，以极游观之乐。继位的吴王在享受方面丝毫不逊于乃父，在苏州城的建设上亦费了不少心血。惹得卧薪尝胆后终于灭吴的越王勾践都起了嫉妒之心，一度将越都迁至此处。

秦灭，此地属吴郡，曾经是西楚霸王项羽及其叔父项梁的豹隐之处。项羽后来兵败乌江，临抹脖子前仰天长叹曰：“籍与八千子弟兵渡江而西”云云，其“八千子弟兵”个个尽是吴地好儿郎。

隋朝文帝时，以姑苏山之故，苏州得名，亦称姑苏。炀帝性喜搞“水利建筑”，心血来潮，遂以三国丹徒水道为基础，凿通江南运河。发展到唐初，苏州已成为“人稠过扬府，坊闹半长安”，“版图十万户”，“甲郡林天下”的名州大邑。其江南水乡风光最为唐人称赏，大诗人白居易曾有诗云：“绿浪东西南北水，红栏三百九十桥。”绿浪红栏，小桥流水，不用目见，但只耳闻已足让人心醉了。

北宋初，为寓平定江南之意，苏州改名平江阜，今苏州城之规模于彼时大致完成，士民之富庶天下知名，时谚曰：苏湖熟，天下足。宋末元初两遭兵燹，旋毁旋建，依旧为“红尘中一、二等富贵风流之地”，元时意大利旅行家马可波罗来华，曾至苏州一游，在游记中称之为“名贵的大城”，“东方的威尼斯”。

明中叶以后，苏州的丝织业、商业大发展，一时“家家养蚕，户户刺绣”锦绣成堆，百物具陈。经济的发展自然带动人们物质与精神上的高消费、高追求。一切官员在此择地破土，兴建亭台楼阁、园林建筑，拙政园、留园均为此时期代表作品，且与北京颐和园、河北承德避暑山庄并称“中国四大名园”。

上有天堂

特产名吃：
洞庭枇杷、杨梅、阳澄湖清水大蟹、采芝斋糖果、苏式糕点、碧螺春茶、太湖莼菜
密汁豆腐干、松子糖、玫瑰瓜子、虾子酱油、枣泥麻饼、猪油咸糕、松鼠桂鱼、清汤鱼翅、响油鳝糊、西瓜鸡、母油整鸡、太湖莼菜汤、翡翠虾斗、荷花集锦炖

下有苏杭

苏州籍文化名人

严忌、严助(西汉)、张翰、陆机、陆云(西晋)、张旭、陆龟蒙(唐)、范仲淹、范成大(宋)、唐寅、冯梦龙(明)、尤侗、汪琬(清)

苏州园林甲天下

听寒山寺的夜半钟声

苏州双面绣

著名工艺品：
宋锦、苏绣、桃花坞木刻年画、盆景、檀香扇、红木雕刻、微雕、戏装、江南丝竹乐器

一赏苏州评弹

■ 著名景点介绍

既至苏州，拙政园和留园是非去不可的。拙政园以水著称，取晋人潘岳《闲居赋序》中的句子："筑室种树，灌园鬻蔬，以供朝夕之膳，此亦拙者之为政也。"故名。全园水面占五分之三，"凡诸亭、阁、台、榭，皆因水而为势"。园中倚玉轩侧，即苏州诸园中惟一的廊桥"小飞虹桥"。形制虽小，曲尽其妙，不可不登临送目一番。拙政园面积不大，又承载了太多的内容，因而更显出建筑者之匠心独运。步入其中，山水相因，楼阁次第，绿树掩映，鸟语花香，虽在闹市，而让人得"山林深寂"之趣。

再说留园。留园以石擅名，园内集太湖石十二余峰，以留园三峰名冠吴中。峰石在林泉耆硕之馆北庭园内，冠云峰居中，瑞云、岫云分居其两侧为映衬。冠云峰是一块天然巨石，3米左右高，瘦削兀立，无人工斧凿之痕而形状怪异，且有无数透孔，名石之优点瘦、透、漏、皱、丑俱备。相传还是宋徽宗时"花石纲"中遗物。此石亦算大幸运，虽无缘得徽宗龙目御览，却有幸来至江南，成为江南园林中太湖石峰之霸。而与它同时出世的"花石纲"中的同伴们，早已在颠沛流离中湮没无闻了。

如果是暮色苍茫时分，那还是去江南第一风流才子唐伯虎的故居桃花坞吧！"斜阳外，寒鸦万点，流水绕孤村。"天然是一等好景致。无尽的幽然而又寂寥的小巷，踽踽而去，若再有"润物细无声"的雨丝陪伴左右，说不定就会邂逅一个丁香一般结着愁怨的姑娘。倘使你是绘画爱好者，那千万不要小看小桥流水人家中任何一个须发苍然、怡然自乐的花甲老人，他们可能就是你顶膜朝拜的某一位画坛耆宿呢！

寒山寺早已随着唐代诗人张继的一首《枫桥夜泊》闻名天下，就在阊门外枫桥镇。就算赶不上"月落乌啼霜满天"，即便无有"江枫渔火对愁眠"，只需夜半，听一听那空旷寥远的钟声敲碎夜空，也会让你辗转反侧，怅然若失的。要是恰巧赶在除夕，你的运气就更好了，如今寒山寺每年除夕都会举行撞钟活动，深受中外游客欢迎，他们认为闻钟声可以"烦恼清，智慧长，菩提生"。不过提醒你一句，彼时的寒山寺人山人海，摩肩接踵，差不多是"可远观而不可亵玩"，要亲临其境可要做好挨挤的心理准备。

苏州全国重点文物保护单位：拙政园、留园、网师园、环秀山庄、云岩寺塔、瑞光塔、玄妙观三清殿、苏州文庙内宋代石刻、罗汉院双塔及正殿遗址。

其他名胜景点：沧浪亭、寒山寺、怡园、狮子林、西园、北寺塔、虎丘、石湖、金鸡湖、七里山塘河、上方山、盘门、天平山、灵岩山、邓尉山、东西洞庭山、太平天国忠王府、开元寺无梁殿、白公堤、剑池、姑苏驿站

杭州 HANG ZHOU

——与生俱来的灵秀气质

杭州一直是我魂牵梦绕的地方。从小在书上看过，从影视上看过，她那美丽的山水，迷人的景致，无不让人倾倒。还有在杭州发生的一出出让人喜、让人悲、动人心肠的故事，这一切，都让人对杭州这人间的天堂向往无比。这种想念，没来由成了一种情节，让人无法释怀。杭州的山水，有西湖、屏风山；杭州的人，有苏小小，白居易；杭州的故事有那令人断肠的白娘子与许仙。曾做过吴越国和南宋的都城，文化古迹有几多？单西湖就有多少古迹啊，灵隐寺、六和塔……太多了，简直不知从何说起。

温润细腻的吴越古都 淡妆浓抹的万种风情

灵秀山水

城以水灵，没有水，哪来的灵气？城以山秀
州市区处在浙西中山丘陵向浙北平原的过渡地带，午朝山、老焦山耸立于西，没有山，哪来的景致？杭
半山、皋亭山蜿蜒于北，屏风山、五云山绵亘于南，钱塘江奔流于东。市区
的中部，吴山和宝石山又夹峙西湖。“三面云山一面城”、“乱峰围绕水平
铺”，是杭州市区山、水、城融为一体的真实写照。

说杭州，还是从西湖说起，有关杭州的故事，多半是有关西湖的故事。
但闻山水癖，不见说相思；既说相思苦，西湖美可知！这是白居易给我们留
下的一首留恋西湖的诗作。

西湖之所以吸引人，重要的是有西湖十景。西湖十景形成于南宋时期，
基本围绕西湖分布，有的就位于湖上。苏堤春晓、曲苑风荷、平湖秋月、断
桥残雪、柳浪闻莺、花港观鱼、雷峰夕照、双峰插云、南屏晚钟、三潭印月，
西湖十景各擅其胜，组合在一起又能代表古代西湖胜景精华。西湖是一首诗，
一幅天然图画，一个美丽动人的故事，不论是多年居住在这里的人，还是匆
匆而过的旅人，无不为这天下无双的美景所倾倒。阳春三月，莺飞草长。苏
白两堤，桃柳夹岸。两边是水波潋滟，游船点点，远处是山色空蒙，青黛含
翠。此时走在堤上，你会被眼前的景色所迷醉，怀疑自己进入了世外仙境。
梦一样的西湖，一副娇娇柔柔的模样，总让人牵肠挂肚。

“天下西湖三十六，其中最好是杭州”。

奇绝女子

苏小小是南北朝时候的杭州名妓。有一回她去石屋洞游玩，遇见了一个落魄的中年男子，觉得这个人身上有种特别的气质，就主动去帮助他。这位叫鲍仁的书生在苏小小的供养下，后来考上了状元，做了刺史。但两人的感情却不是爱情，甚至不带一点功利性。苏小小帮助鲍秀才，只是一种“怜才”，是一种人格。苏小小到死也没有提过鲍仁一字。只是听到小小死讯后，已当上河北滑州刺史的鲍仁才派了两个家人赶来杭州，替苏小小在西湖西泠桥堍修了一个很考究的坟墓。苏小小就此名传杭城。

苏小小在25岁那年死了。她却觉得自己死得很及时。她对服侍她的贾姨说：“你别一个劲地抱怨我妙龄夭折是老天不仁，其实这还是老天特别周全我之处呢！我一个小女子有这么大的名气，不过是恃着我青春美貌罢了。再美的姿容，一过了青春，便要渐渐衰败为人厌弃。而一旦遭人厌弃，只怕连从前的芳名也要一起扫地！不如现在绝尘而去，使灼灼红颜不至出白头之丑。累累黄土尚可动人青鬓之思。失者片刻，得者千古，真不可为得计乎？你不该为我哀伤，而应该为我欢喜才是啊！”

“古来美人不奇，美人有才则奇，美人有才尚不奇，美人有才兼有识则更奇，且出于青楼，则奇绝矣！”清人的话语，无疑是对苏小小貌奇、才奇、识奇的赞叹。她识拔穷困书生，智斗好色暴徒，向往着无忧无虑的自由生活。一句“闭阁藏新月，开窗放野云”充分流露出了苏小小喜游秀山丽水的超脱飘逸之情。苏小小的“六朝风流韵事”，为西子湖畔增添了一份传奇的色彩。正是这山这水，杭州才有了苏小小这等美丽女子，正是有了苏小小，西湖才更让人不忍离去。

歌咏杭州的诗词佳句

东南形胜，
三吴都会，
钱塘自古繁华。
……
有三秋桂子，
十里荷花。
羌管弄晴，
菱歌泛夜，
嬉嬉钓叟莲娃。
——柳永《望海潮》

毕竟西湖六月中，
风光不与四时同。
接天莲叶无穷碧，
映日荷花别样红。
——杨万里《晓出净慈寺送林子方》

水光潋滟晴方好，
山色空蒙雨亦奇。
欲把西湖比西子，
淡妆浓抹总相宜。
——苏轼《饮湖上初晴后雨》

杭州花事

杭州的花美，人谓杭州花事如走马：方才三秋桂子飘香，俄而一地菊花黄；年年踏雪寻梅，梅林总蕴着无尽春意；不经意间姹紫嫣红开遍，接下来又是十里荷花，映日别样红，荷叶接天无穷碧。

历史上，杭州人便素有爱花之名，自八百多年前的南宋时期，杭州便无愧于花园城市的称号。据《咸淳临安志》、《梦粱录》诸书记载，彼时之寿安坊，即今之官巷口，又名花市巷。以卖花人云集之故，号称“花市”。南宋诗人更是爱花成癖，赏玩之余，多见于吟咏，如“怪道清香满襟袖，寿安坊里卖花来”，“不是经过花市路，谁知春色满杭州”。

大诗人陆游寓居杭州孩儿巷时，听过一夜淅淅沥沥的春雨，清晨推开凝满雨珠的雕花窗子，烟霭朦胧的远处，隐约送来卖花妇女拖长声调的悠扬卖杏花声，诗兴勃发，润笔便写下了“小楼一夜听春雨，深巷明朝卖杏花”的诗句。林和靖隐居孤山，以梅妻鹤子自许，免不了有咏及“娇妻”的句子，“疏影横斜水清浅，暗香浮动月黄昏”，那可是对梅之风韵标格的千古绝唱呀，自此，那梅更为“悦己者容”，开得如云一般，却又一朵朵清绝孤傲，这种热闹中的孤独，合群中的傲然，正是对白云深处林处士年年岁岁的凭吊呵！

物换星移，岁月沧桑，杭城依旧，杭城的花市依旧，杭城人爱花依旧，冷冷湖光，静静山色之中，花开花落，伴着杭城人阅尽人间的沧桑与春色。

著名工艺品：杭州丝绸、王星记扇、西湖绸伞、张小泉剪刀、西湖天竺筷、西泠印泥、邵芝岩毛笔、仿南宋官窑青瓷

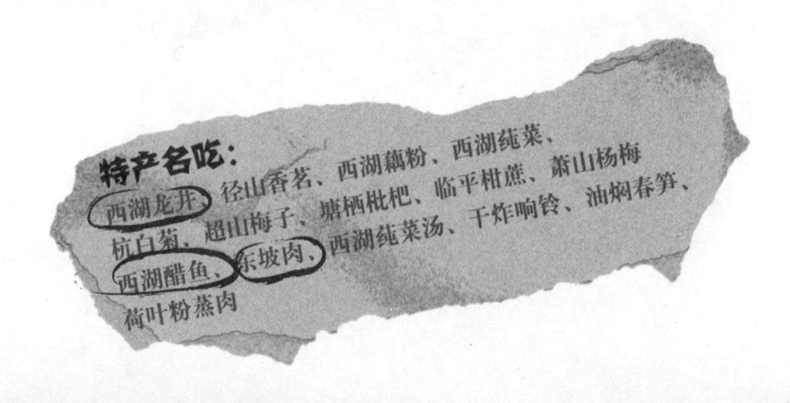

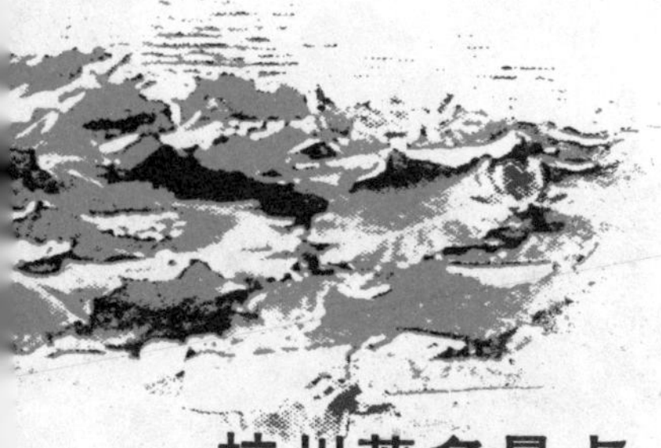

杭州著名景点：

西湖十景：

苏堤春晓、断桥残雪、曲院风荷、南屏晚钟、雷锋夕照、三潭印月、花港观鱼、柳浪闻莺、双峰插云、平湖秋月

西湖新十景：

吴山天风、满陇桂雨、虎跑梦泉、九溪洞树、阮墩环碧、宝石流霞、龙井问茶、玉皇飞云、云栖竹径、黄龙吐翠

人文景观：

岳王庙、灵隐寺、飞来峰、

自然景观：

玉泉、白堤、孤山

周边景点：

富春江、新安江、千岛湖、灵山风景区

老城旧闻

九姓渔户是指旧社会流动在钱塘江上的陈、钱、林、袁、孙、叶、许、李、何九姓，他们大都以捕鱼为生，故有“九姓渔民”、“九姓渔户”之称。关于“九姓渔户”的起源，有两种不同的说法。一种认为他们是南宋亡国后不问世事的士大夫，因爱杭州一带山水，故带着眷属避世而居船上，以捕鱼为生，自得其乐，且不与当地居民通婚，以明不践元土，心系前朝之志。因他们都是世代望族后裔，平日娇生惯养，故谋生无术，后来只好靠卖唱度日。另一种认为他们的祖先是元末明初陈友谅的部属。朱元璋做皇帝后，将他们贬为贱民，永做渔户，不准上岸，不能与平民通婚，不准读书应试。朝廷有事还要应召服役。

杭州九姓渔户大都聚处江干一带，专门在设宴接待赴任官员和富商大贾时充当伴唱陪客。直到明朝覆亡已二百年后，清同治五年(1866年)，经地方官呈报上司批准：“裁九姓渔户，准令他们改贱为良。”民国以后，江干九姓渔户上岸聚居在花牌楼一带。

不敢试着去说尽杭州，因为杭州是说不尽的。从越国以来几千年的吴越文化不是一篇文章可尽，去杭州看看她的风景，留意一下那儿的特产，也去看两眼今天的杭州还有无美女，个中滋味，你还是自己去体会吧。

杭州文化名人：

西施、苏小小、林和靖、于谦、张煌言、章炳麟、夏衍

桂林的山水奇绝，尽人皆知；桂林的山水文化更奇绝，自来文人墨客，所可恃负者，惟一支笔而已，有感必作，见景即赋，涂涂抹抹，以为千古雅事，确也为后人留下不少传世佳作；观桂林的山水题咏即见端倪。眼下的桂林山水，在大多数以驰骋寸管为能事的人眼中，只恐连残山剩水亦复不如了。试想，处处有“崔颢”题诗，他也只有做“李白第二”的份儿。

诗人咏桂林之作，据可靠的现有资料，当推南朝宋人颜延之的《独秀山》诗为鼻祖，彼时作者任始安郡太守，为桂林一带的父母官，惜乎此诗只剩残章断句，无法一窥全豹。唐代以后，桂林地位上升，成为广西北部地区政治、军事、经济、文化中心。闻者日多，游者日众，遂至名满天下，文人墨客闻风而动，纷至沓来。桂林的山水文化自此进入第一创作高峰期，此后历久不衰，“惹得诗人说到今”。自唐始，摹写桂林山名声较著者，唐有宋之问、张九龄、杜甫、戎昱、戴叔伦、韩愈、张籍、白居易、柳宗元、李商隐、赵嘏、曹邺、曹松，宋有柳开、王安石、黄庭坚、李纲、曾几、范成大、朱熹、张孝祥、刘克庄、罗大经，元有倪瓒，明有杨基、解缙、徐霞客、瞿式耜，清有陈元龙、查慎行、袁枚、张维屏、魏源、康有为等。别忘了，这还只是文坛中以“名”取人的画名录。明山秀水，最易让人逸兴横飞，福至心灵，当此之时，往往名不见经传者也可能大笔如椽，做出大文章；此亦为桂林山水文化之一大宗。

最值得一提的是有清一代，桂林文坛画苑曾诞生过不少优秀作家：诗有“杉湖十子”，文有“岭西五家”，词有“临桂词派”，其中王鹏运、况周颐均允为大家。画苑更为人才济济，多达100余人，名气最大者当推石涛。

整个桂林漓江风景区摩崖题刻极其丰富，多达2000余件，尤以桂林为最多。清金石家叶昌炽历遍名山大川后，曾有“唐宋题名之渊薮，以桂林为甲”之赞语。摩崖题刻中不少为书坛名宿遗墨，具有很大的艺术价值。

笔者自揣浅陋，还是套当代大语言学家王力先生撰写在月牙山月牙岩小广寒的一副长联来总结桂林的名胜吧！

甲天下名不虚传，奇似黄山，幽如青岛，雅同赤壁，佳拟紫金，高若鹫峰，秽方牯岭，妙逾雁荡，古比虎丘；激动着倜傥豪情：志奋鲲鹏，思存霄汉，目空培塿，胸涤尘埃，心旷神怡消块垒。

冠寰球人皆向往，振衣独秀，探隐七星，寄傲伏波，放歌叠彩，泛舟象鼻，品茗月牙，赏雨花桥，赋诗芦笛；引起了联翩遐想：农甘陇亩，士乐缥缈，工展鸿图，商操胜算，河清海晏庆升平。

江伴青罗带，山如碧玉簪。
——唐·韩愈

看山如观画，游山如读史。
——清·陈元龙《龙隐洞》

忽然路绝山势回，峡石水深如怒雷。
石齿凿凿森鲸牙，龙腾虎跃鸾回车。
……
浪花飞雪卷万瓦，船下高滩疾如马。
——明·解缙《桂水歌》

桂林山水甲天下

No.24

● 著名工艺品：
壮锦、竹雕、玉雕、刺绣、竹器

特产名吃：
桂林三宝(三花酒、马蹄、腐乳)、桂花糖、桂花饼、桂林田螺、竹丝鸡、烩王蛇、红烧狗肉、火锅炖狗肉、炸鹌鹑、淮山杞子清炖竹鼠、杏元鸡脚炖山龟、鳖肚炖山瑞

古桂林八景： 桂岭晴岚、訾洲烟雨、东渡春澜、西峰夕照、尧山冬雪、舜洞熏风、青碧上方、栖霞真境

古续桂林八景： 叠彩和风、壶山赤霞、南溪新霁、北岫紫岚、五岭夏云、阳江秋月、榕城古荫、独秀奇峰

桂林漓江著名景点

独秀峰、叠彩山、伏波山、七星山、象鼻山、骆驼山、七星岩、芦笛岩、风洞、月岩、水月洞、还珠洞、隐山六洞、西山、訾家洲、南溪山、穿山、冠岩、画山、兴坪、碧莲峰、书童山、秦灵渠、秦汉古严关遗址、明靖江王城、明靖江王陵

时尚摩登的享受的香港是这个世界上不多的传奇之一

历史回眸

确切说，维多利亚湾的海风早在6000年前已经开始吹拂先民们淌满汗水的脸庞。公元前4000年前后，老祖宗就用精心磨制过的石器在这片土地上辛勤耕耘着。秦统一全国后，在征调大军北御匈奴的同时，并没有遗漏掉南海之滨这块弹丸之地，将其纳入番禺县的管制。唐时，此地更名东莞县，政府已开始派兵驻守香港地区并有兵船在海面游弋巡视。至南宋末，东莞等地盛产的沉香多从九龙尖沙嘴运至今香港仔一带的港口，集中行销海内外。香港之得名大概即滥觞于此。明及清中叶以前，中国政府和当地军民齐心协力，屡次打败入侵的葡萄牙军队，牢牢把握着对香港的神圣拥有权。1840年，鸦片战争爆发，中国近代史上丧权辱国的一节就此拉开帷幕。1842年，英军割占香港岛；1860年，再占九龙半岛界限街以南地方；1898年，又强行租借界限街以北、深圳河以南的九龙半岛北部大片土地及附近岛屿。香港自此离开祖国母亲的怀抱长达100余年。1984年12月19日，中英两国政府首脑在北京签署关于香港问题的联合声明，声明郑重宣告：中国政府将于1997年7月1日起对香港恢复行使主权，英国政府于同日将香港交还中国。1997年7月1日，是让全中国各族人民、海内外华夏子孙皆扬眉吐气、欢欣鼓舞的一天，中华人民共和国香港特别行政区如期正式成立，度尽劫波的香港重新回归祖国。

NO.25 香港 HONG KONG

——东方之珠

今日香港

香港陆地面积约1095平方千米，其中香港岛只占7%，约78平方千米，但却是最主要的商业区。香港现有人口约630余万，是世界上人口密度最高的地区之一，其炙手可热程度于此亦可窥一斑。

无庸置疑，香港是一个蜚声中外、举世瞩目的金融、贸易、航运、资讯中心，过去是，回归祖国的现在是，在祖国母亲悉心关怀和全国人民大力支持之下的将来更是。

香港有着丰富的自然和人文景观。得天独厚的地理条件使之天然具备众多的海滩、港湾和奇峰怪石。利用这些资源，香港建有高品质海滨浴场、各种公园和动植物园、运动场等共计3000余处，其中当然包括深受各界人士青睐的赛马场在内。

香港是世界上通信最方便、电话密度最高的地区之一，特区政府已采取各种措施，力争使香港在网络相联的世界中成为领先一步的数码城市。位于香港岛与九龙半岛之间的维多利亚湾与美国的旧金山、巴西的里约热内卢并称世界三大天然优良深水港，与世界上200多个国家和地区的460余个港口有运输和贸易往来，是“全球第一忙”的集装箱港；有150多个泊位、19条主要航线通往世界各地。

毫无疑问，香港的旅游交通亦极便捷。全长34千米的广九铁路、全长2377千米的京九铁路使香港和祖国内地紧密相连。位于九龙半岛上的启德机场每年空运总量排名世界第二。1998年新建的赤鱲角机场亦已投入使用，据说该机场曾是世界上最大的机场(非官方资料)。正因此，为名所累，这里的登机手续之复杂繁难、一应费用之昂贵恐怕也是让人瞠目的！

到香港旅游观光，就算有私家车，出租车恐怕也是必不可少的代步工具。香港的出租车多如过江之鲫，随时随地均可利用，大致分为红色和绿色两种。红色者为市区车，在香港各处可一路绿灯，畅通无阻；而绿色车反倒属郊区车，一进市区便要被“亮红灯”的。

从一个默默无闻的小渔村到繁华的国际大都市。

□购物天堂

香港素有"购物天堂"之美誉，盛名之下，自非浪得。不过这里有必要事先告诫一下那些抱着疯狂购物目的来香港的朋友们，一定要准备充足的钞票并看护好自己的钱袋噢！没有足够的钞票你只能望着琳琅满目的商品兴叹；便是钱包鼓胀胀的，稍不留神，也会被那些精明的商贩在片刻之间"掏"得囊中羞涩的。诚然，整个香港无疑可以算是一个顶大顶大的超级市场，买名牌以香港为首选早已成为地球人的共识。此外，如轩尼诗道的手工艺品、铜锣湾的美食、北角的服装、庙街的夜市，如此等等，无一不是吸引初来乍到者眼球并勾起他们强烈消费欲望的所在。可是，千万不要忘记香港是一个什么地方，质优物美价廉的商品当然有，譬如金饰品——香港金价低廉，来此观光的游客如果不能免俗，多多少少总会买上一些，因此仅旺角一带便有大大小小的金饰品店上百家之多，而且生意都极其火爆——较多的还是物有所值、质优价昂一类；更有甚者，"昂"得连香港当地人都望而却步，不敢问津，就遑论普通的观光客了。故而，将香港是"购物天堂"修正为"有钱人的购物天堂"或许会更准确妥帖一些。

如此而言，并不是想成心吓跑前往香港"采购"的游客们，至香港而不购物，一如入宝山而空回，整个过程也会变得如同白开水一般乏味。其实，总体说来，由于大部分货物不收关税，香港的商品价格还是较容易让人接受的；而且这里每年都有例行的换季大减价促销活动，能提供给购物者真正的实惠。此外，在香港购物，所享受到的服务亦堪称世界一流。

香港购物区大致可分为香港岛和九龙两大地段。其中，香港岛以地铁线上的中环、北角、金钟、铜锣湾四处名声最著，而九龙则以尖沙嘴、弥敦道、油麻地、旺角四地为重点。

虽然香港已回归祖国，但由于各方面原因，对于一般内地旅游者而言，来一趟仍非易事，在大饱眼福口福之余，每个人无一例外都会想到给亲朋好友捎点什么以示纪念。在香港公认的必带商品有如下六种，即手工艺品、中式服装、茶叶、金饰珠宝、中式糕点，中式食具。

特产名吃：
云吞面、牛丸、牛杂、清汤腩、咕噜肉、椒盐赖尿虾

美食香港

香港既为世界都会，自不乏全球各地的美食佳肴。除伊斯兰风味菜较为少见外，各国风味菜均可品尝得到。其中中餐以粤菜为主、兼容并蓄国内各大菜系的上乘之作，去粗存精，独具一格。当然，最为流行的还是海鲜，连皮蛋瘦肉粥都有鲍鱼点缀其间。

香港的用餐环境、人文气氛、服务态度都是出了名的一级棒，流连于满目美食之中，香气扑鼻而来，沁人心脾，再看到一张张可掬的笑脸，便不是老饕也须食指大动，坐下来大快果颐一番。

最著名的港式小吃有云吞面、牛丸、牛杂、清汤腩等。入夜后，庙街一带有一些特色小菜，味美价廉，属典型的大众小吃。另外，香港还有许多独具特色的熟食档，亦即传至内地后更名之“大排档”，在那里你可以品尝到原汁原味的港式咕噜肉、椒盐赖尿虾等。

香港的主要美食区有如下数处：

兰桂坊，SOHO荷南美食区，铜锣湾，赤柱，西贡，鲤鱼门，南丫岛，尖沙嘴，九龙城，红磡等等。

No.25

游在香港

◇太平山 位于香港岛中西区，海拔554米，为香港岛第一高峰。附近一带有析士甸山道公园及全港海拔最高的山顶公园，美景甚多。山顶安置有高倍望远镜，供游客俯瞰港岛南部及九龙全貌。“荡胸生层云”，自然兴“一览众山小”之慨。如踏月登山，亦可欣赏到绚丽的夜香港美景。

◇动植物公园 位于太平山脚下。园中饲养濒临绝种的珍稀鸟兽，数量之众、品种之多在亚洲同类公园中首屈一指。园中种植各种杜鹃无数，尤宜春暖花开时节赏玩，届时满山遍野，如火如荼，煞是可观。

◇宝云道 俗称姻缘路。望文生义即可知为情侣约会之绝佳去处。“姻缘石”为其特色所在，据说数百年前一失恋少女遇神人指点向此石祈祷，终与情郎结为眷属，自此名声大噪，引无数男女竞相膜拜。

◇维多利亚公园 香港市区最大的公园。其中有专为失明者而建的香氛公园，占地2000平方米，栽植多种香气浓郁植物，以俾失明者闻香识美花。

◇摩罗街 初为印度人聚居处，摩罗是香港对印度人的俗称，故名。喜欢收藏的朋友不可不去。此处的旧货市场货品包罗万象，旧书、字画、古玩、钟表、家私杂物等应有尽有。

◇海洋公园 亚洲最大，占地133.3余公顷。建有世界上最大的水族馆，其中放养海洋鱼类达400余种。“海洋剧场”能容纳4000名观众，在此可亲眼目睹鲸、海豹、海狮等的精彩表演。

◇浅水湾 号称“天下第一湾”。呈弯月形，海水温暖，波涛不兴，一年四季均可游泳戏水。近年来更建起富有中国传统文化特色的塑像群，最大的两尊一为海神“天后圣母”，一为观世音菩萨。

◇宋王台 位于九龙马头涌，现已辟为公园。史载：南宋末年，元兵陷临安后旌麾南指，大臣陆秀夫背负被立为帝的赵昺投海而死。赵昰逃亡过程中曾在九龙附近小山上憩息，故后人勒石以纪国耻。

◇黄大仙祠 位于九龙黄大仙区。区以祠名，亦可想见其影响之大。是全港香火最鼎盛的道观。此处不收门票，善男信女可任意出入。据说只要许下心愿，便可坐等实现；当然这个心愿必须是正当的，否则黄大仙也不会佑护。

◇宋城　位于九龙荔枝角道。以《清明上河图》为底本，仿宋都汴梁风貌而建。城内小河流水，亭台楼榭林立，“居民”均着宋代服饰，古意盎然，几可乱真。

此外，香港还有◇茶具文物馆、◇文武庙、◇虎豹公园、◇九龙公园、◇清真寺、◇太空馆、◇荔园、◇青山禅院、◇吉庆围、◇锦田古道、◇曾大屋、◇万佛寺、◇天坛大佛、◇大屿山风景区等不可不到、不可不看之景点景区，无法一一述及。此处需浓墨重彩大书特书的是◇香港回归祖国纪念碑。

该碑位于香港岛湾仔，香港会议展览中心新翼广场。于香港回归祖国两周年纪念日，即1999年7月1日落成。碑高20米，宽1.6米，由基石、柱身和碑头三部分组成。柱身环绕206道石环，代表香港自1842年被侵占至回归50年后的2047年之间的年轮，其中嵌有光环的石环代表香港回归祖国的1997年份。柱身正面镌有时任国家主席的江泽民亲笔题写的“香港回归祖国纪念碑”9个金色大字，熠熠生辉。柱头以紫铜锻制，表面经氧化处理，可抗风雨侵蚀，寓示香港回归后蒸蒸日上，繁荣昌盛。由中央人民政府向香港特别行政区赠送的大型金制雕塑艺术品“永远盛开的紫荆花”亦摆放于会议中心广场。如能在此纪念碑前“立此存照”，当可算不枉此行，不虚此生，意义太重大了。

No.26 深圳 SHEN ZHEN

——开放中国的传奇

“一九九二年，那是一个春天，有一位老人在中国的南海边写下诗篇，奇迹般崛起座座城市……”这首至今传唱不衰的《春天的故事》提到改革开放及邓小平同志南巡之后，中国南部沿海“奇迹般崛起的座座城市”；这“座座城市”中堪称奇迹中的奇迹的绝对非深圳莫属。

深圳或许可以说是中国最年轻、发展最快又最有活力和潜质的城市之一。清康熙七年(1668年)深圳台墩设立，因南临深圳河而得名，台墩所在村落方得附骥尾而名深圳墟，至今也不过区区340年左右。1979年3月撤当时宝安县而设深圳市，1980年8月又于市境设经济特区，是中国对外开放最早的经济特区之一。如今的深圳已由丑小鸭变成白天鹅，成为我国重要的对外贸易、国际交往口岸和新兴的旅游城市。若从1980年算起，距今也不过弹指一挥的24年，发展速度堪称一日千里，让其他城市瞠乎其后。

深圳的发展是与其得天独厚的地理优势分不开的。深圳位于广东南部沿海，东临大鹏湾，西连珠江口，南与特别行政区香港接壤。早在香港回归以前，由于当地的大批资源资料包括人类赖以生存的淡水资源均需从大陆经由深圳供应，故而深圳即与之有着千丝万缕、方方面面的紧密联系。见证深、港发展交往史最直接也最深切的当属沙头角中英街。该街地处深圳市区东北约15千米处的沙头角镇内，也称沙头角购物中心。街本身毫无独特之处，宽仅3米余，长不过250米，原称中兴街。不过这平平无奇的250米街道在1898年至1997年的99年期间却分归中国和港英当局共管，故俗称中英街。自大陆改革开放以后，大陆与香港往来日益密切、加强，两地居民便在街道两侧开设店铺，因其特殊位置，观光购物者络绎不绝，生意非常红火。

深圳腾飞的最关键因素当然还是中国改革开放政策的全面实施以及实施力度的不断增大。借改革开放之东风，凭得天独厚之地理优势，靠全国各地有志有识之士的大力支援和加盟，深圳由一个名不见经传的小渔村很快跻身于世界知名城市之列。

深圳也是最繁忙的城市之一，在飞速发展的日日夜夜里，无数来自祖国四面八方的建设者们齐心协力，众志成城，为深圳的建设献计献策，出智出力，共同描绘深圳的美好蓝图。有了他们，深圳才有了今日的辉煌，也才有了展望更辉煌明天的基础！

让我们来检阅一下建设者们的成绩吧！深圳如今街市繁华，市貌美观，市容整洁，已具备鲜明的现代化城市特征。市内旅游服务周全完善，星级宾馆数十家。航空、铁路、公路交通四通八达且还在日益发展。旅游景点方面，改革开放数十年来，已建设有香蜜湖、西丽湖、石岩湖、东湖、银湖、深圳湾、小梅沙、大亚湾、锦绣中华、中华民俗文化村、世界之窗、野生动物园、仙湖植物园、沙头角等等，加上境内原有的历史文物古迹宋代鹏城、宋少帝赵昺陵、大坑烟墩、大万世居围昺固戍文昌阁、文天祥祠和赤湾左炮台等。深圳的旅游特色可谓古今咸宜，中外合璧；加上优质上乘的服务和舒适宜人的海港风光，深圳作为一个新兴的旅游城市，殊为允当。

不过深圳最吸引人们，尤其是年轻人关注及青睐的原因远不止此。一个新兴城市的蓬勃朝气，昂扬活力和无限上扬的发展势头、喷薄欲出的内在潜力都使深圳这个“开放中国的传奇”蕴藏着无穷的魅力和吸引力，吸引着人们走近前去，一探究竟。

■ 锦绣中华

锦绣中华景区位于华侨城，兴建于1985年，占地面积45万平方米，是当前世界上面积最大、内容最丰富的实景微缩景区之一。共有近百处全国各地最著名的景点，基本按照其在中国区域版图上的分布位置缩建于此。其中包括名列世界八大奇迹之二的万里长城，秦始皇陵兵马俑，实为中国自然风光与人文历史的绝妙缩影；于其中不但可尽情领略中华五千年历史风云变幻，亦可轻松饱览大江南北锦绣山川秀色，得笼万物于指掌、缩乾坤于一隅之奇效。另外，景区内的综合服务区吸收苏州园林建筑艺术精华，并保留中国传统商业街坊的特色，全国各大菜系及各地名风味小吃悉数搜罗于内，山珍海味，特色美食，应有尽有，可供老饕们大快朵颐。

■ 鹏城沧桑

鹏城位于深圳市东南大鹏镇。相传南宋末年，少帝赵昺曾南逃至此，稍事喘息之后，即依宋都开封旧貌，煞有介事地营建了一座所谓的“皇城”。700余年过去了，赵昺和他的赵宋王朝早被雨打风吹去，古城的南门依旧巍然屹立，笑看风花雪月，人事沧桑。更为有趣的是，城门内正对着一条别致小街，两侧房屋建筑风格绝类河南开封地区模样。不知是皇城的孑遗还是宋朝遗民作为，抑或是好事后人托古伪造。总之，这条古色古香的小巷与周围鳞次栉比、装饰豪华的小洋楼互相映衬，饶有趣致中又透着几许凄凉。

特产名吃：坪山金龟桔、石岩沙梨、南头荔枝、罗田菠萝、松岗油鸡、龙华方柿、山鸡、果子狸、石斑鱼、珍珠贝、沙井蚝、赤湾鲎、大鹏鲍鱼、福永乌鱼、基围虾、鱿鱼、田螺

广州

——充满活力的人性化大都市

两年前去过一趟广州，那时北方已是落叶萧萧，阳光颇有些懒意了，所以往包里塞了好几件厚衣服。虽说是卧铺，30个小时也不是闹着玩的，睡了吃，吃了睡，偶尔有醒来的时候，路两旁一闪而过的树木村舍又烙得人眼睛生疼。

那一趟是公干，原本就殊无兴致，加上一路劳顿，办完公事后没头苍蝇似地在市区转了一遭，语言不通，甫一张嘴总能从全像精明生意人似的当地人脸上窥出几分杀“生”的快意，自惭形秽之余，便恹恹地转到黄花岗公园了，至此才算精神一振；那原本就是让血性男儿壮怀激烈的地方。不过并没有振奋多久。

不知是否因为劳累的缘故，只觉得公园很大。到处栽植叫不出名字的常绿阔叶树，抬眼四望一片浓郁的绿意，罕有人踪，太阳明晃晃地当头照着，空气中满溢着浮躁不安的因子，皮肤上的汗很快就被榨出来了。嘴里念叨着，心里想象着正门石坊上孙中山先生手书的“浩气长存”四个鎏金大字，暂凭此长些精神，终于找到了七十二烈士墓。

陵墓有铁链栏杆护围，整体呈金字塔形，墓基为方形，砌成金字塔的每一块紫色大石上都刻着一个烈士的名字。我是怀着绝对敬仰和沉痛的心情一一读完那些熟悉或陌生的名字的，不期然还想起了中山先生那句“草木为之含悲，风云因而变色”。

那座睡狮一般蹲踞的巨大陵墓很长时间内一直沉甸甸地压在心头，使我对广州的印象也多了几分阴郁的色彩。返回路上又在车窗外见到了叶子大如芭蕉的植物，一堆一堆地簇生在水边，阳光照得仿佛随时能淌出绿浆来。陡然便感到那种生命努力绽放的震撼了。黄花岗那冰冷的花岗岩墓碑下躺着的七十二个忠魂不也曾努力地绽放过自己，展示过自己吗?虽然只有那么电光火石的一刻，但那一刻无疑是最光辉最灿烂的，可以在后人脑海和记忆中亘古长存的。

我忽然明白了为什么那么多人要放弃安逸舒适的生活义无反顾地赶赴广州了，我也明白了为什么广州街头有那么多行色匆匆但却容光焕发、踌躇满志的年轻人了。他们原来都是在寻找或实践一种全面释放、展示自我的方式啊!

对广州这个充满活力的人性化大都市，我可以在行动上选择拒绝和逃避，但在心理上只能认同和接受。虽然这种认同和接受中渗透着点点滴滴的无奈和嫉妒。

一座充满现代感的大都

古城轶事——五羊城的传说

广州一名五羊城。关于五羊的传说颇多，以清初“岭南三大家”之一的屈大均在《广东新语》一书中记载最详。说是周夷王时候(此时应该为先民开发广州之初)，南海中突然冉冉升起五个仙人，各骑一头羊，五仙人和五头羊的颜色各不相同。仙人来到广州，每个人拿出一茎有六个分叉的谷穗，交给州人，而且还祝愿他们说：“愿此处永无饥荒。”言毕仙人腾空而去，不知为什么把羊留了下来。那五头羊后来变成了石头，为了感激仙人们的恩德，州人就在仙人降临之处修建五仙观祭祀他们。北宋郭祥正还专门有一首《拔山》诗记述此事，诗曰：“天上五仙人，骑羊各五色。手持六巨穗，翱翔绕城壁。瞥然乘云烟，诸羊化为石。至今留空祠，异像犹可识。”今天广州简称穗，又称穗城、仙城、羊城、五羊城，皆本五羊故事而得。

全国优秀旅游城市

自然景观与人文景观相得益彰

广州今昔

广州是我国南方最大的国际港口，自古即为对外交通贸易的重要口岸，商业之发达自不待言，“广州十三行”在清代无人不知，无人不晓，甚至还一度影响过政局的发展，连慈禧太后都不敢对之小觑。

由于处在对外交往的前沿，近现代史上，广州人民留下了大量可歌可泣的英勇事迹。不少革命先行者和仁人志士把自己谋划大业、实现人生价值的阵地选择在广州。三元里农民奋起抗英，升平学社办团练以保家卫国，林则徐顶住压力虎门销烟，无不激扬着中华民族的斗志。1911年4月27日，广州起义爆发，虽然血战一昼夜后终告失败，100多位志士壮烈牺牲，但却拉开了辛亥革命的序幕。1927年12月11日，由中国共产党领导的广州起义爆发，历经10小时血战，成立了广州苏维埃政府，在中国南方播下了一颗永不熄灭的革命火种。

广州是有抗敌御侮的光荣传统的，还有着改天换地的英雄气概。抗击外国侵略者如是，推翻旧政权亦如是，建设新中国更如是。如今的广州，在全国人民，尤其是广州人民的共同努力下，已经成为举世瞩目的国际大都市，南海之滨的一颗明珠。

广州人永远是充满活力的，是散放着人性光辉的。在广州绝对不相信眼泪，只有拼搏和奋斗，才是你生存并成长起来的最大资本。

歌咏广州的诗句佳句

荔枝时节出旌斿，南国名园尽兴游。
乱结罗纹照襟袖，别含琼露爽咽喉。
叶中新火欺寒食，树上丹砂胜锦州。
——唐·曹松《南海陪郑司空游荔园》

九死南荒吾不恨，兹游奇绝冠平生。
——北宋·苏轼

石鼎微熏茉莉香，椰瓢满贮荔枝浆。
木棉花落南风起，五月交州海气凉。
——明·汪广洋《广州杂咏》

著名工艺品：
广州牙雕、玉雕、粤绣、织金彩瓷、红木家具

特产名吃：
香蕉、菠萝、荔枝、柑橘、杨桃
粤菜菜系、蛇羹

六榕寺

岭南第一楼

琶洲塔

No.28

厦门

XIA MEN

——海外游子的梦中故乡

"城在海上，海在城中" 全国环境最好的城市之一

厦门著名景点

虎溪岩、白鹿洞、厦门海堤、南普陀寺、集美鳌园、延平故垒、华侨博物院、胡里山炮台、厦门大学鲁迅纪念馆、鼓浪屿、万石山、日光岩、郑成功纪念馆、菽庄花园、太平岩、天界寺

每一个漂泊在外的游子都对生养自己的故乡有种浓浓的眷恋之情。“露从今夜白，月是故乡明。”两句诗道尽了这种感情的绵长与执着，连普照九州的月亮都是故乡的明亮啊！更不用说故乡的山山水水故乡的人了。尤其是那些去国离乡、久居异邦的海外游子，更是无时无刻不惦念着自己的故土家国，魂牵梦萦，挥之不去。厦门便是海外游子梦中故乡的一个象征，也是他们竭诚报效桑梓的拳拳之心的一个表现处。

厦门位于福建省东南部，中国经济特区之一，为福建省第二大城市，亦是著名的侨乡和美丽的港口旅游城市。著名爱国华侨领袖陈嘉庚先生的故乡即在该市的集美镇。陈先生1961年去世后便长眠于集美镇东南隅的鳌园，其墓现为国家重点文物保护单位。

厦门能荣膺侨乡之美誉固然和其地近大海、利于远赴重洋有关，还和厦门人与生俱来敢于开拓进取、不屈不挠的天性和品质有关。当然，历史上的兵灾战乱也是促使厦门人毅然扬帆出海，另打天下的一个客观诱因。最不容忽视的一个因素恐怕还在于厦门华侨群体为祖国奉献的一片赤忱和做出的突出贡献。

陈嘉庚先生无疑是厦门华侨的骄傲，更是全世界华侨的骄傲。陈先生久居新加坡，从事橡胶业，事业有成后即开始报效祖国。1913年至1920年先后在集美镇创办中小学和师范、水产、航海等专科学校，并着力美化周边环境，使集美成为著名的“学村”。如今的集美风光如画，高校林立，宛如花园；正如陈先生当年所预想的一般。

1912年，陈先生又创办了厦门大学。1931年“9·18”事变后，陈先生暂时搁下教育界的事业，号召华侨积极进行抗日救国活动，从此为国事殚精竭虑，呕心沥血。中华人民共和国成立后陈先生历任全国政协委员会副主席，全国归国华侨联合会主席等职。在陈先生墓园周围的石刻中，有陈毅元帅一幅对联，对陈先生进行了高度评价，曰：“天马行空标鳌柱，长见丰碑镇海疆。”

位于厦门市蜂巢山西麓的华侨博物院是我国惟一侨办的以华侨历史为主题的综合性博物院，亦是由陈嘉庚先生倡仪，由侨胞捐资兴建。占地面积5万平方米，主楼用花岗岩石建筑，通体洁白无瑕。设有三个陈列馆，分别为华侨史馆、祖国历史文物馆和自然博物馆。展品丰富多样，系全世界华侨精心珍藏或费力搜求所得。其中的华侨史馆介绍了华侨与侨居国人民深厚的友谊、华侨政策回顾等内容，计有图片和文物千余件，为祖国计人民了解华侨社会的方方面面提供了弥足宝贵的资料。

□郑成功与厦门

明末清初，民族英雄郑成功竖旗抗清复明，事不济后驱逐荷兰殖民者收复台湾，均以厦门作为重要根据地之一，为此还一度把厦门改称思明州。在厦门留下了不少古迹轶事。

延平故垒位于今集美镇。因集美为自同安县进入厦门的咽喉要冲，为抵御清军入厦，郑部于清顺治年间在此地的临海峭崖上修筑营垒，用以屯兵戍守。此垒隔海与厦门岛上的高崎寨互相呼应，呈犄角之势扼守厦门。因郑成功曾被南明政权封为延平郡王，且赐国姓朱，故此垒称“延平故垒”或“国姓寨”。现故垒尚存石砌寨门，高达23米，门旁遗有一门据传为郑部所用的古炮。

郑成功读书处位于狮山主峰的“太平石笑”胜景前面，据清人笔记所载，为郑成功常带其子郑经、郑聪读书处。能于戎马倥偬之余手不释卷，郑氏之好学与胸怀大志可知；读书而不忘携幼子同往，其舐犊情深与望子成龙之心亦可知。

厦门风光

厦门属亚热带季风气候，暖热湿润，草木终岁长青，鲜花四时怒放，自然风光秀丽，属名副其实的花园城市。其市区西南和东部的鼓浪屿——万石山风景区更是景色宜人，一年四季游客如织。

鼓浪屿是一个四面环海的椭圆形小岛，面积仅有1.84平方千米，东隔鹭江(即厦鼓海峡)与厦门相望，犹如厦门遗在瀚海中的一颗珍珠。岛西南端一块巨岩上有竖洞，海涛冲激，涵澹澎湃，如擂巨鼓，鼓浪屿因而得名。

鼓浪屿得天时地利之便，绿化面积近40%，多浓荫匝地的榕树和寄予相思的相思树。花木葱茏，争奇斗艳，万紫千红错落掩映于绿树之间。更兼幽静整洁，无车马之喧闹，有桃源之韵味，让人涤净尘嚣，复归自然，素有“海上花园”之称。因岛上居民常闻海涛、天籁、鸟语，多喜爱音乐，久以为习，培育出不少杰出的音乐人才，故亦以“音乐岛”闻名在外。又因清光绪年间曾沦为各国的“公共租界”，1949年新中国成立后方才回到祖国怀抱。岛上保存着富有多国风格的建筑物，亭台楼榭，各具特色，衬以绿树红花，愈加美不胜收，使鼓浪屿又享“万国建筑博览会”之美誉。试想，徜徉于花香鸟语之中，眼观人间美景，耳边再倏地送入一缕优雅的音乐，飘飘渺渺，若断若续，不让人感慨“此间只应天上有”才怪呢！如果再到岛南部滩平沙软的海滨浴场潇洒一番，享受享受日光浴，那感觉简直没得说了，爽！

万石山位于厦门东郊狮山，山如其名，漫山尽皆奇石怪岩，或突兀而起，或横空出世；或如擎天玉柱，或如翠屏断云；或如龙钟老翁，或如长鼻巨象。拟人摹物，绝妙纷呈，无不惟妙惟肖。清人薛起凤至此，曾有“山岩多胜概，万石最称奇”之叹。

●著名工艺品

漆线雕、彩塑、彩扎、珠绣

特产名吃：

贡糖(花生酥)、鲎(兜蟹)、牡蛎仔煎、同安文昌鱼、土笋冻、素斋“半月沉江”、面线糊、春饼

No.29
台北
TAI BEI
——烟雨中别有风情

歌咏台北的诗词佳句

双旌遥向淡兰来，此日登临眼界开。
大小鸡笼明积雪，高低雉堞挟奔雷。
穿云十里连稠陇，夹道千障荫古槐。
海上鲸鲵今息浪，勤修武备拔良才。
——清·刘明灯《金字碑》文

观音山观音坑抱观音寺顽石头与尽而观音点音；
和尚洲和尚港对和尚门净波面与好为和尚洗心。
——清·陈维英、西云岩寺楹联

昨宵清梦坠城南，一缕诗魂绕碧潭。
好是日斜风定后，半江波影蘸春衫。
——连横《碧潭四绝》

对台北知之不多，但作为我国宝岛台湾的常识还是有的。早几年喜欢过孟庭苇的歌曲，一曲《冬季到台北来看雨》，空灵而又缠绵悱恻，一下子把台北这个城市印象搞得烟雨蒙蒙，伤感得像是梦里醉起才会忆起的陈年旧事。台北市诚然多雨，因属亚热带气候，降水量可达2400多毫米，能让孟庭苇抒出一段爱恨情仇来实不为过。然而，台北也并非只是一个"谁的眼泪在飞"的悲情都市，蒙蒙烟雨之中自有万种风情，千般韵致。

台北位于台北盆地中央，为台湾省最大城市，全省政治、经济、文化、交通中心。明末，郑氏治台时尚密林蔽日，沼泽遍地，人丁稀少。郑成功"寓兵于农"，在此开荒，清康熙后期众多福建移民迁此定居，建设村落，算是一个相当年轻的城市。后因独得淡水河舟楫之利，逐渐改为台湾北部重要商港。清光绪元年（1875年），于此设台北府，台北得名。1895年中日甲午战争时，台湾为日本所割占，爱国志士丘逢甲、刘永福等"决不愿拱手让台"，宁可为国捐躯；台湾人民更是英勇不屈，前前后后举行过一百多次武装起义。1945年抗日战争胜利，我国恢复对台湾行使主权，台北市为台湾省省会至今。

台北市为台湾北部旅游名城。风光秀丽，多山川林壑，不少地区具有浓郁的民族风情和地域特色。其中以山体峻拔的大屯火山群最负盛名。阳明山风景区和北投温泉群为其代表景区。

● 著名工艺品：
大理石制品、文石制品、珊瑚制品，蝴蝶制品

No.29

阳明山原名草山，位当大屯诸峰中部凹口，群峰耸峙，苍翠欲滴，如披锦绣，林泉处处，风景如诗如画，经七十年营建，如今已成为台湾北部地区规模最大、景色最美的山林公园之一。阳明山主体部分分前山和后山两个公园。前山公园多槭树，深秋时节红叶满山，如火如荼，甚为壮观，可与北京香山的红叶媲美。主要景点有阳明湖、阳明温泉、草山瀑布、中山楼等，其中阳明温泉为台湾四大温泉之一，休闲度假之上佳去处。后山公园为阳明山精华所在，有隐谭梅园、五彩喷泉、空谷幽明诸多胜景。中心区、大花钟一带视野开阔，是欣赏台湾八景之一“大屯春色”的最佳眺望点。阳明瀑布自大屯山上飞流直下，高60余米，水势滔滔，流花滚滚，大雾迷漫，捷逾奔马，势若惊雷。至福寿桥崖畔，遇山石阻隔，再跌为一道飞瀑，飞花溅玉，瀑声大震，声势直如千军万马沙场秋点兵一般雄壮。

台北著名景点

孙中山纪念馆
龙山寺
霞海城隍庙
保安宫
孔庙
台北故宫博物院
芝山岩
台北府城北门
圆山贝冢
指南宫
北投文物馆
北投温泉群
阳明山
红毛城
野柳岬
观音山
西云岩寺
金字碑
福隆海滨浴场
碧潭
板桥林家花园
乌来

特产名吃：
柑桔、菠萝、香蕉、甘蔗芒果、龙眼、荔枝、海参、牡蛎、板栗、鲜笋、圆环蚵仔煎、炒生螺、鱼翅羹、蛇酒、蛇鞭、刀削面、大饼包小饼、蜜豆冰、猪肝汤、豆花

去阳明山的最佳季节应为季春初夏。彼时属阳明山的花季。阳明山多奇花异卉，满山遍野，先是樱、桃、李争先恐后绽芳吐艳，一丛一丛，一簇一簇，缀满山隘；继而杜鹃怒放，鲜艳异常，如同一个个燃烧在暗夜中的火把；最后茶花盛开，其大如碗，烂若云霞，艳若桃李。不过，阳明山诸花中还推樱花为最盛。该处樱花品类繁多，无奇不有，盛开之时，令人目不暇接，眼花缭乱，心旷神怡。阳明山如今每年吸引游人达200余万之众，亦足可见其让人心仪之处。

北投温泉群素有“温泉之乡”的美誉，为全台湾岛规模最大的温泉区。方圆50平方千米范围内，泉眼密布，白气缕缕，地热如炙，硫磺气扑鼻。水温可达40℃到68℃，温泉区建有北投公园，引泉水入池塘，筑以亭榭小桥，水汽氤氲，景色怡人。温泉区有20多米高的“北投温瀑”，温瀑上源即是著名的地热谷，谷中央状如巨井，涌泉怒喷，旋转如轮，近旁大小泉眼若干，一例热气弥漫，热雾蒸腾，声如惊涛，势若怒雷，众泉融江处如沸水开锅，水温高达85℃，周遭岩石为磺气所熏，年深日久，色作蓝靛，触手即脱落如粉。有经验的游客常携带器皿，盛放食物浸入泉中，煮熟后美美享用。

台北市名胜众多，不一而足。淡水河两岸有观音山凌云禅寺(内岩)，西云碉寺(外岩)，为台湾省四大佛教圣寺之一。龙山寺、保安宫、清水岩并称台北三庙门，庙中供奉多为移民乡土神祀，移民文化色彩鲜明突出。台北故宫博物院仿北京故宫样式，分类收藏中国历代文物精品及古籍图书档案共60余万件，多系1948年底由大陆运来，其中精品多达25万件，价值连城的稀世珍品不计其数。市内邮政博物馆、台北市立美术馆藏品丰富，有兴趣者大可前去一观。此外，新公园、圆山动物园、植物园、古亭水源地多热带与亚热带植物，极富南国风情。台北市的旅游服务设施亦堪称一流，有300多家旅行社、200多家高中档宾馆恭请游客光临。

如火如荼的亚热风情，如幻似梦的雨中漫步，如诗如画的明山秀水，这就是台北市，一个不会拒绝任何一个游客前来寻梦探奇的好地方。记住，在台湾海峡的对面，永远有一个好客的主人在等着你，祖国的游人！

在印象中尚未有南国椰岛风光之前，最早知道三亚是因了鼎鼎大名的“天涯海角”。而且还知道那地界原先是人迹罕至的荒蛮之地，只有那些忤怒朝廷的迁客谪臣才会老大不情愿地往那儿去，待他们走到天涯海角一看，前面是浩渺无际的大海，水天相接，回头无路，举目无亲，必是痛哭一场，泪水涟涟地走了，心中从此也永远记住了“天涯海角”这个名称。迁客谪臣满腹心酸凄凉地走了，笔者却无由地想起天涯海角便倍感凄凉。还无由地想起唐人杨炎的两句诗：“一去一万里，千去千不回。”后来骤然在一首歌里听到，“天涯海角”和“地老天荒”连在一起，这四个字才多了几分脉脉柔情，不过基调还是凄凉的，毕竟爱情要跑到天涯海角再等个地老天荒算不上啥完美结局，细思来只怕比凄凉还凄凉十分。

终于有机会去了椰岛，天涯海角的凄凉刚被拂面而来的凉爽海风冲淡，心里顷刻间便被铺天盖地的椰树林塞满了。

●鹿回头的传说

鹿回头坐落在哑铃形的半岛上，因山脉状如奔鹿回头凝视而名。传说在很久很久以前，五指山上住着一位以狩猎为生的黎族青年阿山。南天仙女喜欢阿山的勤劳勇敢，化为一只金鹿，将他从五指山一直引到鹿回头这片地方。阿山见金鹿已无路可走，弯弓搭箭刚要发射，金鹿猛一回头，阿山眼前一花，万顷碧波之前已然站定一位美丽绝顶、巧笑倩兮的姑娘。姑娘当然就是南天仙女，她与阿山相识相恋，结为恩爱夫妻，在此男耕女织，繁衍后代，形成了一个黎族村寨；从此后这座山岭就叫鹿回头岭，而哑铃形的半岛便成了鹿回头半岛。

——南海碧波边的奇观仙境

到“天涯海角”去

●真正的天涯海角

总算见着了闻名已久的天涯海角，顺着海边逶迤行去，一样的椰树林立，树影婆娑，海天
澄碧，秋水共长天一色，海涛声声，凉风习习，游人蚁聚，笑语喧哗，毫无半分萧条荒凉气象。
虽然已知定必如是，仍不免有些意料之中的失望。待见到一块光秃秃的大石，瞥见上书“南天
一柱”四个大字时，失望更甚。再往前走，远远地看见海边一块巨石上的“天涯”二字；不用
问，邻近大石上的必然就是“海角”字样了。此时遥望茫茫大海，硬生生想了半天，仿佛才真
有了那么一点天之涯海之角的感觉，迁客谪臣却早抛至南海之中了。

No.30

三亚著名景点

特产名吃：

椰子、芒果、香蕉、菠萝、兴隆咖啡、东山羊、椰糖、槟榔酒、鹿龟酒

海南四宝蟹钳、和乐蟹、青蟹、石山扣羊肉、血蚶、海南椰奶鸡、椰液鸭、海鲜瓜盅、墨鱼丸

著名工艺品：

椰雕系列产品、贝壳工艺品、海水珍珠、天然水晶制品、黎族纺织品、苗族蜡染、藤器、羊栏水晶、珊瑚盆景

椰树和椰子

一株株翠绿的椰子树，一片片繁茂的橡胶林，还有蓝蓝的天，灿烂的阳光，海的气息沁人心脾，使你浑然忘却所从来处究竟是何季节。

通往三亚的高速路上，车窗外，天蓝地绿，蓝得轻灵，绿得厚实。大片大片的椰子林、槟榔林、橡胶林夹杂着郁郁葱葱的灌木杂树，挤了满眼，那是多么生机勃勃的绿呀，每一片绿叶中都跳动闪耀着青春活力的光泽。不时陡然闪过的一两幢白色小屋，又引起你无限遐思，让你恍然置身安徒生笔下的童话世界。

在海南的植物王国中，椰子是随处可见的，较之北方最普通的杨树和梧桐毫不逊色。山边、水涯、田野、路旁，到处是她挺拔秀丽的身姿。或一株两株，卓尔不群却非形影相吊；或成片成林，蔽日遮天又毫不显得拥塞。因为每一株都是那么的高大潇洒，像一个自信的男人。

我们有好口福，正赶着椰子大批成熟的季节。大大小小的椰子挤满树梢，青中透黄，像顽皮的孩子躲在母亲背后探询地望着穿梭往来的车辆和行人，让人直欲冲天而起，抢那么一两个下来，踞地大嚼一番，管他雅观不雅观？

可惜没有那般飞檐走壁之能，因此只好买着吃了。久闻海南的老太太上树比猴快，这回真让我们大开了眼界。五六十岁的老太太三下两下爬上一棵高高的椰子树，面不改色心不跳，让我等只见过猴子爬树的孤陋寡闻者叹为观止，随即又汗颜无地。海南的椰树一年四季果实不断 ，据说当地人出门都不带水，走到嘛地儿渴了，就蹭蹭蹭爬上树砍一个椰子喝，所以老幼妇孺均有爬高之能，非只老太太如此。也正因椰树遍地，价钱也不贵，多买还能便宜。真正的椰汁并没多大甜味，只有红椰子略略有点甜，但都是解渴消暑降温的佳品。最好喝的椰子应在中午十二点钟之前砍下树，汁又满又凉，还带一股淡淡的清香味；十二点钟以后的就有些次，汁液少，还略有些酸。如此说来，在其他地方喝不到新鲜椰汁也就不难理解，因为椰树只在海南一地结果，到其他地方便成为只能长叶的观赏植物了。

天然泳场亚龙湾

亚龙湾位于三亚市东20千米处，湾口酷似一钩弯月，海湾远处有五岛环列。其中野猪岛上林木苍翠，上有奇岩“五指山”、“蛙石”，均形态逼真，栩栩如生。东、西排岛虽为弹丸小岛，亦有几分玲珑可喜，且水下有天然石堤相连。只是童山濯濯，毫无遮掩，若无足够防晒物品护身，还是选个阴雨天涉足为上。亚龙湾内海水清澈湛蓝，海风徐来，水波不兴。沙滩细软如绵，莹白如玉，为理想的天然游泳场。一年四季均可尽情嬉水，有“东方夏威夷”之称。如果想享受蓝天白云，碧海白沙，亚龙湾绝对让你不虚一行。

伦敦于公元43年建城，11世纪时成为商业和政治中心。18世纪成为世界最大海港和国际贸易中心。自英国建立以后，伦敦就一直担负着首都和政治、经济、文化及交通中心的重任。经过1640年的资产阶级革命和19世纪前后的产业革命，英国的资本主义获得迅速发展，19世纪末更为世界头号殖民帝国，一度曾以“日不落帝国”自诩。这些都给英国以及处在国家机器核心周围的伦敦人以高度的自豪感和自命不凡、高高在上的感觉。

诚然，伦敦人是有资格自命不凡的。即使不涉及乃祖乃宗，即使大英帝国已然褪尽光华，以伦敦在当今世界上的地位，他们也完全可以笑傲群侪。英国的贵族气是出了名的，伦敦人的傲气更是傲到骨子里的。因为作为英国女王的子民，他们就围拢在女王的石榴裙边，这是一种文化积淀的外在反映，亦是心理极度自信的一个象征。的确，英国人创造出了许多令当时世界瞠目结舌的伟大发明和成就，完成了无数个世界第一，也为全世界留下了不少可以共享的资源和财富，还在伦敦和英国各地留下了足以自傲的文化遗产和名胜古迹，我们还是只看伦敦一地吧！

NO.31 伦敦 LONDON

——英国文化最高贵的血统

威斯敏斯特宫

威斯敏斯特宫又名“英国议会大厦”。公元8世纪时曾是著名的伦敦西教堂。爱德华一世在11世纪末重建教堂时，捎带在其旁边又建了一座宫殿，宫殿后来成为英国的主要王宫之一。

宫殿沿泰晤士河南向展开，两侧各有入口，正中的中厅呈八角形，由此形成东西和南北，纵横两条轴线，由中厅将上、下议院连接起来。

宫殿南端是高达102米的维多利亚塔，北端为一座96米高的钟楼。矗立于中厅之上的一座91米高的采光塔构成整座宫殿的垂直中心，也打破了宫殿平直的轮廓线。这样的造型使宫殿在平稳中蕴含变化，灵动中不失均衡，形成一个协调统一而又稳含对比的整体。这个采用维多利亚哥特式风格的宫殿是英国浪漫主义建筑的代表作之一。

威斯敏斯特宫北面即是被视为伦敦象征的大本钟。大本钟铸于1895年，由当时的英王工务大臣本杰明·霍尔爵士监造，故名“大本”。

该钟重达14吨，钟盘直径7米，时针长度2.75米，分针长度4.27米，钟摆有30.5千克重，每走一个小时便会发出深沉有力的报时声。1923年起，大本钟的钟声通过无线电波传到世界各个角落。

伦敦著名景点

威斯敏斯特宫、威斯敏斯特大教堂、圣玛格丽特教堂、大本钟、伦敦桥、白金汉宫、大英博物馆、伦敦塔、伦敦塔桥、圣保罗大教堂、海德公园、格林尼治天文台原址、马克思墓

大英博物馆

位于伦敦中心闹市区格雷·拉塞尔大街北侧的大英博物馆是一座规模庞大、气势恢宏的古罗马柱式建筑。这里收藏着全世界任何一个博物馆所不能比拟的文物和图书资料，其物品之丰富、内容之浩博、形式之精美只有让别的博物馆望而兴叹。

该馆设有埃及艺术馆、希腊和罗马艺术馆、西亚艺术馆、欧洲中世纪艺术馆等多个场馆，其中以埃及艺术馆、希腊和罗马艺术馆最为著名。

埃及馆占据着馆内最大的陈列室，共收文物7万余件。希腊和罗马馆中，仅公元5世纪雅典女神的祀庙就摆了满满一个陈列室。

值得一提的是，东方艺术馆内收藏着两万多件中国历代稀世珍品。其中，以6000多年前半坡村的尖足缸、红陶碗，新石器时代的大琮、玉刀、玉斧，商周时期的青铜尊、鼎，秦汉时期的陶器、铜镜、漆器、铁剑，六朝时顾恺之的《女史箴图》最为珍贵。

大英博物馆的藏书也是极为宏富的，在该馆数以千万册的藏书中，有大量的经典文献、书籍、手稿和档案珍本，马克思在伦敦期间，就经常到博物馆内查阅资料。忘形之下，总是踢踏椅下的地面。到后来，竟然在坚硬的水泥地上蹴出两个脚印来。

坦白说，想写巴黎是根本无法下笔的。便是硬要去写，也需如椽大笔，假以煌煌巨著，或能道其万一。因为这简简单单的两个字，蕴含了太多太多的内涵。而且每一个侧面都厚重沉实，博大精深，都是构成整体巴黎不可或缺的部分。面面俱到固为痴人说梦，便是求“挂一漏万”之效，亦怕挂到的“一”还未必挂在点子上，更让方家笑掉大牙。与其如此，倒不如挑些表面的实实在在的东西，比猫画虎地描下来，也许能让对巴黎有兴趣却无缘得识的朋友先混个脸熟。至于意识领域内的浪漫、文化、艺术等等，笔者实不敢班门弄斧。

其实，对于巴黎这个人们熟知的城市来说，每个人都有自己的理解，而且这种理解决非千人一面，肯定人言人殊。每个人注意的都是自己向往、心仪的方面。这种事本不必强求，只要他自己觉得美，“情人眼里出西施”，咱又何必横做沙吒利，掠人之美，夺人所爱呢？

闲话少说，书归正传。笔者只在此介绍巴黎的几个景点，以备查阅。

No.32 巴黎 PARIS

浪漫的西方文化艺术之都

一个奢华与享乐的梦想之都

卢浮宫

卢浮宫始建于1204年，最初只是保存珍宝和王室档案的碉堡式建筑，后屡经改建扩建，直至1857年才形成今天的规模。是欧洲面积最大的宫殿建筑之一，占地19.8公顷，建筑物占地4.8公顷，全长680米。

卢浮宫如今是世界上最大、最著名的艺术宝库之一，也是驰名全球的万宝之宫和艺术殿堂。而且建筑本身华丽壮观、雕塑精美，陈设富丽，也不失为一件艺术珍品。

卢浮宫1793年更名国立美术博物馆后，向公众开放。全馆由绘画馆、雕塑馆、埃及艺术馆、东方艺术馆，希腊罗马艺术馆、装饰艺术馆六大部分组成。陈列品有古埃及、古罗马、古希腊以及波斯帝国等东方文明古国的艺术品，亦有中世纪文艺复兴时期的佳作，更有世界古今中外诸多艺术大师的杰作，如意大利的文艺复兴三杰：达芬奇、拉斐尔、米开朗基罗的绘画与雕塑，西班牙的戈雅、荷兰的伦勃朗等人的作品。法国本土画家的作品更是不计其数，举凡古典古义、印象主义、浪漫主义和现代派著名大师的作品，无所不包。

卢浮宫共收藏了法国及欧洲各种流派的代表作及珍品40万件，只有一小部分用来展览，但只是走完开放展览这段路也有15千米之长。人们所熟知的“宫中三宝”为“爱神维纳斯”、“胜利女神尼卡”和“蒙娜丽莎”，久已“养在深闺无人识”，欲睹其庐山真面目者不知凡几，但若非机缘凑巧，大家也只好怅然而返了。

1989年3月，卢浮宫在博物馆的主要出入口，位于卢浮宫两翼的“拿破仑庭院”内，增设了一座玻璃金字塔。塔高20米，不仅是举世瞩目的建筑杰作，而且有着深远的预见意义。它于法国大革命200周年庆典日落成，有法兰西迈进新世纪的标志的美誉。

No.32

■ 巴黎圣母院

巴黎圣母院是巴黎第一座哥特式建筑。位于现代巴黎的起源地、状如小船的城岛上。始建于1163年，由教皇亚历山大和法王路易七世共同奠基，于1345年最后落成，历时近200年。她以评论家“坚固，但不笨重”的高度评价以及完美无缺的独特风格荣膺法国最伟大的建筑之一。

圣母院共分三层，门洞为桃形，均开在第一层。门洞上围绕的浮雕内容以圣经故事和地狱景象为主。中门内容为“最后的审判”，表现天主耶稣在世界末日审判世人命运的情景。左门为“圣母门”，圣母、圣婴像雕于中柱，拱肩描绘圣母的来历和经历。右门为“圣安娜门”，中柱雕刻巴黎主教圣马赛尔像。

门洞之上是被称为“国王长廊”的长条壁龛，里面排列28位国王的雕像。中间一层为一巨大圆形花窗，夹在两个门洞中间，直径约10米左右的花窗已有700年的历史，名为玫瑰窗。圣母怀抱圣婴像便雕在花窗之下。花窗往上，是一排支撑着阳台的雕花石柱。

从圣母院正门进去，是一个长方形大教堂。一座尖塔兀立于正殿屋背之上，高90米，远望似直与天际相连。教堂内的绘画取材于《圣经》旧约的内容，整个教堂装饰得庄严华丽，幽深肃穆。

巴黎主要景点

巴黎圣母院、卢浮宫、埃菲尔铁塔、凯旋门、国立现代艺术博物馆、巴黎大学、公社社员墙、亚历山大三世桥、波旁宫、凡尔赛宫

人一生

No.33
巴塞罗那
BARCELONA
——一座活的建筑博物馆
著名的历史文化名城和旅游胜地 名胜古迹众多
著名景点
巴塞罗那大教堂
圣帕乌医院
加泰罗尼亚音乐厅
古埃尔公园
古埃尔府
米拉大厦
哥伦布纪念碑

巴塞罗那早在12世纪时已成为地中海沿岸的重要商城，如今不但是西班牙第二大城市，最大港口和工业中心，还是著名的历史文化名城和旅游胜地，名声大着呢！

巴塞罗那建城历史悠久，故多名胜古迹，而且发展过程中自觉分开为老城区与新城区，这样一来，老城区多老建筑，新城区多现代化建筑，互不干涉，自由发展。久之，两种截然不同的建筑风格就形成了。现代化建筑更趋现代化，而老建筑则固守着原有的套路。说起巴塞罗那的老建筑，当推1298年所建的巴塞罗那大教堂最宏伟，最具代表性。但只可用以参观瞻仰，已然赶不上时代的步伐。我们今天只说巴塞罗那这座建筑博物馆中依然鲜活、日益求新的现代化建筑。

No.33

巴城名景之一为圣帕乌医院，占地面积达10万平方米。由于远离闹市尘嚣，与世隔绝得使它看起来有几分海盗出没的古堡的味道。医院的主楼系哥特式风格建筑，还有高高的塔楼，其别出心裁之处在于把大理石、砂岩、硅、马赛克等各类建筑材料完美地糅合在一起，使浑然一体的建筑群中每一座单个建筑又能正视自己的风格和特色。

加泰罗尼亚音乐厅建成于20世纪初。内外装饰大量使用了彩色玻璃和马赛克，以烘托制造光怪陆离的气氛，剧场大厅上方摆放的神采飞扬的飞天雕塑，有动有静，有光有影，有声有色，使人不禁热血沸腾，被世人誉为“西班牙现代主义最完美的作品”。

论最张扬个性和特色的作品，就不能不提到古埃尔家族的古埃尔公园、古埃尔府和米拉大厦了，它们全部是19世纪末20世纪初西班牙最杰出的建筑大师安东尼奥·高迪的代表性作品。

高迪和古埃尔家族的掌门人是相知甚深的好朋友。当初，高迪想要实现自己的设计理想却无人问津，最后终于得到古埃尔的大力支持。由此，高迪的设计才华得以全面展现，设计出了一系列古埃尔式的建筑。

1914年落成的古埃尔公园坐落在一个斜坡上，因势制宜，为远眺大海和巴塞罗那城市风光找到了一个绝佳的着眼点。

建于1889年的古埃尔府系高迪为古埃尔专门量身定做的豪华府邸，以中央大厅的设计构思最为奇巧：采用满天星式的透光天顶，在内部则饰以精巧的植物花纹和纤细的大理石柱。星光点点漏入，和丝丝缕缕的花纹交缠在一起，气氛祥和、安宁。

1910年建成的米拉大厦是高迪最富创意的作品之一，是一座占地约1600平方米的五层住宅。它外观看起来不像楼，反倒像一片起伏不定、正在向前流动的水波。这种创意真是匪夷所思，无怪于甫一落成，即被巴塞罗那市列为有特殊意义的建筑物。

人
一一147
生

NO.34

阿姆斯特丹 AMSTERDAM

——欧洲商业文明的出航地

作为世界第二大港口，阿姆斯特丹毫无疑问是欧洲最有活力的城市之一。早在17世纪时，她就已经是世界的金融、贸易与文化的中心之一。尽管时间已经流逝了几百年，但是优雅耸立的桥梁、庄严的运河，以及当地商人无所不在的店铺铺面，依然见证着阿姆斯特丹作为欧洲商业文明出航地的辉煌历史。

阿姆斯特丹是一座名副其实的“水都”。她的城区大部分低于海平面1—5米，全靠坚固的堤坝和抽水机，才使得城市免遭海水淹没。过去的建筑物几乎都以木桩打基，全城有几百万根涂着黑色柏油的木桩打入地下14—16米的深处。最具代表性的就是从1648年就开始兴建的市政厅。整个建筑物是用1.3万多根木桩将其支撑起来的，其古典而宏伟的建筑风格，至今仍然是阿姆斯特丹水坝广场上最显眼的目标。1808年当法国占领荷兰时，拿破仑选择了新市政厅作为他的住所，而新市政厅就此改名为王宫。整个城市中密密麻麻的水道将街巷一块一块分割开来，成群的海鸥在水道和楼房间飞舞，形成一道靓丽的风景线，宛若著名的水上城市威尼斯。被这些运河分割后的阿姆斯特丹，由100多个小岛组成，市内河道、桥梁纵横交错，形成了阿姆斯特丹特有的风貌。

荷兰以钻石驰名世界，而阿姆斯特丹则是钻石国度的钻石之都。它本身不产钻石，但却以加工钻石闻名。地处阿姆斯特丹的考斯特钻石厂是世界上最著名的钻石加工厂，维多利亚女王王冠上的钻石便是在这里切割打磨出来的。光凭这一点，就足以让所有的女人兴奋不已。

文化艺术爱好者在阿姆斯特丹将乐不思归，因为阿姆斯特丹也是一个博物馆的城市。在瑞贾斯博物馆、梵高博物馆、斯特德里克博物馆等一大批博物馆中，藏有大量的古代与当代名画，这使得这座城市洋溢着浓郁的文化气息。同时，她也是一个充满了休闲情调的城市，弥漫着迷人香味的咖啡馆、酒吧，以及荷兰民族慷慨大方的好客性格，都使得阿姆斯特丹成为一个休闲的圣地、生活的天堂。

荷兰是世界上最开放的国家，阿姆斯特丹也充分体现了这一特点。这是一个无所不能的城市，在这里，过去被人们视为洪水猛兽的黄、赌、毒、同性恋、安乐死等等，都具有相当的自由性，而且大多也是法律上允许的；这里的红灯区是世界上最有名的红灯区之一，这也是前往阿姆斯特丹旅游时所必须知道的。

No.34

特产名吃：

郁金香

乳酪

工艺品

木鞋、钻石

著名景点

◇运河

◇库肯霍夫公园（Keukenhof）

◇“阿姆斯特丹”号

◇阿姆斯特丹火车总站——Amsterdam Central

◇安妮·弗兰克故居

◇冯得尔公园

◇莱德泽广场

◇修女院

◇海尼根啤酒博物馆

◇西教堂(Westerkerk)

◇韦斯特教堂

◇莱克斯博物馆

◇文森特·凡·高博物馆

◇王宫(Koninklijk Paoeis)

◇尼德兰航海博物馆

◇玛格尔桥

◇伦勃朗故居

No.35 日内瓦 GENEVA

——湖光山色国际城

依山傍水的游览胜地

日内瓦是瑞士西南部城市，工商业和金融中心，并是瑞士最早制造钟表的城市。因其位于日内瓦湖畔，依山傍水，风景如画，为游览胜地，故而许多国际机构设于此处，各种国际会议经常在此召开，又是著名的国际城市。第一次世界大战以后国际联盟总部即设于此，建有万国宫，也称国联大厦，现为联合国欧洲总部驻地。

万国宫坐落在日内瓦东北部的日内瓦湖畔的小山丘上，与阿尔卑斯山遥遥相望，湖光山色，如诗如画，确是举行重大会议的好地方。

万国宫由大会厅、图书馆、理事会厅以及新楼构成，共有50个门出入。六层的大会厅可容纳与会者1800余人，位于中央，理事会厅和图书馆分居南北。此外，还有面积达2.5平方千米的阿里安纳花园，供与会人员憩息赏玩。

理事会厅显得最富丽堂皇，有几分艺术殿堂的味道。四壁和天花板上满是西班牙艺术家以正义、和平、力量、法律和智慧为主题绘制的作品。一幅巨画横贯整个天花板，画中五个巨人紧握着手屹立在宇宙中，象征全世界人民团结合作，共同主持正义，迎接和平。

在万国宫主楼前，有一个绿草如茵的大广场，广场中央摆放着一个巨型青铜浑天仪。浑天仪上雕刻着代表黄道十二宫的图样，而它的旋转角度正好与地球相吻合。浑天仪的出现表明了中国在国际社会中的突出地位，也弥补了草坪显得空落的感觉，更增加了无形中的历史凝重感。

有2000多个国际组织和各种代表机构设在日内瓦。近年来，平均每年有五六千次会议在此召开，每天至少有十几个。因此，说日内瓦是国际会议举办者与参加者的首选之地当不为过。吸引众多国际机构及参会人员的当然便是日内瓦湖的秀美景色。

日内瓦湖是西欧名湖，又名莱蒙湖或利曼湖，以著名的风景区和疗养胜地而蜚声全球。湖长72千米，宽8千米，面积580平方千米，平均水深150米，罗纳河自东注入，西经日内瓦市流出。因湖从日内瓦一直延伸至法国东部，故分属瑞士和法国所有。其中瑞士所占略多。

日内瓦湖是阿尔卑斯山区最大的湖泊，四季水不结冰，湖水幽深而清澈，清风徐来，水波不兴，只见烟霞万顷，倒映着蓝天、白云、绿树，还有周围群山的皑皑冰峰，令人心旷神怡。为了方便游客饱览湖水秀色，日内瓦市还从湖边修了一条长堤直达湖心，让你能和湖水零距离接触，去深切体会她的妩媚多姿。最令人叹为观止的还是湖中的人工喷泉，最高可喷射至150米。阳光充足的情况下，会化成一道如幻似梦的七色彩虹。所谓“长虹卧波”，不过如是。水雾随风飘洒，宛如霓虹仙子的舞裙轻纱，倘有一丝飘到身上，丝丝微微的凉意便会泛起在心头，让你生出无穷幻想。湖中时常栖息着高雅文静的天鹅和各种水禽，遇惊不乱，颇具大将风范。游艇和彩帆也不时出现在湖中凑趣。徜徉在湖畔的白鸽安详而宁静，偶尔还会停下来梳理一下羽毛。

夜幕降临，华灯初上，映照在湖面的霓虹灯更使湖水流光溢彩，美不胜收。倘使举办音乐会或舞会的豪华游船漂荡在湖心，乐声伴着波声悠扬入耳，再看那船，朦胧的夜色中大放异彩，分明便是仙子居住的琼楼玉宇了。

日内瓦湖沿湖尽皆公园，如玫瑰公园、激流公园、珍珠公园、植物园、英国公园，名目繁多，数不胜数，各擅胜场，各有千秋，但有一点相同，尽是游赏佳处。另外，还有湖畔连绵的别墅，掩映于扶疏花木之中，更显情致。

这样的人间仙境，如果已经背起行囊准备走天下，你能不来吗？

La maison du tabac
PRESSE
LuDORAMA
Marlboro La maison du tabac Marlboro
TOTO
TOTO-X
LOTTO

古今中外历史上，很少有哪一个国家像古罗马一样经历过那么多次战火的冲击与洗礼；经历了公元前3世纪的意大利半岛统一进程，前3世纪至前2世纪征服迦太基、西班牙及马其顿、希腊等地所进行的一系列战争，前2至前1世纪中叶的“内战”，以及帝国时期主动发起或被动接受的血与火的考验。但是古罗马最终都顽强地站了起来，而且从古意大利的一个普通城邦迅速发展扩张为地中海地区的强大帝国。

也许，同样也找不到任何一个城市像古罗马城那样能幸运地从历次浩劫中挺过来。因而被后世人誉为“永恒之城”。其实，“永恒之城”坚不可摧、固若金汤只是人们一厢情愿编造出的神话。除了美可以永恒地存留在人们心目中，没有任何可以超越时空限制绝对存在的事物。罗马城的神话被打破在公元410年。是年，在所谓的“蛮猴”大迁徙过程中，西哥特人靠着顽强的意志和潮水般的攻势让罗马城缴了械。45年后的455年，

占据北非的汪达尔人渡海袭击意大利，罗马城再度失陷。

或者，这个算是“永恒之城”的耻辱。至少，罗马所创造的辉煌灿烂的文化将永载史册，直到永恒。作为欧洲古典文化的重要组成部分，公元前3世纪后，随着罗马政治经济的迅速发展，其文化也随之勃兴。主要成就包括：文学领域，如大加图、恺撒的散文，维吉尔、贺拉斯、奥维德的诗歌。史学如李维、塔西佗、阿庇安的著作。哲学如卢克莱修的唯物论，西赛罗、塞涅卡等的唯心论。科学如大普林尼的《自然史》。皆为各学科中之翘楚。此外，西塞罗的演说中体现出的雄辩术、政治和法学亦成就斐然，而且和建筑艺术一样，都对后世、尤其是西方文化产生了至为深远的影响。

建筑艺术仍是要单独提出的一项。古罗马的建筑艺术集中表现在古罗马大角斗场、万神庙(潘提翁)及凯旋门、纪功柱、戴克里先公共浴场等建筑上。

如果从传说中公元前753年罗慕路斯在特韦雷河畔建罗马城算起的话，罗马城已经经历了2700多年的风风雨雨。世事沧桑，物换星移。“永恒之城”内留下的历史印记随处可见，古建筑和破壁残垣、名胜古迹比比皆是。如若没有大量新生事物的崛起与替代、更新，人们在抚古追昔的同时，一定会有如下感慨：永恒之城真的老了，老得甚至可以建一座博物馆来专门盛放它。

古罗马建筑中目前为止保存最完好的是公元2世纪的潘提翁神庙。该庙平面呈圆形，直径43.43米，上面覆盖着半球形穹窿，中间有一个直径约为9米的圆形彩光口。正面门廊为罗马科林斯柱式造型。

古罗马最负盛名的建筑当数大角斗场，坐落于埃斯奎利尼山上，亦称“科洛西姆”，为当时规模最大的角斗场。古罗马统治者驱使奴隶或猛兽在此搏斗取乐。角斗场平面呈椭圆形，四周观众席上的看台呈环状次第排列，一如今天的田径赛道。看台上层的兽室与中央场地相通。全场大约可容纳观众5万人，今虽仅存遗址，气势依然非凡，窥一斑而知全豹，亦可约略猜度其当日盛况。试想，5万人如果同时起立，振臂高呼，那情形定如山呼海啸，天崩地裂一般。大角斗场是古罗马建筑最高成就的体现。

最具古罗马风格的建筑当属大大小小、巍然屹立的凯旋门。古罗马人以征战起家，对战功自然情有独钟，他们不建纪念碑和纪念塔，而是别出心裁地采取建凯旋门这种形式。其中，为纪念君士坦丁大帝于公元312年在米尔维桥之役中战胜马克森提而建立的凯旋门形制最为巨大，估计当时君士坦丁踌躇满志行经凯旋门时获得的鲜花最多，掌声也最响。

然而，再辉煌的业绩最终只能载入史册，再伟大的人物也终将长眠地下，他们所创造的辉煌可以遗惠后人，泽被苍生，但他们本人却不可能永远躺在功劳簿上由人崇拜、景仰。人如是，城市亦然。只有经常崇敬鼎新，努力进取，才不可能被飞速发展的世界所抛弃。

古迹众多是罗马城的优势。罗马很好地利用了这一点，大力开展旅游业，并不断充实、开发、挖掘新的旅游资源，让古老的罗马经常能以古今咸宜的崭新姿态面对世人。当然，古老是罗马的主要特色，古罗马时期的辉煌是这个特色得以实现的实质和基础，罗马的创新牌还是要围绕这个不变的老特色打。

譬如，古罗马城中共有3000多个喷泉，蔚为壮观，其中最著名的特雷维喷泉始建于1762年，堪称喷泉中之老大。罗马是世界天主教的中心，共有天主教堂300多座，世界上最大的天主教圣彼得大教堂就坐落于此。梵蒂冈亦在罗马老城西北角的台伯河西岸。

罗马还有不少著名的广场，古罗马最著名、最大的图拉真广场始建于公元2世纪初。目前罗马最大的威尼斯广场坐落于内城中心跑马场街尽头。广场西面的威尼斯大厦兴建于1455年，是罗马最著名的文艺复兴时的宫殿式建筑。

罗马的每一栋建筑中都藏着一段让人骄傲的历史，每一堵破墙残垣中都蕴含着一个扑朔迷离的故事。

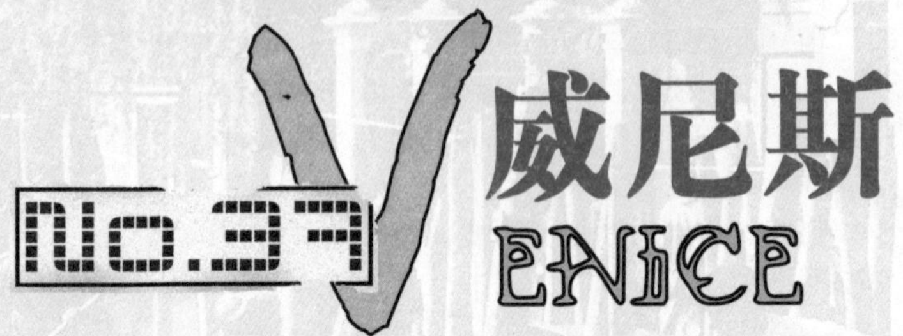

NO.37 威尼斯 VENICE

——集西方建筑艺术之大成的海洋皇后

威尼斯著名景点

◇圣马可广场 ◇圣马可教堂 ◇钟塔 ◇执政官宫

◇总督府 ◇阿里托桥 ◇叹息桥

No.37

威尼斯为意大利东北部港口城市，临亚得里亚海，历来就是世界上著名的旅游胜地。我国现代散文家朱自清先生在《欧游八记》中屡屡提及，对其景色之美赞不绝口，读之使人如同身临其境。

威尼斯素有“水上城市”之称，因其四面临海，只有一条10千米的长堤从城市西北角伸出与大陆相连。整个城市如同一艘巨轮浮在水面，故名。威尼斯水道众多，共有117条贯通其间，大运河为主干道，这些大大小小，纵横交错的水道将市区切割成120多个大小各异的岛屿，故威尼斯又有“百岛之城”之称。岛多，水道多，船自然就多，桥梁也必定少不了。共有400余座桥梁连接各岛，这些桥梁姿态各异，和桥下缓缓驶过的各式船只共同构成了“水城”独具特色的景观。小桥流水，两岸房屋鳞次栉比，没有大都市的喧嚣和污染，有的只是橹桡卷起的哗哗水声，好一片如诗如画的静谧祥和景象。

威尼斯诸桥之中名气最大的是横跨市中心主运河上的大理石单孔拱桥阿里托桥。桥长48米，宽22米，造型浑朴，古雅大方。此桥中央部位建有亭台，桥两侧的一些小店铺，建成于1592年前后，和阿里托桥一起见证了威尼斯的兴衰成败，风雨沧桑。莎士比亚的名剧《威尼斯商人》所提到的单孔桥即为此桥，可见它在威尼斯的影响和地位。

圣马可广场是威尼斯最大的广场，比起其他大都市的广场却只能是小巧玲珑。位于市中心，长仅175米，宽79米，还曾得到过拿破仑的盛赞，称其为“世界上最美丽的广场”(此处的“美丽”恐怕得当“娇小玲珑”之意讲)。广场上的钟塔建于15世纪，高达97米，正所谓“居高声自远”，一至准点，钟声敲响，可以送到全城的每一个角落。广场东侧的圣马可教堂建于1073年，里面有圣马可墓。因为是《马太福音》的作者，圣马可被威尼斯人奉为守护神，教堂的地位也因此变得荣宠异常。意大利最著名的宫殿建筑为执政官宫，也位于广场东侧。楼梯两侧摆放着海神和战神的巨大雕像，让人睹之肃然起敬，适足衬托出宫殿的高大和执政官的威严。此宫始建于公元814年，屡屡毁于战火，于17世纪被修复后保存至今。海神和战神像摆放于此大约也是寄予了后人的一种崇敬之情和美好期望吧！

威尼斯自6世纪建立城市共和国后，一直是地中海贸易中心之一，以生产珠宝玉石工艺品、花边、刺绣等著称。威尼斯海湾一波三折，多海滨浴场，加之景物独特，气候宜人，旅游业极其发达。

名列世界文化与自然遗产名录　世界著名的旅游胜地

威尼斯的另一座名桥有个特别令人伤感的名字——叹息桥。事实上此桥也着实令人叹息。因为“叹息桥”过去曾是死囚走向刑场的必经之路，于此经过者大都一去不回，待到看到家人候在桥下的船中泪水涟涟地等待生离死别，追悔莫及，所能做的惟有暗自叹息，徒呼奈何罢了。如今，叹息桥早已成为平常巷陌，惟有伤感的诗人到此后，可能还会叹息几声，在大多数人心目中，已成为一处普通的景观了。

威尼斯除了水多、岛多、桥多，还有一个最显著的特色是各式建筑多，其中星罗棋布的哥特式、文艺复兴式、马洛克式教堂计120座，另外还有120座钟楼、64座修道院、40多座宫殿，堪称集西方建筑艺术之大成。这里千万别忘了一点：威尼斯只是一个100多座小岛组成、人口30余万的小城市。这些各色建筑点缀其间，分布密度已经够大了。每条水道边都会不期然突现几座，临水而建，波光倒影，隔河相对，甚是别致。

NO.38 佛罗伦萨 FLORENCE

——欧洲艺术之都·美丽翡冷翠

1400年，席卷整个欧洲的鼠疫，夺走了意大利名城佛罗伦萨1/4多的人口。这座昔日繁华无比的城市秩序动荡，经济萧条，陷入了空前未有的凋敝之中。在这样的情形中，人们开始大彻大悟，开始感觉到人生的短暂、生命的脆弱，转而尽情地享受人生。而横亘在人性的本能面前的，是已经笼罩欧洲长达千年的中世纪宗教因素。于是，一种冲破传统宗教束缚的力量应运而生并迅速发展壮大，而这，便是伟大的文艺复兴的发源。

从1400年到1600年，是佛罗伦萨发展的鼎盛时期。文艺复兴时期的先驱诗人但丁、科学家伽里略、天才艺术家米开朗琪罗、达·芬奇都在这里生活过。这些文化巨人为佛罗伦萨带来了人类历史上最为璀璨的文明，并把这种影响一直延续到了现在。直到今天，佛罗伦萨还保留着文艺复兴时期的艺术风貌，因此人们把佛罗伦萨称作文艺复兴时期的活标本。在这个城市里，大到城市建筑，小到日常的吃、穿、住、用、行，几乎都和艺术相关。人类艺术天赋的典范几乎矗立在每一条街上。佛罗伦萨有许多著名的雕塑，包括广场雕塑、房屋雕塑、喷水池雕塑、花园雕塑等等，这些艺术世界的杰作，美化着城市每个地方。这真是无声的诗，立体的画，凝固的艺术。佛罗伦萨有40多个博物馆、美术馆，平均每万人就有一座。此外，遍布整个城市的60多座宫殿和许多大小教堂、广场，里面收藏了大量的优秀艺术精品和精美文物。除此之外，无数的私人画廊、酒吧、咖啡厅和俱乐部，更使得这座城市的每一个角落都散发着现代的艺术气息。这里，的确是艺术爱好者的天堂。来到这里的人都会被如此的环境氛围所陶醉，都会喜欢这里的语言和文化。不论是现代、古典的东西，只要它是来自于佛罗伦萨，都独具匠心。

佛罗伦萨更是一座适合于生活的城市。她位于距离意大利西海岸120千米和罗马西北方200千米处，由于地处亚平宁山脉中段西麓的盆地中，佛罗伦萨气候温暖，四季鲜明，夏季干燥，冬季多雨，但在阴凉处和室内却很凉快，夜间甚至会感到有些凉。穿市而过的阿诺河像一条彩带，装点着整个城市。这里一年四季都充满了魅力，任何时候来此观光都会感到非常愉快。每年7、8月份为旅游旺季，而春秋时节则是来此悠闲度假的好时机。

文艺复兴时期的活标本 博物馆、美术馆林立

No.38

◘ 著名景点

◇花之圣母教堂·大教堂 ◇圣乔万尼洗礼堂 ◇圣·罗伦兹教堂 ◇大教堂美术馆 ◇韦奇奥宫 ◇乌费兹美术馆 ◇皮蒂宫 ◇波波里庭园 ◇梅迪奇-里卡尔第宫 ◇阿卡德米亚美术馆 ◇米开朗琪罗广场 ◇圣十字教堂

特产

葡萄红勤酒

全世界最有名的意大利葡萄酒红勤酒就是在佛罗伦萨诞生的。其中带有黑鸡标志的古典红勤酒是用佛罗伦萨与锡耶纳之间的古老的葡萄园里的葡萄酿成的，托斯卡那共计有5种意大利最高级别的D.O.C.G葡萄酒，是爱好葡萄酒人向往的地方，另外，白葡萄酒也很适合现代人的口味。

特产名吃：
T骨牛排、面包色拉、托卡斯纳火腿

NO.39 柏林 BERLIN

——德意志民族的骄傲与彷徨

古老而又美丽的德国首都，迄今已经有近800年的历史了。早在13世纪前，这里就是旧时斯拉夫人的居民点，1244年就有了文字记载。从1415年起，柏林成为勃兰登堡诸侯王国的首府，1701年后为普鲁士王国的首都，1871年成为德意志帝国的首都。19世纪中叶，随着工业的迅速发展，城市居民激增，市区逐渐扩大，遂成为德国最大的城市。第二次世界大战后，柏林分为东、西两个区，即东柏林和西柏林，东柏林为德意志民主共和国首都，西柏林属于德意志联邦共和国，各自独立发展。1990年德国统一后，柏林结束了一个城市、两种制度的局面，重新成为德国的首都。

一座绿色的都市 每年一度的柏林国际电影节 独特的历史文化

柏林扼东西欧交通要道，往北距离波罗的海、往南距离捷克均不到200千米。鸟瞰柏林，其周围被森林、湖泊、河流环抱，城市仿佛处于一片绿色海洋的环抱中。柏林是个绿色的都市。森林、公园、河流和湖泊，当然还有一片片的私人花园小区，占据城市面积的1/3以上。柏林的绿地就像这个城市本身，丰富多彩。更重要的是，这些绿地由于柏林独特的历史、文化氛围和生活环境而被打上了独特的印记。在克罗伊茨贝格和诺伊克尔恩区人们会强烈感受到柏林的文化多样性；在宫殿公园和蒂尔加滕公园则会体会到普鲁士王国的公园韵味；即使在墓地，也由于墓碑的精巧构思和埋葬了众多知名人物而成为城市的独特景观。施普雷河从南面缓缓流过市区，亚历山大广场电视塔，四周环绕以现代化的旅馆、商店、会议厅、教师会馆等大型建筑，气魄雄伟，造型美观。库尔费斯腾达姆商业街长3千米，商店、服饰店、画廊鳞次栉比。著名的菩提树街，是欧洲最著名的林荫大道。古老的夏洛特堡宫周围分布着埃及博物馆、古董博物馆、史前早期博物馆和应用美术馆等重要文化建筑，其内收藏着许多珍贵文物和艺术品。古老的威廉皇帝纪念教堂一侧建有八角形的新教堂。1957年落成的银色、屋顶呈蚌壳状的会议大厅是现代建筑的代表作之一。此外，用乳白色花岗岩筑成的勃兰登堡门、有800年历史的圣母教堂、市政厅、博物馆岛上的古老建筑群、“水晶宫”、共和国宫、洪堡大学等富有日耳曼民族特色的名胜古迹，更是将这座城市装点得缤纷多彩。

柏林之所以会有如此出色的城市风景，并不是完全拜大自然所赐，而是和柏林人出色的智慧紧密相关。在第二次世界大战中，柏林曾遭到严重破坏，市中心几乎夷为平地。今天的柏林城，是战后重新建立起来的。重建初期，市区到处都是堆积如山的残砖碎瓦，如何处理这些废物，是当时城市建设的一大难题。柏林居民采取废物利用的办法，有计划地将这些废物堆成小山，铺上土壤层，修筑通向山顶的盘山公路；山上种植各种花木，山下则挖水塘、修凉亭、铺草坪、建娱乐场。通过不懈的努力，终于使得这座人工山丘公园绿树成荫，飞鸟啼鸣，芳草茵茵，成为理想的游览休息之地。

柏林还是世界重要的文化学术交流场所之一，建有现代化的国际会议中心。两年一度的柏林国际电影节也吸引着众多世界级影星和电影爱好者的关注。

No.39

特产名吃：

Zwillinge不锈钢刀具，啤酒，酒花，KPM陶瓷器具
Jagerschnitzel：薄肉片煮成的德国式炸肉排配磨菇、香肠
Zigeunerschnitzel：德国式炸肉排配辣椒肠
Schweinebraten——烤猪肉
Sauerbraten——醋焖牛肉
Schweinehaxen——咸猪手
Sauerkraut——酸白卷心菜
Maultaschen——碎肉菠菜大馄饨(斯图加特美食)
Knodel——马铃薯面团
Linsensuppe——扁豆汤
Kartoffelsuppe——马铃薯汤
Zwiebelkuchen——洋葱熏肉饼
Apfelstrudel——苹果馅饼
Rinderroulade——牛肉卷
Forelle Mullerin——炸河鳟
Hering——腌鲱鱼
浓稠肉片
腊肠扁豆汤
黑硬面包
马铃薯泥
掺着酸菜的德国猪脚
巧克力蛋糕
香浓咖啡

工艺品
少女陶瓷像，Steiff布娃娃，木制玩具

著名景点

◇柏林墙 ◇勃兰登堡门 ◇国家博物馆 ◇巴黎广场
◇国会大厦 ◇波茨坦广场

No.40 维也纳 VIENNA

——世界音乐之都

□ 主要景点

国家歌剧院、美丽泉皇宫、圣斯蒂芬大教堂、美景宫、金色大厅、维也纳森林、维也纳音乐厅

工艺品

毛毯，玻璃杯，陶瓷人像

No.40

享誉世界的“音乐之都”

欧洲古典音乐的摇篮

特产名吃： 绿色罗登缩线厚呢外套、KATTUS甜汽葡萄酒、辣味红烧牛肉、Gugelhupf空心圆蛋卷、维也纳肉排

“音乐是维也纳的灵魂，没有音乐也就没有维也纳。”

自古以来，维也纳彷佛就与音乐结下不解之缘。从地图上看来，奥地利的地形就如一把小提琴，在历史的长河里演奏着久盛不衰的交响乐章。而作为奥地利首都的维也纳，她明媚的风光景物，更是孕育了海顿、莫扎特、贝多芬、舒伯特、施特劳斯父子、伯拉姆斯等音乐巨人，给世人留下无数不朽的艺术财富。18至19世纪，这里成了欧洲古典音乐的摇篮和舞蹈音乐的发源地，难怪人们给维也纳冠以“音乐之都”的美誉。歌剧院、音乐厅几乎遍及全城，以音乐家命名的街道、会议厅、剧院、公园比比皆是；在公园、广场或大街小巷，到处可见音乐大师们的雕塑、故居或墓地。在市中心城市公园中有被誉为“圆舞曲之王”的小约翰·施特劳斯的青铜像，他的《蓝色多瑙河》、《维也纳森林的故事》的优美旋律永远荡漾在人们心中。时至今日，维也纳的“音乐之都”气氛仍然浓厚如初。每当夜幕低垂的时候，那些穿着高雅娴淑的绅士淑女就会忙着前往观看被认为是欧洲上流社会夜总会的歌剧，整个维也纳也就消融在华尔兹、交响乐的旋律中。是的，维也纳每天都沉浸在这样悠扬的乐曲之中；音乐，已经真正地融入了她的血液、灵魂。

在历史上，维也纳是欧洲三大名城之一。她位于奥地利东北部阿尔卑斯山北麓多瑙河畔，面积415平方千米，人口160万，周围环绕着著名的维也纳森林，南面是深幽的山谷和开阔的平原，是一座典雅、美丽、清洁的花园城市。多瑙河贯穿全城，维也纳森林和绿地、沼泽（包括普拉特公园）、遍布山坡的葡萄园都是这个城市不可缺少的财富。维也纳市内街道呈辐射环状。宽50米、两旁林荫蔽日的环形大道以内为内城。内城的古街道纵横交错，很少高层房屋，多为巴罗克式、哥特式和罗马式建筑。中世纪的圣斯特凡大教堂和双塔教堂的尖顶，高达138米。第二环形路外为外层，市西有幽雅的公园、美丽的别墅以及其他宫殿建筑。从美泉宫到国立歌剧院，从维也纳童声合唱团到西班牙骑术学校，到处都是一片往日奥匈帝国的京城景象。众多宫殿宅第和博物馆，把辉煌的传统和多姿多彩的现代生活紧密联系在一起。这些风格各异的建筑为维也纳赢得了“建筑博览会”的称号。

此外，维也纳还是购物天堂和美食天地。从葡萄园酿制的纯正葡萄酒到风靡世界的奥地利咖啡，从世界顶级设计师设计的名牌产品，到珍贵的古玩和有趣的纪念品，这里可说是应有尽有。来到维也纳的人们，除了尽情领略这里无所不在的音乐气息外，还会或多或少地为维也纳人享受人生的生活习惯和观念所感染。维也纳人最反对的是“不善待自己，喝白开水，吃粗食，节衣缩食的生活方式”。因为他们认为“人生只此一次”，不能太辛苦，而是应该善待自己。天生懂得享受的维也纳民族，闲来喜欢往咖啡馆坐坐，这里是他们的生活重心之一。著名的维也纳咖啡，据说17世纪时由土耳其人引进，早期的咖啡馆曾是逃避简陋生活空间的场所，之后就成了知识分子聚会、交际的地方。1880年至1938年间，这些咖啡馆正是造就艺术创作的重要发源地，如舒伯特等艺术家在咖啡馆内就完成了不少作品。维也纳人超凡脱俗的生活品味，可追溯至哈布斯堡王朝。1276年左右，来自“老鹰之堡”的哈布斯堡继班堡家族之后统治了维也纳，维也纳的文艺品味随之大大提高，因为哈布斯堡家族对音乐和艺术的爱好，同时培养了子民的艺术修养。而目前观光客所看到的维也纳，正是哈布斯堡王朝兴衰史的一个见证。

金龍山

BRASSERIE
INFORMATION
ARRANGED
LICENSE
TUXEDOS

No.41 布达佩斯 BUDAPEST

——蓝色多瑙河畔的名都

蓝色的多瑙河缓缓流淌，就像一条美轮美奂的项链，把沿途的无数风景名胜串了起来。而布达佩斯，则是项链上最耀眼的一颗明珠。

其实，布达佩斯是一座名副其实的双子城，碧波粼粼的蓝色多瑙河从西北流向东南，将布达佩斯分成两部分，河西岸是依山而建的古城布达，河东岸是平坦开阔而现代化的佩斯。横跨多瑙河上的8座大桥和穿越多瑙河底的地下铁道，把布达与佩斯紧紧相连。尽管这是一座城市，但是布达与佩斯却体现出了截然不同的两种风格与情调——层叠与开阔、古朴与现代，两个部分不可或缺地结合在一起；在视觉的冲突中，遮掩不住的是布达佩斯难以名状的完整与和谐。

布达与佩斯原为两座独立的城市，于1872年合并为一。布达城历史悠久，2000年前曾经是古罗马的军事重镇和经济中心。整个布达城四周山丘环绕，其中海拔最高的是亚诺士山，高达529米。地势险要的城堡山是布达城名胜古迹荟萃之地。匈牙利末代皇帝住过的巴罗克式华丽皇宫古老壮观，现已辟为博物馆。马加什教堂已有700多年的历史，匈牙利历代王室的婚礼、加冕都在这里举行。“渔人堡”由尖塔、回廊、拱门构成，姿态奇特，远近闻名。布达城古香古色，保持中世纪面貌的街道，使人回忆起那久远的年代。

与布达城的古朴、历史感相比，佩斯城则显示出青春、现代化的气息来。整座城市宽阔平坦，热闹繁华，是全国行政和工商业中心。由小林荫道环绕的内城是政府机关、议会所在地和博物馆、高等学府的集中区。大林荫道及附近地区是繁华的商业区和住宅区。1904年落成的国会大厦是一座规模宏伟、极具艺术价值的圆顶新哥特式建筑。英雄广场是1896年为庆祝匈牙利民族在喀尔巴阡盆地定居1000周年而建。广场上矗立着纪念塔和民族英雄塑像。布达与佩斯之间的玛尔吉特岛（情人岛）是该城最大的游乐场所；市南面的切佩尔岛是全国重要的重工业基地之一。佩斯还一度有着咖啡城的称号，那是20世纪初期遗留下来的美誉。时至今日，在佩斯的大街小巷仍然有着数不清的挂着“普莱索”招牌的咖啡馆，布达佩斯人早已将咖啡融入了自己的生命中，其中最有名的咖啡馆当数“纽约咖啡厅”，这里豪华的装饰和优雅的环境至今仍然吸引着无数上流社会人士的青睐。据说当年“纽约咖啡厅”最红火的时候，全欧洲都知道它的盛名。有一个夸张的说法，如果当时在欧洲寄信，信封地址上可以只写着“纽约”二字，但是邮递员绝对不会把信投到美国，由此可见，纽约咖啡厅是多么的声名在外。

如今的布达佩斯是匈牙利首都和全国政治、经济、科学文化、交通中心，多瑙河中游最大城市和重要港口，具有十分发达的机械制造、冶金、化学、纺织和食品等工业，工业产值占全国工业总产值一半。而且难能可贵的是，工业文明的发达并没有抹去布达佩斯的自然景观所蕴涵的诗情画意，在成功地将现代文明与古典文明、自然风景与人文景观协调之后，布达佩斯更加焕发出迷人的魅力来。

一座名副其实的双子城 居高与开阔、古朴与现代交相辉映

著名景点

巴拉顿湖，温泉湖，马伽什大教堂，
EGER城堡，链子桥，布达皇

特产

Herend陶瓷

Herend 是匈牙利最知名的第一陶瓷品牌，原产地是在布达佩斯西南方约120千米处，名为Herend的小镇。Herend首创于1826年，原本只是一个生产粗陶器和实验陶瓷制法的小型工厂，自从1839年 Fischer 接手之后，开始积极地从事事业扩展和艺术创作，在他的努力下，原先只使用东方和西欧瓷器的匈牙利皇室，开始接受 Herend 陶瓷。经过匈牙利皇室的赞誉和洗礼，Herend 逐渐在世界陶瓷界中大放光彩，从第一届的匈牙利应用美术展开始，19世纪中，Herend 在伦敦、纽约、巴黎的万国博览会中都得到最高注目，也让 Herend 成为欧洲各国皇室的最爱，也是目前全球最名贵的陶瓷品牌之一。Herend 在市区共有3家专卖店，瓦西大街上有一家小型二级品店，价格比较便宜。

特产名吃：
匈牙利牛肉汤、Kocka面条、松萝饺、
托卡依葡萄酒乳酪蛋糕卷、托卡依葡萄酒

工艺品
匈牙利娃娃，手工刺绣品，附有可爱木匙的匈牙利香料

雅典著名景点
厄瑞克特翁神庙、帕提侬神庙、胜利女神庙、雅典卫城遗址
欧洲文明的摇篮 古希腊文明中心
NO.42
雅典
ATHENS
——欧洲文明的摇篮、古希腊文明中心

历史上，作为欧洲文明摇篮和古希腊文明中心的雅典最初是以城邦的面目出现的，公元前8世纪左右由爱奥尼亚人创建于中希腊的阿提卡半岛。当时的希腊境内大小城邦林立，混战不休。雅典因境内拥有优良港湾以供航海和经商，实力增长很快，不久便在诸城邦中拥有了一席之地。前7世纪—前6世纪，雅典率先在各城邦中建立民主政治。前5世纪上半叶，希波战争爆发，雅典在此战争中取代斯巴达在伯罗奔尼撒同盟中的盟主地位，最终击败强大的波斯军队。嗣后，雅典得以与斯巴达分庭抗礼，并将提洛同盟演变为压榨其他加盟小邦的工具。雅典的奴隶制经济、政治和文化获空前发展，在希腊沿海各地区中首屈一指。前5世纪后期，雅典与斯巴达争霸希腊的伯罗奔尼撒战争爆发，以雅典失败而告终。诸城邦自此亦气势渐颓，先后沦于马其顿统治之下，公元前146年后以科林斯陷落为标志，被并入罗马帝国版图。

前5世纪中叶至前4世纪中叶，是希腊诸城邦发展的黄金时期，在奴隶制的基础上创造了丰富多彩、影响深远的文化，尤其是在文学、艺术哲学诸领域，都成为古罗马和后世欧洲学习的榜样和典范。

先说文学，早期有萨福、平达的抒情诗；演进为戏剧后，有三大悲剧家：埃斯库罗斯、索福克星斯、欧里庇得斯，喜剧家有阿里斯托芬。历史学领域，以修昔底德和希罗多德的著作最负盛名。哲学领域，德谟克利特和柏拉图各执唯物论和唯心论之牛耳，亚里士多德则作为集大成者。包括在科学领域都做出了杰出贡献。其他如欧几里得，阿基米德的数学、物理学成就，均为一时之冠，并开后世风气之先。

最值得单独提出的是古希腊在艺术领域中建筑和雕刻方面所取得的巨大成就。古希腊好些雄伟壮丽、磅礴大气的建筑，以多利安式、爱奥尼亚式和科林斯式的列柱回廊为主要特点，且均饰以精美绝伦的浮雕。

雅典卫城是雅典古建筑中的重要代表之一。它建于雅典一块海拔152米的高地上，三面均为悬崖峭壁。地势之险峻可以想见。而这样一夫当关、万夫莫开的险要去处在希波战争中亦不免战火之灾，战况之惨烈更是可想而知了。

希波战争结束后，雅典人不但修了一条长墙以连接雅典和8千米外的比雷埃夫斯港，而且重建了城内的神庙。前4世纪后，还在山下低地上建起一整套体现雅典人集体智慧和才干的建筑物，包括会场、竞技场、大柱廊、扩建的狄奥尼索斯露天剧场等。

雅典卫城的山门正高18米，侧高13米，气势恢宏不凡。山门右侧前方为雅典·帕提侬女神庙。雅典娜女神是希腊神话中的智慧女神，亦是雅典城邦的保护神。据说主神宙斯生怕妻子墨提斯生下儿子后比自己强大，争夺自己的权力，便把她吞入自己肚里，一时头痛难忍，无可抑制。只好让火神劈开自己的脑袋，结果雅典娜身披铠甲从脑袋里跳了出来。她后来曾与海神波塞冬相争持，因出示第一棵橄榄树而获胜，遂成为雅典的保护神。

神庙中原有的女神像高12米，由当时著名雕刻家用黄金和象牙雕制而成，可惜今已不存。神庙基座长69.5米，宽近31米，有23根巨型圆柱支撑。神庙的建筑材料为一种名为蓬泰利克的白色大理石，总体长18英尺，宽12英尺，矗立于青山绿水之上，蓝天白云之下，显得浑厚古朴，典雅大方。神庙外型采用希腊多利克柱式，屋顶三角楣上饰有千姿百态的浮雕，其中东面的浮雕中有持盾的雅典娜形象。神庙内由一个略呈方形的内殿和一个爱奥尼亚式门厅组成。

雅典娜女神庙是雅典卫城最著名、最具代表型的建筑之一，它展示了古希腊时期雕刻和建筑艺术的最高成就，故而素有“神庙中的神庙”之称。

雅典卫城建筑群中爱奥尼亚式的典型建筑为厄瑞克特翁神庙。它建在凹凸不平的高地之上，以庙中的六个女神像柱为精华部分。智慧女神雅典娜、火神赫菲斯托斯、海神波塞冬等希腊诸神均为此神庙的供奉之神。

古老的辉煌为希腊和雅典留下了无数的宝贵财富和历史古迹，吸引着人们去发现，去寻觅。如今的雅典虽已雄风难如昔日，但仍是不少人心目中向往的文明圣地。雅典除了有雅典卫城遗址、帕提侬神庙、胜利女神庙等著名古迹外，作为希腊全国的第一大城市、经济和文化中心，人文景观亦可圈可点。加上温和湿润的地中海式气候，曲折多湾的海岸线风光，迥乎东方的欧式风情，无疑都会让人心驰神往。

NO.43 莫斯科 MOSCOW

——见证俄罗斯民族千年辉煌的英雄城

莫斯科的名字于1147年首见于俄罗斯史籍，可见至少在此以前它已经作为一个单独的城市存在着，1156年，克里姆林城堡创建。14世纪起，莫斯科即成为俄罗斯中央集权制国家——莫斯科大公国的首都和中心。1547年伊凡四世改大公称号为沙皇，莫斯科仍为首都。只有在1712年至1918年3月间，200余年时间内，沙皇俄国的首都迁往圣彼得堡，但莫斯科的重要地位仍不容忽视。1918年之后至今，不论是苏俄、苏联还是俄罗斯联邦，莫斯科都是全国最大城市和经济、文化、交通中心。

莫斯科建城的千年历史中，从它成为莫斯科大公国首都的那一天起，它的命运就一直牢牢和俄罗斯捆绑在一起，和它同呼吸共患难，从大公国到沙皇俄国，所进行的历次战争，莫斯科都是指挥和调控中心，从它那里发出的命令源源不断地送达前线；而前线战争的发展情况，又关系着莫斯科和俄罗斯共同的生死存亡。

最危险也应该是最惨烈的是第二次世界大战期间爆发的莫斯科会战。1941年9月30日，节节胜利的德军集中优势兵力，大举向莫斯科进攻，很快兵临莫斯科城下。双方在城下进行了一场殊死搏斗，经过为期两个月的积极防御后，苏联红军转入大反攻，至翌年4月，共歼灭德军50多万人，成功地粉碎了希特勒的“闪电战”计划，扼制住了他此前的强劲进攻势头。

这一役中，莫斯科的无数优秀儿女献出了宝贵的生命。作为“二战”中苏联红军首次大败德军的战役所在地，莫斯科不但有英雄的人民，而且本身就是一座英雄的城市。

在见证了俄罗斯民族的千年辉煌和沧桑后，莫斯科如今依然是俄罗斯联邦的首都，和俄罗斯民族还将携手共进，去争取更大的辉煌。

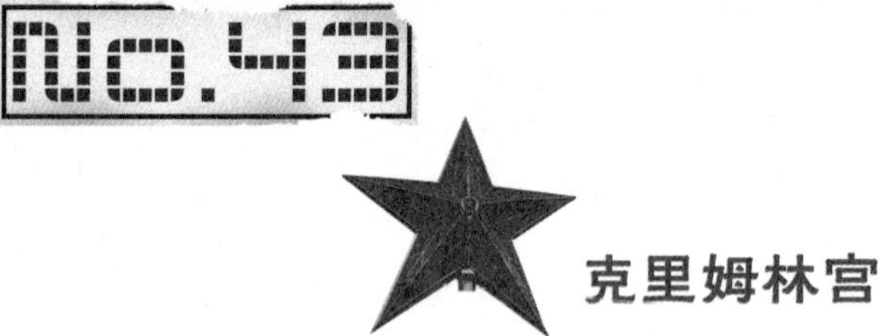

克里姆林宫

克里姆林宫作为俄罗斯的标志性建筑物，坐落在莫斯科市中心，它由克里姆林宫、红场以及教堂广场建筑构成。

“克里姆林”俄语意为“卫城”，原系俄罗斯封建时代统治者城堡的统称。一般由宫殿、教堂、办公室和军火库构成，还围有城墙和护城河。实际就是一座具体缩微的城市，一遇战事完全可以自行构成一个独立的防御体系。

莫斯科的克里姆林最为有名，因而称“宫”。它的主体建筑建于14～17世纪。宫墙为不规则的三角形，全长2235米，高2.1米，每一面墙上均建有7座碉堡，平均大约100米就有一个，防御之严密可知。

克里姆林最早的宫殿之一——多棱宫照例是举行各种盛典、接见外国使臣的所在。其内设有彼得大帝以前历代沙皇的宝座，显得庄严肃穆。

伊凡大钟楼是克里姆林宫最高的建筑物，有81米高，共五层。顶部为金色，日光照耀下流光溢彩，富丽堂皇。钟楼底部有直通楼顶的台阶，沿之登顶，可俯瞰莫斯科的全貌。

红场也是莫斯科的标志之一，紧邻克里姆林宫，面积9万余平方米。大得令人咋舌，倒是符合俄罗斯人崇尚大而实用、厚重的习俗。和威尼斯的圣马可广场一大一小，各得其妙。红场的建立是源于15世纪末的一场大火，大火后人们索性将废墟建成一处广场。目前在莫斯科的广场中历史最为悠久，虽几经扩建改建，当年的石板路面依旧青光可鉴，古朴整洁，依稀可窥出它的初始面目。

见证了俄罗斯民族的千年辉煌

普希金博物馆

坐落于莫斯科市克鲁泡特金街，原是当年普希金和他的十二月党人朋友经常雅集宴游之所，如今辟为博物馆，更有纪念意义。

普希金是俄罗斯文学史上最伟大的浪漫主义诗人之一。因反对抨击农奴制度，向往自由和进步备受沙皇政府迫害，最后在阴谋布置的决斗中丧生，年仅38岁，正值一个诗人的创作高峰期，令人扼腕叹息。

博物馆共有8个展厅，展品近5万件，包括书籍、画像、手稿、家具、油画等，其中以普希金的手稿最有价值。博物馆的大部分陈列品系由诗人的亲朋故旧自动捐赠，于此可见人们对诗人的爱戴和敬仰之情。

莫斯科著名景点

克里姆林宫、红场、圣母升天教堂、圣母领报教堂、普希金博物馆、三位一体大修道院、科洛明斯科耶主升天教堂

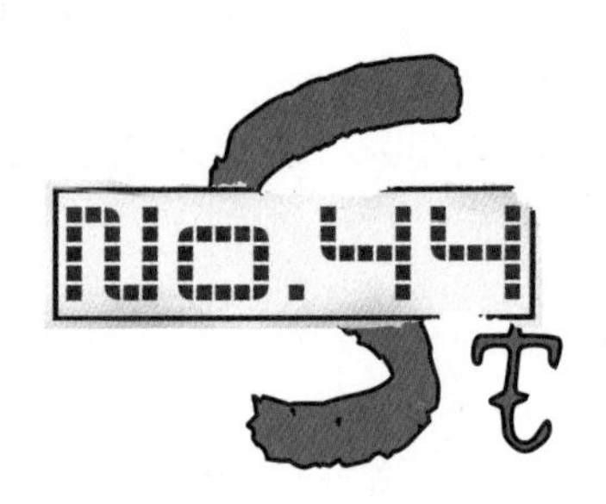

——俄罗斯的光荣

工艺品

普希金塑像，套娃，锦匣，披巾，布琼尼帽

主要景点

冬宫、彼得保罗要塞、战神广场、“阿芙乐尔号”巡洋舰、国立艾尔米塔日博物馆、俄罗斯博物馆、普希金城、彼得宫（简称夏宫）

很久以来就有一种说法：没到过圣彼得堡就不算真正去过俄罗斯。是的，圣彼得堡也许是最能体现俄罗斯民族精髓的地方。俄罗斯人的坚韧与顽强、俄罗斯历史的风雨与沧桑、俄罗斯土地的暗淡与辉煌，都能在圣彼得堡找到若隐若现的影子。

1703年，彼得大帝在涅瓦河三角洲的兔儿岛上建立了彼得保罗要塞，后扩建为城称圣彼得堡。1712年，俄国首都从莫斯科迁到此城，在以后的200多年里，它一直是俄国政治、经济、文化中心。1914年改称彼得格勒。1924年为纪念列宁而更名为列宁格勒，1991年又恢复原名圣彼得堡。这座雄伟的城市建筑在42个岛屿之上，是一座水上城市。整个城市由300多座桥梁相连，河面面积占全市总面积的10.2%；它的河流、岛屿与桥梁的数量，均居俄罗斯之冠。由于河流纵横，风光秀丽，所以它素有“北方威尼斯”之美称。她是俄罗斯最大的港口、第二大城市，是“俄罗斯最欧洲的城市”。

圣彼得堡是俄国革命的摇篮，她身上体现着俄罗斯民族勇于斗争、敢于反抗强权势力的特性。这里是1825年十二月党人举行起义的地方，也是两次资产阶级革命和十月社会主义革命的策划地。

最能体现俄罗斯民族精髓的地方

第二次世界大战期间，德国法西斯军队围攻该城长达900天，却始终未能攻陷。在保卫列宁格勒的残酷战斗中，苏维埃的军民们克服了难以想象的艰难困苦，浴血奋战，用鲜血保卫了自己的国土，也捍卫了苏维埃政权和俄罗斯民族的荣誉。战后这里修建了纪念墓地和纪念碑，纪念墓地里安葬着47万在列宁格勒保卫战中光荣牺牲的苏联军民。

如今的圣彼得堡，是一座气候宜人，风景秀丽的旅游胜地。据联合国教科文组织公布的资料，世界上最受旅游者欢迎的城市中，圣彼得堡名列第八位。这主要是由于该城市有1000多处保存完好的名胜古迹，包括548座宫殿、庭院和大型建筑物，32座纪念碑，137座艺术园林，此外还有大量的桥梁、塑像等等。圣彼得堡还是世界公认的俄罗斯文化教育中心，全市拥有各类国家级（国立）高等学府70多所，其中有世界著名的圣彼得堡国立大学、圣彼得堡国立技术大学、圣彼得堡国立林业大学、圣彼得堡列宾美术学院、圣彼得堡音乐学院、圣彼得堡国立精密机械和光学学院等一大批历史悠久、世界一流的名校。这些古迹、学府所营造的浓重的文化氛围，使圣彼得堡这座古城一方面保持着历史的传统，一方面又永远洋溢着青春的活力和气息。

特产名吃：

彩绘木碗、木勺、伏特加、军表

鱼子酱、罗宋汤、小煎饼，红菜汤、

咸鱼干

亚洲流行文化的发源地
一座充满活力和时代感的城市

No.45 东京 TOKYO

——古老风情与新潮时尚并存的江之门户

日本的首都东京，是世界上最大的城市之一。它位于本州关东平原南端，东南濒临东京湾，通连太平洋，不但是日本政治、经济、文化和交通的中心，在地理上也居日本的中心位置。日本大部分国土，都在以东京为中心的1000千米范围之内。自1868年日本皇室从京都迁到江户并改其名为东京以来，东京一直是日本的首都。东京的总面积为2162平方千米，包括23个市区、26个郊区、5个町和8个村，并与周边的千叶、神奈川、琦玉三县构成首都圈，现拥有约1200万人口（相当于全日本的1/10）。每天来自周围城市上下班的人约有200万，使东京的市中心白天人声鼎沸，夜晚则几乎变为空城一座。

东京是日本最大的工业城市，全国主要的公司都集中于此，工业产值居全国第一位。同时，作为一座国际大都市，她也是亚洲地区金融、贸易等交流活动的中心，近年来更成了亚洲流行文化的发源地。在很多亚洲年轻人的眼里，东京是一座充满活力和时代感的城市，她总是走在流行的最前线。流行音乐、偶像电视剧、Walkman、MD、手机、化妆品、电子游戏、厚底鞋以及前卫的化妆……这一切时尚年轻人的最爱，都从这里开始。

工艺品：
日本人形 、日本和服

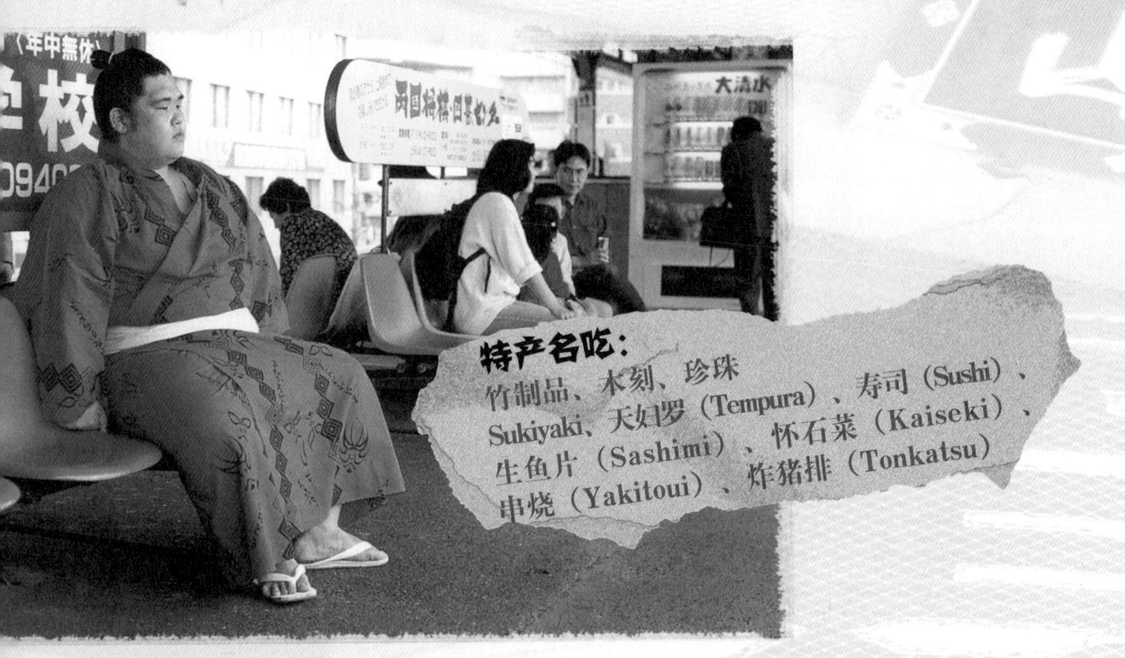

特产名吃：
竹制品、木刻、珍珠
Sukiyaki、天妇罗（Tempura）、寿司（Sushi）、怀石菜（Kaiseki）、生鱼片（Sashimi）、炸猪排（Tonkatsu）、串烧（Yakitoui）

著名景点：
富士山、皇宫、明治神宫、东京塔、滨离宫庭园、浅草观音寺、上野公园、隅田川、银座、彩虹大桥、新宿来到东京，最让人眼花缭乱的就是她的现代化生活方式。银座是东京最繁华的商业区，相传从前这一带是汪洋大海，后来德川家康填海造地，这一块地方成为铸造银币的“银座役所”。明治三年（1870年）这里更名为“银座”。这里素有“东京的心脏”之称。银座大道全长150米，北起京桥，南至新桥，大道两旁的百货公司和各类商店鳞次栉比，专门销售高级商品。银座大道后街有很多饭店、小吃店、酒吧、夜总会。从1970年8月起，银座大道成为步行商业街，禁止一切车辆通行，街上有许多茶座，游客可以坐在街心饮茶谈天。入夜后，路边大厦上的霓虹灯变幻多端，构成了迷人的银座夜景。

在感受大都市购物、娱乐魅力的同时，欣赏山峰、峡谷、森林、瀑布、沙滩，也是一个不难实现的梦想。东京湾与太平洋相连，行政上属于东京管辖的小笠原诸岛一直延伸到南方1000千米处。东京的西部是多摩地区，这一带有着森林茂密的山峰和泉水潺湲的溪谷，可谓自然的宝库。从东京乘上弹丸式特快电车，向西南方向穿过日本最大的平原——关东平原，很快就能到达富士山。

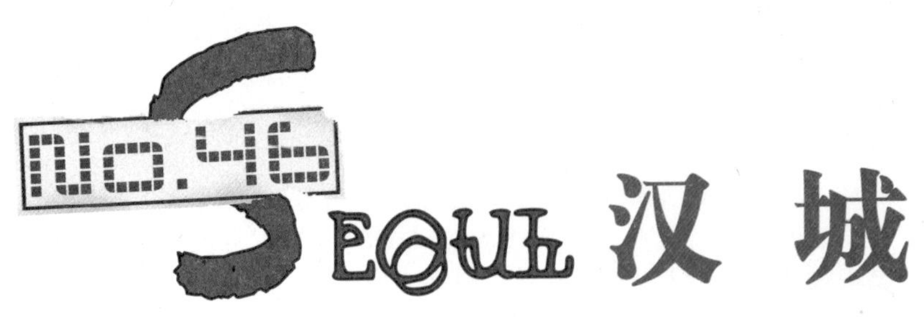

——韩国古老文化与民族精神的象征

如果向历史的深处追溯的话，人类最早在汉城定居的历史可以追溯到新石器时代的公元前4000年左右。从曾经统治汉江中下游地区乃至东亚一带广大地区的百济王国定都汉城东南部的记录以及不断发掘出的考古资料中，人们已经推测出，从中国的三国时代开始，汉城就已经是朝鲜半岛的政治中心。

不过，作为20世纪大韩民国的首都，作为国际性的政治、经济中心而发展起来的现代汉城的起源，则应该从朝鲜王朝时期(1392年)算起。从1394年迁都起，这座古老的城市，在经历了16世纪末丰臣秀吉侵略朝鲜的“壬辰倭乱”、20世纪上半叶的日本帝国主义侵略，以及为期三年的朝鲜半岛战争等重大的事件。在经历了战争的摧残和风雨的洗礼之后，汉城很多主要的公共建筑遭到了巨大破坏，但是汉城作为朝鲜半岛最大都市的地位却丝毫没有动摇。

著名景点

生命63大厦

明洞天主教堂

南山公园

韩国之家

乐天世界

No.46

汉城位于朝鲜半岛中西部，东经126度59分，北纬37度34分。汉江由东向西贯穿市中心，把整个汉城市划分为南北两部分。由于朝鲜半岛的脊椎汉北郑脉的影响，丘陵众多，山脉之间的盆地也不少。汉城的市中心为平地，周围山势平缓且溪流清澈。优越的地理环境，使得汉城山青水秀，引人入胜，与其他大都市相比毫不逊色。

今天人们所看到的现代汉城的风貌，是1980年开始为迈向真正的国际化大都市而进行大规模建设，并最大限度地保存历史遗迹的结果。通过1988年汉城奥林匹克运动会等一系列众多国际性大型活动，汉城顺应社会经济的发展而迅速成长起来。迷人的自然景观、悠久的历史文化、朝气蓬勃的人群、繁华喧闹的城市，都使得充满活力的汉城到处呈现出令人心动的景象。无论是漫游幽雅富丽的故宫遗址，还是徜徉于大自然的怀抱，汉城都会给人们留下鲜明深刻的印象和新奇惊讶的感受。

特产名吃： 高丽参、人参糖、紫菜、泡菜、紫水晶冷面、石碗拌饭、参鸡汤、牛肉汤、解肠汤、韩式泡菜、绿豆煎饼

如今的汉城，已经是世界第十大城市。在这座城市里，古与今、旧与新以奇妙的方式并存。历史悠久的宫殿、城门、圣祠以及博物馆里贵重的艺术品，是这座城市辉煌的往昔的佐证，而闪闪发光的耸入云霄的摩天大楼和熙熙攘攘的交通则表明了它生气勃勃的今日风采。拥有1000多万人口的汉城，不仅是韩国的首都，而且也是她的政治、经济、文化和教育中心，在韩国、乃至整个世界，都占有着重要的地位。2005年1月19日，汉城市长李明博在汉城市政府举行的记者招待会上宣布，汉城市的中文名称改为“首尔”。

NO.47 曼谷 BANGKOK

——弥漫着东方情调的天使之都

闻名遐尔的“天使之都” 迷人的东方情调 一个充满了奇异生活乐趣的城市 在佛国世界里洗涤红尘中疲惫的心灵

在泰语里，曼谷是“天使之都”的意思。她原本是一个不知名的小渔港，然而自从1782年泰皇拉玛一世在此建都以来，它在不断地发展中形成并延续了她天使般的东方情调。这种情调是这样的独特而富有韧性，以至于几百年来几乎从未断裂过，不管是在落后的农业时代还是发达的工业时代。

曼谷位于湄南河畔，距暹罗湾4千米，离入海口15千米，全市面积1568平方千米，人口600余万。曼谷是一座名副其实的水上城市，滔滔的湄南河把曼谷分为东西两半：西边是泰国的旧都吞武里，东边才是1782年拉玛一世迁都新建的曼谷。曼谷市内河渠交错、汊港纵横，货运频繁，饶有风情，有“东方威尼斯”之称。近几十年来，曼谷发展迅猛，日新月异，已经成为泰国最大、东南亚第二大城市。如今的曼谷马路宽广，高楼林立，车水马龙，繁华异常，已集中了全国50%以上的工业企业，约80%的高等学府。闻名遐迩的朱拉隆功大学和以政治、经济著称的法政大学均设于此。曼谷又是国际活动中心之一，每年有多达二三百个各种国际会议在此举行。城内设有联合国“亚太经社委员会”总部、世界银行、世界卫生、国际劳工组织以及20多个国际机构的区域办事处。曼谷还是“世界佛教联谊会”（有32个成员国）的总部及国际“亚洲理工学院”所在地。

泰国是一个历史悠久的佛教国家，佛教在泰国社会生活中有深刻的影响。90%的泰国人信奉上座部佛教（属小乘佛教部派），其中有30万人出家为和尚。在这个被称为"白象王国"的美丽国度，到处是金碧辉煌、尖角高耸的庙宇、佛塔；无处不有精致美观的佛像、石雕和绘画。全国佛寺多达4万多座，遍布在全国的城乡村寨。这些长年在青绿的椰林掩映下的古迹，为泰国妩媚动人的热带风光增添了许多神秘的色彩。而在这其中，作为首都的曼谷，无疑是佛教气息最浓重的城市。曼谷佛教历史悠久，东方色彩浓厚，佛寺庙宇林立，建筑精致美观，被誉为"佛庙之都"。皇宫和佛寺是曼谷的象征，全曼谷有400多所寺庙，以金碧辉煌的大王宫、流金溢彩的玉佛寺、庄严肃穆的卧佛寺、充满神奇传说的金佛寺、雄伟壮观的郑王庙最为著名。市内外名胜古迹、旅游景点很多，每年都有超过500万的游客来拜访这个"微笑乐园"，许多人在前往青葱繁茂的乡间和海滩胜地之前，都会在曼谷作短暂的停留。

曼谷是汇集整个泰国新兴与传统的生活方式的万花筒。与泰国其他地方相比，曼谷更能显出泰国人在蓬勃的现代化发展中，仍然保留着敬重传统的诚意。灼热的阳光，洪水般的车流，及淹没在烟雾中的摩天大楼，都掩不住曼谷迷人的东方情调。历经百年的寺院依然香火不断，悠悠地刻划着历史的年轮。大皇宫巍峨的屋顶，遍布曼谷的各个寺庙，焕发着使人敬畏、教人目眩的纯东方色彩。这些纪念性建筑物内藏着的雕塑、绘画和装饰艺术杰作，既诉说着曼谷悠久的文化传统和历史，又证明着泰国在艺术方面的超卓成就。.

曼谷是一个充满了奇异的生活乐趣的地方。由于旅游业的发达，水上市场应运而生。密集的河道上，经常会看见很多小舢舨上堆满鲜花、水果手工艺品等，殷勤的曼谷妇女不停地向小艇中的游客兜售，热闹非常。著名的鳄鱼表演惊险万分，驯鳄师把头放进大鳄口中的场景，使无数观众替他捏一把冷汗，但看到精彩处，不禁又拍手叫好。除此之外，鲜为人知的蜡像馆也有着独特的引人之处。蜡像馆中的蜡像造型栩栩如生，从平民百姓到神仙、妖怪，从皇帝诸侯到和尚、工人，栩栩如生的人物形象，将一个个曲折委婉的泰国传统民俗故事娓娓道来，引人入胜。

这就是古老与现代、梦想与现实并存的曼谷。她身上散发出的东方魅力，吸引着芸芸众生奔向她的身边。

特产名吃：

特产：红宝石、蓝宝石和绿松石

美食：烤鱿鱼，地瓜羹，香竹饭，燕窝汤，炸香蕉

工艺品

丝绸、漆器、纸伞、木雕、银器、青瓷、古董、成衣和珠宝、水牛角制做的工艺品。

著名景点：

大王宫，玉佛寺，郑王庙(黎明寺)，金佛寺，四面佛，卧佛寺（菩提寺），金山寺，王孙寺，鳄鱼潭（Crocodile Farm），蛇园（毒蛇研究所）（Snake Farm），云石寺（Wat Benchamabophit），考艾国家公园，玫瑰花园（Rose Garden），大城（Ayuthaya），佛统（Nakorn Pathom），合艾（Hatyal），泰国水族馆，国家博物馆（National Museum），民主纪念碑（Democracy Monument），王室之舟（Royal Barge），暹罗公园（Thailand Park）

著名景点

大王宫

位于曼谷市中心，紧偎湄南河，是泰国曼谷王朝一世至八世王宫，又称“故宫”，是历代王宫中保存最完好、最壮观、规模最大、最有民族特色的，现仍用于举行加冕典礼、宫廷庆祝等仪式活动。庭园内绿草如茵，鲜花盛开，树影婆娑。总面积约26万平方米。

玉佛寺

位于曼谷大王宫东北角，是大王宫的组成部分，面积占整个大王宫的1/4，是泰国最著名的佛寺，全称“嘉愿纳瑟沙拉南佛院”，又称护国寺，是泰国惟一没有和尚居住的佛寺。该寺供奉的68厘米高的玉佛，价值连城，与曼谷的卧佛、金佛一并被列为泰国三大国宝。玉佛寺体现了泰国古代建筑和艺术的特色，被誉为泰国佛教建筑、雕刻、绘画的艺术瑰宝。佛寺占地2.1万平方米，始建于1782年。

郑王庙(黎明寺)

泰国王家寺庙之一。通称郑王寺，又名黎明寺。位于湄南河右岸的吞武里。始建于大城王朝，当时名皇冠寺，后改称昌寺。郑王庙是纪念泰国第41代君王、民族英雄郑昭的寺庙，规模庞大，仅次于大皇宫和玉佛寺。

金佛寺

位于热闹的唐人街一隅，庙虽不大，香火极旺盛，原因在于寺内供奉着一尊高3米、重5.5吨，据说是用60%纯度黄金铸造的如来佛像。

新加坡

SINGAPORE

——现代都市文明的最佳诠释

文明的发展和工业化的进行曾经给人们的生活创造了一个让他们欣喜若狂的全新境界。然而，当社会物质丰富到一定程度时，人们却又蓦然发现，适宜的外部生存条件也是不可或缺的，尤其是那些面临紧张生活压力的现代都市人，温馨舒适的生活工作环境、各种疏散缓解紧张情绪的公共设施一下子对他们变得至为重要。曾几何时，一张慈祥可亲的笑脸，一句亲切热情的问候，哪怕是一块没有被烟雾涂抹的蔚蓝天空、一棵沾附着晨露的小草都能让他们的心神为之一颤，可是，他们无疑却失望了。都市里，依然是灰蒙蒙的天空、灰蒙蒙的人群、急匆匆的脚步和高大的烟囱和厂房。

失望但不要绝望，如果真的迫切需要给干涸的心田注入一泓清新的泉水，就请到新加坡走一遭吧?这个闻名世界的花园城市会给你一个现代都市文明的最佳答案!

新加坡虽然是一个1965年方才立国的新兴工业化国家，可正是因为它新，所以接受新事物的能力也就强，对现代都市文明的理解能力也更强。

新加坡为东南亚城市岛国，位于马来半岛南端。首都新加坡市南临新加坡海峡，当太平洋与印度洋间航运要冲，为世界海洋交通中心之一。是东南亚地区最大的海港，世界著名的转口港。

新加坡国土面积狭小，又属于新兴国家。既无名山大川可供览赏，又乏名胜古迹引人入胜。但是，新加坡政府利用其地近赤道，交通便利的地理优势和充裕的经济实力，不断建设和完善旅游措施，已使新加坡变成一个名副其实的旅游胜地。

市容市貌是游客踏入一个城市首先所见，决定着他对该市的第一印象好坏与否。新加坡给人的第一印象绝对是清新、可喜，洋溢着热带地区的勃发的生机与活力，让你不免一见钟情。新加坡绿树成荫，街道整洁，纤尘不染，一番天雨洗过之后，更显得魅力四射，容光焕发，这自然和新加坡具备的地理条件有关，但是，若没有政府的大力督导恐怕也难以奏效。

到新加坡来游览观光的旅客没有人会想到抚古追昔，大发感慨。这个新兴的国家和城市会神色坦然地告诉你没有那些，新加坡只会让你打心眼里觉得赏心悦目。只会告诉你将来会有什么，一个将来的文明都市会有什么；只会让你蓦然明白作为一个现代都市人的最终追求和归宿是什么。

新加坡最多的是公园，这使新加坡具有浓浓的现代气息，无形之中也向游人彰显着一个事实：这里一切都是全新的，是年轻人的乐园和天堂。

No.48

狮头鱼尾公园坐落于新加坡河口左岸，园内的主要建筑物是一尊这一海港城市的标志——狮头鱼尾塑像。塑像高8米，用材为乳白色大理石。衣座呈波浪状，狮头鱼尾高出水平面约4～5米，鱼尾反卷，仿佛刚刚奋力从水中跃起。一股清泉不断从狮口中涌出，给这头怪兽平添几分亲切感。每年的5月26日至6月3日，是新加坡规定的狮头鱼尾周，届时不少艺人至此献艺助兴，新加城河上还要举行声势浩大的龙舟大赛，热闹非凡。

圣淘沙岛是新加城著名的一处旅游胜地，岛在马来语中意为“宁静的岛屿”，岛上景色优美，除了新加坡并不鲜见的溜冰场、高尔夫球场、人工湖、游泳池、度假营、儿童乐园等娱乐设施和场所外，还有不少知名的景区景点，珊瑚馆和奇石馆是其中最具特色的两个。

珊瑚馆位于海边1.2千米处，一座圆柱形珊瑚塔高耸馆中，塔下四个水池中放养着各种五光十色的热带鱼。热带鱼和花卉为新加坡两大出口物品，这也算是个特色呢！

奇石馆是当今世界上惟一一座石间博物馆。陈列的各种石头琳琅满目，千奇百怪,让人大饱眼福。

新加坡植物园是世界著名的热带植物园之一，俗称红毛花园，位于市东陵区荷兰路附近，新加坡作为花园城市，园艺业一向甚为发达，在植物园中更是挖空心思，悉心栽植。园内有近3万种亚热带和热带的奇花异卉和珍贵树种，规模仅次于印度尼西亚的茂物植物园。

具有维多利亚风格的兰圃是园内最吸引人的景点之一。约1.2万棵各类兰花种植其中，包括新加坡的园花卓锦·万代兰。此兰花朵长大，颜色娇艳，可一年四季长开不衰，即便在极恶劣的条件下也能竞芳吐艳，实为不可多得之佳卉。

裕廊飞禽公园是新加坡最大的鸟类公园，在世界上还大有名头，位于市西部裕廊镇贵宾山坡。是利用一条山涧和两侧山坡的天然地势构筑而成，可谓匠心独运。飞禽公园内共栖息7000多只分属350种的大小飞鸟，东南亚一带生活的鸟类品种基本齐全。另外还有8500多只来自世界各地的鸟类生活在庞大的飞禽场中。大至非洲的鸵鸟，小到加勒比的七彩蜂鸟，应有尽有，它们被鸟类专家精心安置在100多个不同的居所，点缀于园内各处，互不侵犯，怡然自乐。

年轻人的乐园和天堂

新加坡著名的景点

狮头鱼尾公园、圣淘沙岛、珊瑚馆、西洛索堡、受降厅蜡人馆、奇石馆、昆虫博物馆、新加坡植物园、裕廊飞禽公园

德 里

DELHI

——铭记印度兴衰荣辱的城市

很多人都知道印度的首都新德里，但是对于德里这个名字则感到有些陌生。实际上，德里是真正铭记了印度民族兴衰荣辱的城市。"德里"一词来自波斯文，意为"门槛"或者"山冈"、"流沙"等。德里是古老传统和现代化相互结合且相得益彰的一座城市。和新德里相较而言，老德里如一面历史的镜子，展现了印度的古代文明；新德里则是一座里程碑，让人们看到了印度前进的步伐。老德里历史悠久，建都于公元前约1400年，取名"因陀罗普拉斯特"，意即"因陀罗神（雷神）之住所"。后来这里曾先后出现过7个德里城，到公元前1世纪，印度王公拉贾·迪里重建此城，德里由此得名。1911年，英国殖民统治者驻印度总督将首都从加尔各答迁至德里，在旧城以南3000米处兴建新德里，到1929年完成系列建筑，从1931年起，新德里开始成为首府，1947年印度独立后宣布为首都。1200多年漫长的建城过程反映了印度繁复的历史变迁，它包含了7个前身城镇，当今首都所在的新德里只是它1931年来向南延伸的部分，但是经过几十年来的发展，新都的面积早已超过七个古城的总和。

如今的德里，不仅是全国的政治经济中心，也是文化教育中心。她的规划建设严格按着新旧城区分开的原则，老德里保留着古老的建筑格局和古朴精致的风貌，新德里则是印度政府机构所在地。古老的德里以传统的工艺品制造著称，这里的金银器街、珠宝街、铜器城以及世界上最大的香料市场都恪守着传统的营销模式，让人真切地触摸到传统文化的根。德里市政府对建筑高度有严格规定，市区里除了独门独院的楼房外，最多的就是6层公寓。老德里的月光广场依然保持着上百年前的建筑风貌，蜿蜒曲折、重重叠叠的街道由大大小小的店铺连接起来。新德里则是一座规划有致的花园城市，市内有许多大小不一的圆形广场，分布着花坛、草坪和绿树，林荫大道和环形大道由广场成放射状或环状格局。穿越中央街心公园的东西向大道，东起国家体育场，经纪念拱门、中央秘书处，西止于总统府，绵延数公里，大道两旁，排列着外交部、国防部等主要政府及科研机构。以此干道为分野，北部为现代商业中心区，各商店围绕康诺特圆形广场布置，颇为繁华，南部为住宅区，绿林掩映，环境宜人，其间传统宫室雄伟瑰丽，西方式的高级邸宅也极尽豪华，外国使馆均坐落在此，总统府则是英国建筑流派和印度传统式样结合起来的建筑，国会大厦又是中亚式建筑，但柱梁和屋檐雕饰却呈现印度艺术的特色。

在现代化的进程中，德里始终保持着一种难得的宁静、祥和氛围。刚到德里的时候，你可能会发现她很像一个大乡村。这里的夜晚没有灯红酒绿，安静得让人以为到了原始森林。德里人非常讨厌霓虹灯，据说一些商店以前曾装过霓虹灯，后来因为有附近居民投诉而不得不拆除。他们认为晚上的强光不仅干扰正常睡眠，还会扰乱生态平衡。树丛里的袋鼠和孔雀、路边的狗和牛，都需要在黑夜里睡觉，否则一些植物会在强光下开花，鸟会很早离开巢穴，难免要扰乱它们的生物钟。这种与大自然和谐发展的意识，使得德里延续着她千百年来的美丽而青春永驻，长盛不衰。

特产名吃：

波罗蜜、印度茶

咖哩羊肉(rogan josh)、辣肉球加优酪乳(gushtaba)、鸡或羊肉加橙汁饭(biryani)、鸡鱼等肉加上香料在陶锅烹煮(tandoori)、印度烤肉串(kebab)、咖哩素菜(bhujia)、印度煎饼包泡菜及咖哩扁豆(samba)、鲑鱼(pomfret)、椰汁咖哩虾(malai)

No.49

著名景点

◇泰姬陵

位于离新德里200多千米的阿格拉（Agra）城内，系莫卧儿王朝第五代帝王沙贾汉为爱妃泰吉·马哈尔所造的陵墓。玛哈尔于风华正茂的38岁死去，沙贾汉悲痛欲绝，动用了几万工人，耗费巨资，花了16年时间，才在1648年建成泰姬陵。难怪连印度诗翁泰戈尔都说，泰姬陵像“一滴爱的泪珠”。这是一座全部用白色大理石建成的宫殿式陵园，是一件集伊斯兰和印度建筑艺术于一体的古代经典作品。在世人眼中，泰姬陵就是印度的代名词。这座被誉为世界七大奇迹之一的宏伟陵墓，正如万里长城一样，浓缩着一个伟大民族和文明古国数千年的灿烂文化。

◇甘地陵

印度国父“圣雄”甘地的陵墓。陵园呈凹形，在陵园正中，静卧着一座黑色大理石陵墓，它是一个普通的正方形平台的样子，高约1米，长宽约3米。墓后一盏长明灯，昼夜不熄，这是印度争取民族独立精神的象征。陵墓没有任何装饰，极其普通、简朴。然而，每逢节假日，便吸引无数身着白色民族服装的人们从四面八方赶来。他们脱掉鞋子，赤脚走进陵园，深切地悼念陵园的主人。

工艺品
披肩、晚服长巾、真丝围巾、
大理石镶嵌艺品

◇红堡

17世纪莫卧儿王朝帝王沙贾汗建造，长约915米，宽518米，因为它的城墙和内部是用红砂石砌成，所以称为“红堡”。自1965年开始，红堡内每星期都有几天晚上举行声光表演。这种表演利用现代光学原理和音响效果，再现1639年至1947年间印度历史的风风雨雨，沧桑辉煌，值得细细欣赏和品味。

◇莲花庙

又名灵曦堂，是一座风格别致的建筑，建成于1986年，是崇尚人类同源、世界同一的大同教的教庙。莲花庙的外貌酷似一朵盛开的莲花，故称“莲花庙”。它高34.27米，底座直径74米，由三层花瓣组成，全部采用白色大理石建造。进庙的教徒以及参观的人并不需进行什么特殊的仪式，只要脱鞋进殿，走到大理石椅上就座，然后沉思默祷就行，所谓“意到神知”大概就是这样吧。

◇**阿育王柱**

离红堡不远，在朱木拿河畔，一根光秃秃的石柱高高地矗立在一座古堡之顶，这就是有名的“阿育王柱”。公元前孔雀王朝的名君阿育王为了弘扬佛法，晓谕子民，故竖立此石柱。阿育王柱高12.97米，底部直径约1米，顶部直径约0.65米，重27吨。柱表原为镏金，现已脱落。该石柱于19世纪出土后，被奉为印度民族精神的象征。印度政府1950年决定将其作为国徽图案，以体现印度人对悠久文化和国家独立产生的民族感。

No.50 伊斯坦布尔 ISTANBUL

——荟萃东西方文明精华的跨洲城

地跨欧亚两大洲的历史名城 荟萃了东西方文明的精华

伊斯坦布尔现为土耳其最大的城市和港口。位于巴尔干半岛东端，博斯普鲁斯海峡西岸。市区包括小亚细亚半岛西端的于斯屈达尔等地，故地跨欧亚两大洲，1973年建成跨海峡的博斯普鲁斯公路大桥(长1560米，宽33米)后，其在欧亚两洲之间的桥梁与纽带作用愈显重要起来。

其实，历史上，伊斯坦布尔便是扼黑海出入门户的重要战略城市，也是欧、亚两洲沟通与交流的窗口。也正因此，自伊斯坦布尔于公元前658年建城后起，它一直都是各野心勃勃的大国激烈争夺的对象。伊斯坦布尔最早由希腊人所建，称拜占庭。330年罗马帝国迁都于此，改名君士坦丁堡，又称新罗马，以区别于“永恒之城”罗马。395年罗马帝国分裂后，这里理所当然成为东罗马帝国之都。此后数百年间，伊城一直是地中海东部的政治文化和经济中心。直至13世纪初被东征的十字军一把大火烧为灰烬。1453年，奥斯曼帝国以此为都，并改称伊斯坦布尔，沿用至今。

建城2000余年来，由于伊城所处特殊的地理位置，以及欧亚两洲政治、经济、文化各方面交流渐次融通和加强，在夹在两大板块间的伊城碰撞出了明亮的火花，东西方文明的精华都曾在此驻足观望并得以尽情挥洒和展现。几乎每一个统治伊城的王朝都在此处打上了自己深深的烙印，给伊城留下了多个民族不同风格的文物古迹，也形成了伊城荟萃东西的深厚文化底蕴。

在伊城旧城区内，一座座庄严肃穆的清真寺和高大巍峨的现代建筑交错并立，相映成趣，让人觉出一种别样的和谐。据说，伊斯坦布尔的清真寺至少有450座之多，几乎赶上了中国南北朝时佛教鼎盛时期洛阳寺庙的总数。不过，咱们的“南朝四百八十寺”可是个约数。

阿亚菲索亚清真寺是伊城最著名的清真寺之一，由圣·索菲亚大教堂改建而成。其大厅通长77米，宽71米，高56米，通体用雕工精细、图案精美的白色大理石建成。最让人称奇的是107根圆屋顶的支柱，以金叶包衬，美轮美奂，耀人眼目。此为东罗马帝国时代的遗物。

蓝色清真寺也在伊城极负盛名。建于17世纪，现为伊城最大规模的清真寺，可同时容纳2000多个穆斯林做礼拜。该清真寺又名云塔清真寺。四周围绕六座高耸入云的尖塔，支撑拱顶的只有四根大理石巨柱，气势宏伟，造型朴实、厚重。寺的内壁装饰明显具有揉合东西方艺术的特征：图案为民族特色图案，所用蓝色花瓷的烧制技术却与中国一脉相承，再配以绛紫色的土耳其地毯，审美效果让人拍案叫绝。

托普卡帕宫是伊城宫殿建筑的代表，始建于1462年，富丽堂皇，宏阔壮观，先后有25位苏丹曾在此居住。如今，皇权已逝，此处也和大多数国家曾经的皇宫一样，被改成了博物馆，供人瞻仰。这里的藏品，最让各国游客叹赏不已的有苏丹的王冠，镶有1000多颗各色宝石的御座，重达48公斤，镶嵌6666颗金刚石的金蜡烛。此外还有不计其数的东方艺术珍品，诸如珐琅、珍珠、宝石、瓷器以及历代苏丹宝库中的遗物等，总价值无法估量。

■名满天下的土耳其浴

早在罗马和拜占庭时期，土耳其的澡堂即已在君士坦丁堡（即今伊斯坦布尔）出现。当时的君主坦丁大帝和查士丁尼皇帝就在伊市修建了为数众多的公共浴室。中世纪时，欧洲一度流行一种说法，认为水是传染疾病的渊薮，导致公共浴室在欧洲萎缩乃至消失，不少人甚至到了谈“浴”色变的地步。而伊斯兰教讲究大净，小净，穆斯林在祈祷以前必须用水冲淋身体。基于此原因，土耳其人非但没有受到欧洲的影响，反而还在伊市等地陆续兴建了大批公共浴室，并由此逐渐发展演变成别具一格的土耳其浴室。17世纪时，仅伊市一地，有史可考的公共浴室就达168家之多，其盛况也可算是“空前”了。而且，据传说，久负盛名的芬兰蒸汽浴往上追溯起来，和土耳其浴也是有千丝万缕联系的。两者采用浴室内部的高温，使人全身汗出如浆，嗣后再用温水或冷水淋浴全身，最后使浴者通体舒泰，达到清污除垢，舒筋活血、消除疲劳的目的。

土耳其人进公共浴室与众不同，大多数人都随身携带一个内容丰富的食品盒，盒内不但装有琳琅满目的各色食品，还有饮料、干果等零食。淋浴后，相识的、不相识的浴友不谋而合地坐在一起，各出所携，边吃喝边聊天，从天下大事到市井俚俗无所不谈，尽兴之后，大家各自走散，在更衣室的单间再美美睡上一觉，夕阳衔山时才回到家中。还有些人干脆就在浴室里聚会或商谈，因此，一大家人，一群同事携手共进浴室的情景在土耳其并不鲜见。从某种意义上讲，土耳其的公共浴室同咖啡馆一样，已然成为土耳其人进行社交活动的重要场所之一。

位于伊市老城区恰阿奥卢街道的恰阿奥卢公共浴室是土耳其最著名的浴室，建于1741年，已有260余年历史。19世纪时英国著名画家汤姆斯·阿隆曾至此游览，并绘制了《恰阿奥卢澡堂》铜版画，“恰阿奥卢”自此和土耳其浴一起声名大噪，恰阿奥卢也因此成了土耳其浴的象征，吸引着不少世界各地游客，慕名至此寻找东方式的异国情调。

■伊斯坦布尔著名景点

阿亚索菲亚清真寺、蓝色清真寺、托普卡珀宫、博斯普鲁斯海峡公路大桥

——见证中东三千年的战火与沧桑

大马士革是世界上最古老的城市之一，已有约4000年的建城史。在这4000年中，大马士革历经沧桑，几度兴衰。公元661年建都于此的倭马亚王朝统治期间，为其全盛期，但好景不长，百年以后即被阿拔斯王朝据为己有，13～16世纪在埃及马穆鲁克王朝统治之下，1516年后被奥斯曼帝国占领，第一次世界大战后沦为法国委任统治地，二战期间，独立前夕归英、法共同军事占领。相信这一次又一次的占领都是在充斥着刀光剑影的气氛下进行的，不会存在和平过渡的可能。

叙利亚地处西亚，周边所邻有土耳其、伊拉克、约旦、黎巴嫩、巴勒斯坦等国，正是中东地区最敏感的地带之一，谈笑风生一刹那间就会变成剑拔弩张，继而变成炮火硝烟。而因叙利亚本国居民大多信奉伊斯兰教，自觉不自觉难免会扯上这样那样的纠纷和争端，这座历时4000年的古城，不但要挺起胸膛接受自然界风霜雨雪的侵袭，还要随时准备迎接战火的洗礼，最后，还要“痛定思痛”倾听他处传来的炮火和杀戮之声。

4000年的风风雨雨，3000年的剑影刀光，它已然悟出了所有的真谛，故而无语凝立，笑对朝日夕阳。

世界上最古老的城市之一

■ 大马士革古城

古城建于公元前2000年以前，面积约100平方千米，建在名为克辛山的山坡上。由于历史上曾为古罗马和阿拉伯人所统治，所以此两时期的遗址和遗物最为丰富，有“古迹之城”之称。

大马士革古城旁巍然屹立着一座石门，相传当年圣保罗就是从此进入古城传教的。有一次圣保罗被人追捕，情况紧急，追随他的教友只好将他藏在一个篮子里转移到城下，随后圣保罗又通过石门顺利逃出了大马士革。为了纪念圣保罗兢兢业业的传教活动，也为了记住那次历险，后来基督教徒就在当地修建了圣保罗教堂。

古城在公元11世纪曾进行过大规模翻修，除依原址外，差不多等于彻底重建。翻修后的城堡外有护城河，河上架有吊桥。城堡由巨石垒筑，上面共有300个射击孔，谯楼、堞眼等防御、窥视设施一应俱全。叙利亚历史上有三位杰出的苏丹——努拉尔丁、萨拉丁和扎赫尔·倍贝尔就是在这个堡垒中率众抵抗外族入侵的。

古城中的倭马亚清真寺驰名世界。三个高耸的塔尖刺破青天，展示着伊斯兰各个时期的建筑艺术风格。罗马神话中的主神朱庇特的神庙遗址位于寺西，可惜岁月沧桑，现在剩下的已只有几根高大的石柱和石柱下台基上的萋萋芳草了。

大马士革古城中保存下来的确乎不少，其他如古罗马时代建成的中心大街——直街，建于115年阿拔斯王朝时期的医院等等，都还基本保持着旧观。

■ 叙利亚的传统婚俗

按照叙利亚当地风俗，婚姻大事完全由男女双方的父母做主。截至举行婚礼当天，新郎、新娘非但无法谋面，甚至连对方的最基本情况都一无所知，也就更谈不上相识相知并发展感情了——这一点颇有几分中国封建时代包办婚姻的味道，个中滋味只能由当事人自个儿去细细咂摸，“游鱼啜水，冷暖自知”，外人是无法插嘴的。

举行婚礼当日，心情最急迫的自然是新郎、新娘；而且这种急迫中还包含着很大的赌博意味：此前两人连见一面都会被认为是伤风败俗的行径，订婚后多少天来的提心吊胆、婚后的生活是否称心如意也只能在这一日初见端倪；而这一切偏偏又是凭一己之力无法改变的。

婚礼的主要仪式在新娘家进行，包括洞房花烛夜，其中最有意思的恐怕就是男女双方互相踩脚了。这是一种古老得几乎找不出源头的习俗：相互踩脚过程中，谁如果占了上风，能多踩对方几脚，谁就能在婚后的夫妻生活中占支配和主导地位；而另一个就只能乖乖地顺从了。兹事体大，故而双方都不敢掉以轻心。在婚前，男女双方的长辈传授踩脚的技巧，以便能在婚礼上多踩对方几脚。实际上，这本来就不是一场公平的竞争，无论从力量和技巧上来说，男方当然都要占绝对优势。即便女方能“徼天之幸”，或者将踩脚技巧练得炉火纯青，在仪式中稳占上风，也根本无法改变婚后的被支配地位。因为叙利亚当地男尊女卑的观念极强，妻子的命是完全操纵在丈夫手中。例如：只要妻子惹得丈夫不高兴，丈夫连说三声：我休了你。离婚即可生效，连最简单的手续都不必履行。被休掉的女人纵能再嫁，也是受人歧视的“二婚头”，终生无法抬起头来，境遇如何自然可想而知了。

在叙利亚，举行这种传统婚礼费用极其昂贵，对于一般小户人家而言，是一笔难以承受的巨大负担。由于筹集不到结婚的必需花费，许多叙利亚青年30多岁还只能光棍一条。因此，许多有识之士强烈呼吁婚事简办，并且得到了广大青年和家长的积极响应。

巴格达

——《一千零一夜》讲不尽的风流与哀伤

特产名吃：
椰枣
卡巴布

著名景点

瓦斯塔尼门、空中花园、无名战士纪念碑、伊拉克博物馆、巴比伦、乌尔城遗址、亚述帝国遗址、哈特尔城遗址、卡齐迈因大清真寺

工艺品：铜器

在波斯语里，“巴格达”一词意为“神赐的地方”。754年，阿巴斯王朝第二代君王哈里发曼苏尔发现这里是水陆要冲，并且气候宜人，便在原来小镇的基础上建起一座新兴城市。为了达到理想的要求，曼苏尔亲自审定设计方案，并指定当时著名的建筑大师艾卜·哈尼发全权处理建都事宜，动用能工巧匠和民工10万之众，前后历时4年，终于建成一座富丽雄伟的新城池。因整座城市呈圆形，故称之为“团城”。762年，巴格达被正式定为阿巴斯王朝的都城，当时命名为“麦地纳·色兰”，意为“和平之城”，但习惯上依然称之为巴格达。

随着阿巴斯王朝的日益强盛，巴格达迎来了历史上最兴盛的时期——哈伦·拉希德王朝（786－809年）。曼苏尔建城后的每任哈里发都定都于此，并不断扩建，巴格达逐渐向底格里斯河东岸发展，成为当时中东广大地区最重要的文化与贸易中心。当时巴格达的城市人口超过100万，是整个伊斯兰世界最大的城市，并同中国唐朝的京城长安、拜占庭帝国的首都君士坦丁堡一起被誉为当时世界三大名城。中国的古籍中有很多关于巴格达的记载，如《四夷路程》中的缚达城，《诸蕃志》中的白达，《西使记》中的报达，《元史》中的八哈塔，《西北地附录》中的八吉打，《元秘史》中的巴黑塔等等。由此可见，当时巴格达的知名度是何等之高。由于这里聚集了世界各国的金银器皿、文物古董，巴格达因此被誉为“博物之城”。

在漫长的历史岁月里，巴格达城也是几经兴废。1258年和1400年，巴格达城曾经两次遭到蒙古人的入侵，先后两次被严重毁坏。1508年和1534年，又分别被波斯和土耳其人占领，并于1638年后长期受土耳其人的统治。异族人的几次进入，给这座美丽宁静的城市留下无数残垣断壁，许多价值连城的古代艺术珍品在浩劫之中荡然无存，令人惋惜不已。1917年巴格达落入英军之手；1921年伊拉克独立后，巴格达被定为首都。

今天的巴格达是一座方圆860平方千米、拥有530多万人口的现代化城市。这里高楼林立，市场繁荣，交通发达，是伊拉克全国最大的城市和交通、商业与文化中心。进入巴格达城，仿佛漫游在神奇的仙境之中。玉带般的底格里斯河缓缓穿城而过，将整个市区分成东西两部分。那些中世纪的名胜古迹让人目不暇接：近百个大小不等、带有金色塔尖和蓝色圆顶的清真寺令人赞叹不已，别具一格的阿拉伯市场让人流连忘返，大街上茂密的椰枣林和郊区落日余辉中的骆驼群使人回味无穷。阿拉伯古典文学名著《一千零一夜》中所描绘的那富丽堂皇的宫廷府邸，美丽如画的城郭庭园，奇妙惊险的幻境以及浓郁的风土人情，都同巴格达这个名字联系在一起，因而巴格达有“《一千零一夜》的故乡”之称。

美丽如画的城郭庭园

令人目不暇接的名胜古迹

耶路撒冷 JERUSALEM

——三教共尊的圣城

耶路撒冷（Jerusalem）这个名称，根据传统的说法，是取自两个希伯来文“ir”——意思是城市和“shalom”——意思是和平，耶路撒冷体现着人类最崇高的渴望，即全人类的和平。犹太人、穆斯林和基督徒在相距不远的各自的神圣场所自由举行宗教仪式。经过了5000年的风风雨雨，“和平之城”能迎来真正的和平吗？

耶路撒冷已有5000多年的历史，是一座饱经沧桑的闻名古城。耶路撒冷最早的居民，是公元前3000年来此定居的一个迦南人部族耶布斯人（闪米特人一支）。公元前2000年，耶布斯人在此建造了城堡，命名为“耶路撒利姆”，在闪米特语中意为“和平之城”。公元前1020年，耶路撒冷成为古以色列王国的首都。由于耶路撒冷地处欧、亚、非洲的交通要道，自公元前6世纪至公元20世纪初，一直处于周围大国的争夺、占领之中，多次易主，备受战火洗劫，曾多次被毁又重建。先后有迦南人、犹太人、巴比伦人、波斯人、希腊人、罗马人、拜占庭人、埃及人、阿拉伯人、中世纪十字军、土耳其人和英国人占领过这座城市。

耶路撒冷具有异常浓厚的宗教色彩，这在全球是独一无二的。世界三大宗教——犹太教、基督教、伊斯兰教都曾先后长期统治该城，其中犹太教500多年，基督教400多年，伊斯兰教1200多年。三大宗教在城内留下了不同时期建造的宗教遗迹有200余处，最著名的如犹太教圣殿唯一的残迹哭墙，基督教的圣墓教堂，伊斯兰教的阿克萨清真寺和萨赫莱清真寺。三大宗教都把耶路撒冷视为本教的圣地。

战前的耶路撒冷由老城和新区两部分组成。老城的城墙是16世纪上半叶奥斯曼帝国在古城废墟上重建成的，城内面积仅1平方千米，后来形成了穆斯林区、基督教区、犹太人区和亚美尼亚人区4个区，居民大部分是阿拉伯人。老城外的新区是19世纪中叶发展起来的，城西部分发展最快，居住的几乎全是犹太移民。

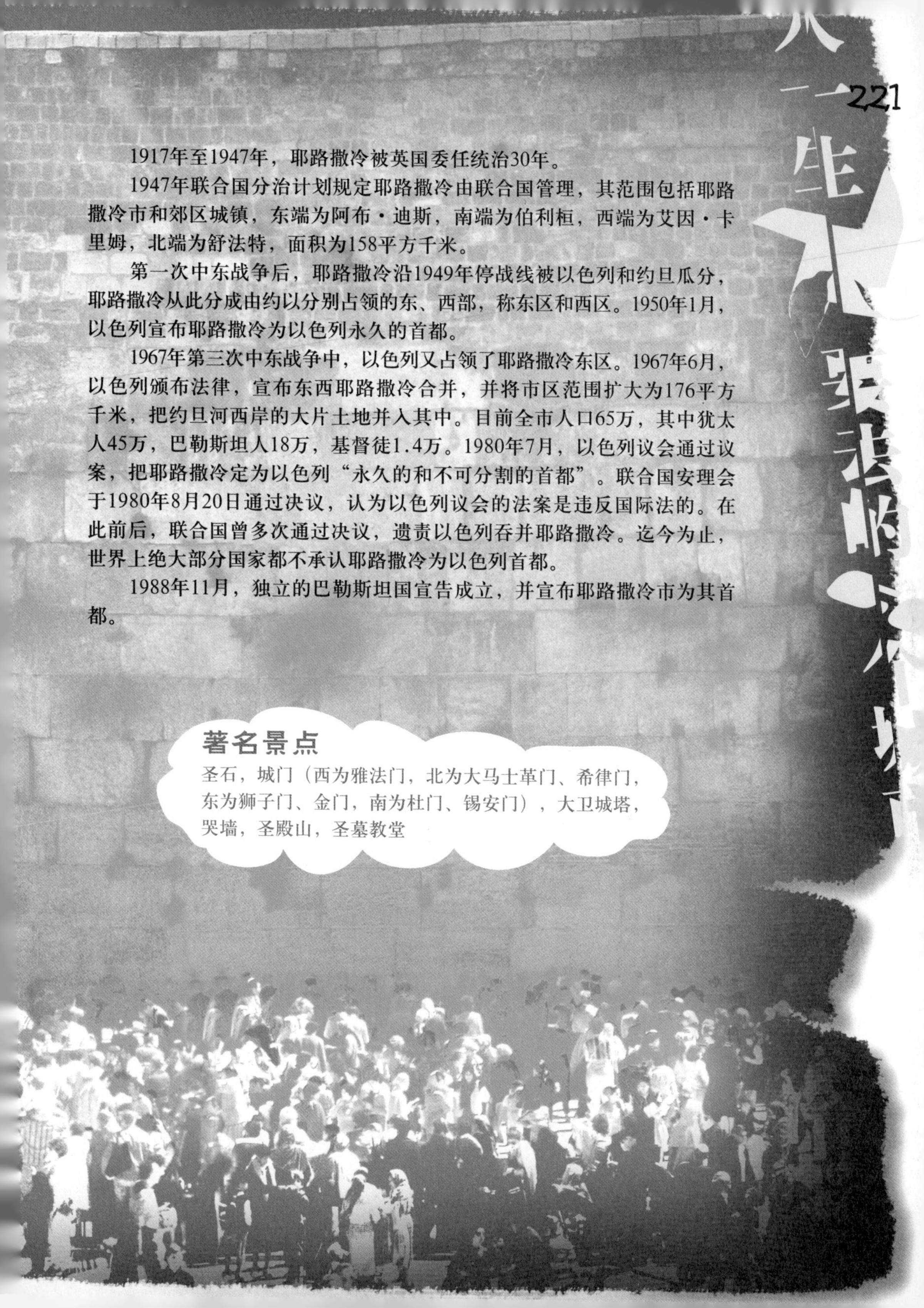

1917年至1947年，耶路撒冷被英国委任统治30年。

1947年联合国分治计划规定耶路撒冷由联合国管理，其范围包括耶路撒冷市和郊区城镇，东端为阿布·迪斯，南端为伯利桓，西端为艾因·卡里姆，北端为舒法特，面积为158平方千米。

第一次中东战争后，耶路撒冷沿1949年停战线被以色列和约旦瓜分，耶路撒冷从此分成由约以分别占领的东、西部，称东区和西区。1950年1月，以色列宣布耶路撒冷为以色列永久的首都。

1967年第三次中东战争中，以色列又占领了耶路撒冷东区。1967年6月，以色列颁布法律，宣布东西耶路撒冷合并，并将市区范围扩大为176平方千米，把约旦河西岸的大片土地并入其中。目前全市人口65万，其中犹太人45万，巴勒斯坦人18万，基督徒1.4万。1980年7月，以色列议会通过议案，把耶路撒冷定为以色列“永久的和不可分割的首都”。联合国安理会于1980年8月20日通过决议，认为以色列议会的法案是违反国际法的。在此前后，联合国曾多次通过决议，谴责以色列吞并耶路撒冷。迄今为止，世界上绝大部分国家都不承认耶路撒冷为以色列首都。

1988年11月，独立的巴勒斯坦国宣告成立，并宣布耶路撒冷市为其首都。

著名景点

圣石，城门（西为雅法门，北为大马士革门、希律门，东为狮子门、金门，南为杜门、锡安门），大卫城塔，哭墙，圣殿山，圣墓教堂

NO.53

特产名吃：
库贝赫、斯菲哈、瓦拉法伊纲卜卡拉比

最近引起巴以冲突的“以色列人强行进入圣殿山阿克萨清真寺事件”，圣殿山位于耶路撒冷老城的西北角，圣殿山这个名称来源于犹太教，据说犹太教第一圣殿当年就建在这里，现在只剩下一段残迹——哭墙。现在圣殿山上建有两座伊斯兰教的清真寺，萨赫莱清真寺（又名岩石圆顶清真寺）和阿克萨清真寺。萨赫莱清真寺中有一块长方形岩石，可以反映出三大宗教纠缠共生，同时彼此又不愿意包容的历史现状。岩石长17.7米，宽13.5米，高出地面1.2米。据古老的犹太教记载，上帝为考验犹太人的始祖亚伯拉罕，让他带着自己的独子以撒到摩利亚山上，在上帝指定的地方杀以撒献祭。忠诚的亚拉伯罕正要举刀杀自己的儿子时，上帝派使者阻止了他，并命他以一只公羊代替。这个故事在犹太教的历史中占有极其重要的地位。传说当年亚拉伯罕捆绑以撒，就是把他放在这块石头上准备献祭的。因此这块长方形的岩石在犹太教中一直被视为“圣石”。而在比犹太教晚了一千多年的基督教传说中，这块石头则被视为上帝用泥土捏成人类始祖亚当的地方。世界各地严肃的基督教徒因而都渴望能有机会向这块石头膜拜。但是这块“圣石”现在却存放在伊斯兰教威严的清真寺中，因为据伊斯兰教传说，这块石头是先知穆罕默德“夜行登宵”的踏脚石。就在先知穆罕默德创立伊斯兰教的第9年，也就是公元619年的一个晚上，忽闻大天使伽百利来召。先知跟随他乘坐一匹面如女子的飞马，急飞耶路撒冷，踏着一块巨石升入九重天，聆听真主安拉的祝福和启示，然后又于当天晚上飞回麦加。据说这块石头即是当年穆罕默德升入九重天时的踏脚石，至今石头上还留有先知当年踩下的脚印。伊斯兰教因此在这块石头周围修起了两座精美的清真寺，并把这块地方称为“尊贵的禁地”。这里也因此而成为伊斯兰教除麦加和麦地那之外的第三大朝圣地。

世界若有十分美，九分在耶路撒冷

苦街是基督教的圣地，基督教教徒又叫它为“悲哀之路”，传说耶稣受难前，曾背负着沉重的十字架，从这条路走向刑场——著名的公元4世纪建筑“圣墓教堂”。

被三大宗教共同尊称为圣城的耶路撒冷老城，只有不足1平方千米。它有一个非常明显的标记：在它四周围绕着奥斯曼帝国苏莱曼大帝修建的城墙，高12米，长约4千米，共有8个城门。居住在旧城东南区的犹太人传统上走雅法门，而居住在旧城区的穆斯林则走大马士革门等。

美国是一个移民的国度，而旧金山则是这个国度中最能体现移民文化的城市。

旧金山又名三藩市，位于加利福尼亚州海岸一个狭长半岛的尖端，东临旧金山湾，西濒太平洋，北隔金门峡和对岸的半岛相望。从1776年第一批西班牙移民在这里拓居起，旧金山曾先后归属于俄国、墨西哥，直到1846年归美国时，她还是一个居民不到千人的小镇。然而，1848年，旧金山附近地区发现了金矿，导致大批淘金者源源不断地涌入这个原本宁静的小镇，这其中就包括第一批中国“契约劳工”。1850年旧金山设市时，人口已增至2.5万人，成为贸易和为矿业服务的中心，附近地区的农业也有所发展。随着横贯大陆铁路的通达和港区设施的逐步完善，这个昔日落后的小镇获得了迅速的发展。1880年后开始向海湾以东地区扩展，形成若干卫

特产名吃：

白谢尼、

白索维农和雷维斯白葡萄酒与墨尔乐、

黑比诺红葡萄酒

邓奇斯蟹，老面包

星城镇，19世纪末，人口已达34万。在1906年的大地震中，全城几乎变成废墟，80%的建筑都被夷为平地，但是来自世界各地的移民者迅速地重建了旧金山，使之重新焕发出青春面貌来。1914年巴拿马运河通航后，旧金山港口日益繁荣，贸易量激增。第二次世界大战中，旧金山成了军需物资的重要供应站。战后，工、商、金融、旅游服务业和市政建设均有较大发展，大市区由单一中心扩展为由旧金山、海湾东区和圣何塞三大中心组成的城镇群。可以毫不夸张地说，在旧金山的历史上，她的最强音是由移民们迸发出的热情，特色鲜明的意大利人、中国人、西班牙人、日本人和南亚人等不同的聚居区点缀在加州这块土地上，使之成为一个令人陶醉的文化混合体。

现在的旧金山是美国与太平洋地区贸易的主要海港，并为自己赢得了“西海岸门户”之称。旧金山港口自然条件优越，内侧的圣弗朗西斯科湾长104千米，宽6.4千米—16千米，面积1160平方千米，港区平均水深30米—35米；通向太平洋的出口金门海峡最窄处仅610米，主航道水深16.7米。港口设施优良，码头、泊位和仓库等主要分布在海湾以东的里士满和奥克兰附近。市内有着发达的交通运输网络，并拥有横跨海湾的金门大桥和圣弗朗西斯科——奥克兰湾大桥以及海底隧道。高速电气铁路运输系统贯通整个海湾地区。位于市南11千米处的大型国际机场，是美国最繁忙的航空港之一。

旧金山是美国西部金融中心，是太平洋岸证券交易所和美国最大的银行美洲银行总部所在地，有40家银行及其下属的147家分行。旧金山的城市经济以服务业、商业和金融业为主，约占市区就业人口的2／4以上，工业仅占15%。新兴的宇航、电子、炼油、造船、汽车装配、化学等工业部门在圣何塞和奥克兰等地有较大发展。城郊农业发达，盛产蔬菜和亚热带水果，也是重要花卉产区。

旧金山能有今日的繁荣，是无数移民共同努力、共同建设的结果。如今的旧金山，住着来自各个国家的人民，各种文化在这个都市汇流着，成为旧金山移民历史最好的见证。来自世界各地的移民分区而居，形成语言文化、风俗习惯和宗教礼仪迥异的社区。如市中心黑人聚居的菲尔莫尔区，华人集中的“中国城”，以及小大胶区(日本人)、卡尼区(菲律宾人)、北滩拉丁区(意大利人)、俄罗斯山区(墨西哥人)、萨特里—菲尔莫尔区(俄罗斯人)等。各种文化的交流和碰撞，使得这片土地上产生了自由、宽容、极具包容性的文化。“垮掉的一代”、“嬉皮士”革命、雅皮士……都是这座城市的文化名片。不管你是喜欢狂言还是喜欢弗兰克·西纳特拉，是醉心于芭蕾还是偏爱滑板，在这里都可以找到乐趣。它是美国最宽宏大度的城市。

NO.54

著名景点

◇金门大桥

是横跨金门海峡的大桥，全长2656米，在浓雾或夕阳掩映下，气势雄伟，为世界名桥之一。

◇渔人码头

该处虽称为渔人码头，实际已成为旧金山主要观光地点之一。各国观光客来到旧金山照例要来这里享受一顿新鲜美味的海产宴。附近还有海洋公园的Aquatic Park博物馆等。

◇联合广场

旧金山市名副其实的商业中心，旅社、商店、百货公司林立。联合广场本身以美西战争胜利纪念塔为中心，周围有美丽的花坛。附近设有缆车，通往渔人码头。

◇双子丘

旧金山市中心的两个山丘，登临其上可眺望太平洋、旧金山湾、金门桥以及对岸的奥克兰。当然，旧金山市景亦可尽收眼底。

◇金门园

是全世界最大的植物栽植公园。原为一沙丘，现已成绿色公园。

◇硅谷

位于旧金山南端从帕洛阿尔托到首府圣何塞一段长约25英里的谷地，是当今电子工业和计算机业的王国。一个世纪之前，这里还是一片果园和葡萄园；自从国际商用电器公司和苹果电脑公司等高科技公司在这里落户之后，这里就成为了一座繁华的市镇。在短短的十几年之内，硅谷出了无数的富翁，如今择址硅谷的计算机公司已经发展到大约1500家。

◇大盆地红杉国立公园

拥有19000英亩红杉林的大盆地公园，是个观赏森林美景的绝妙佳处。哥伦布发现新大陆时，红杉林中的许多树还只是幼苗，现在，全是让人惊异的巨杉。在林中漫步，经常可以看到高达300多英尺的“红杉之母”和树龄长达2000岁的“红杉之父”。

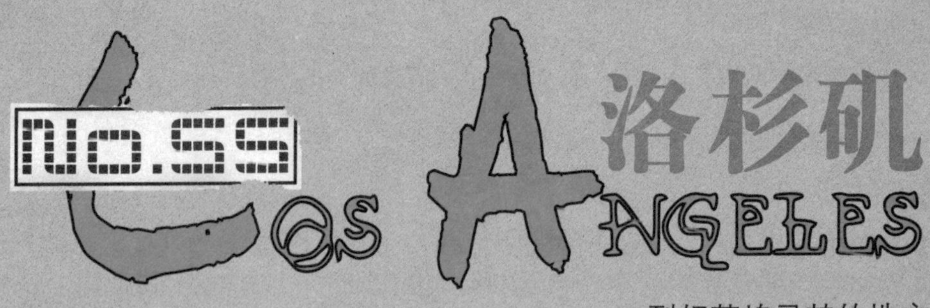

——到好莱坞寻梦的地方

在太平洋东侧的圣佩德罗湾和圣莫尼卡湾沿岸，群山、海洋和沙漠的环抱之中，有一座美丽而繁华的城市。这里既是无数人寻梦的地方，又是一个善于生产梦的地方。这就是洛杉矶（Los Angeles）——“天使的城市”。

洛杉矶位于加利福尼亚州西南部。在很久以前，这里原本是印第安人的牧区村落。1781年，西班牙探险家来到这里，很快就统治了这块土地，并在这里建立了城镇。1822年起，它被墨西哥接管，但在1846年美、墨战争后，它永远地属于了美利坚合众国。随着美国向西部移民开发的步伐，洛杉矶逐步发展起来。19世纪70—80年代，横贯大陆的南太平洋铁路和连接中西部的圣菲铁路先后开通，以及附近地区石油资源的发现和开发，使这座城市获得了较快发展。进入20世纪后，人工港的建成、巴拿马运河的通航和好莱坞电影业的兴起，更给洛杉矶带来了得天独厚的发展条件。尤其是二战以来，随着现代工业的崛起，商业、金融业和旅游业的繁荣，移民的激增，城区的不断扩展，如今的洛杉矶已经成为美国的第二大城市。

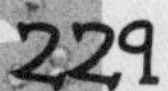

洛杉矶是美国西部最大的工业中心，它的制造业产值约占加利福尼亚州的1／2，居全国第三位。这座城市拥有着极其发达的重化工业，尤其以飞机制造业最为突出，美国三大飞机制造公司中的洛克希德公司和道格拉斯公司，就分设在市区北面的伯班克和西岸的圣莫尼卡。洛杉矶也是美国太平洋沿岸最大的港口。主要港区在圣佩德罗湾，由东、西毗邻的洛杉矶港和长滩港组成。两港岸线总长74千米，水深12米—18米，潮差不足1.2米，可供18万吨以下海轮出入。洛杉矶得天独厚的位置，使它成为美国重要的交通枢纽。美国3条横贯大陆的铁路干线都以这里为起点，条条铁路将洛杉矶与太平洋沿岸的各大城市紧密相连。大市区内有大、小机场10个，其中位于城西的洛杉矶国际机场，辟有57条航线，为美国最繁忙的机场之一。

著名景点

好莱坞

闻名世界的“电影城”，电影界的圣地。在著名的Grauman's Chinese Theater戏院里，几乎所有著名的影星都印下了他们的手印或足印。

环球影城

世界上最大的摄影棚，其中有人工瀑布，人工湖，拍摄电影用的各种道具布景、服装等等。

迪斯尼乐园

全球最知名的游乐园。著名的卡通经典《白雪公主》、《米老鼠和唐老鸭》等，既是迪斯尼的象征，也是一代又一代儿童的宠物。

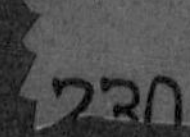

当然，如果仅有这些工业文明的色彩，洛杉矶并不能成为梦发源的地方。更重要的是，这座城市作为美国西部的文化教育和旅游中心，笼罩着一种绚烂多姿的文化光芒。加利福尼亚大学洛杉矶分校、南加利福尼亚大学和加利福尼亚理工学院等著名高等学府，使这座城市洋溢着浓郁的文化氛围和良好的学术气息。洛杉矶艺术博物馆展出从古埃及时代以来的艺术珍品，自然历史博物馆、科学和工业博物馆、美术馆及音乐中心等公共设施的健全与完善，更为整个城市增添了亮丽的风景线。洛杉矶公共图书馆藏书量居全国第三位，洛杉矶还拥有可容纳9.2万名观众的大型体育场，曾主办过1984年的第23届奥运会。遍布市内的210个公园和众多游乐休闲场所，为人们的生活增添着种种乐趣。闻名世界的好莱坞、迪斯尼游乐中心，则是这个城市永远的文化标志，吸引着无数的游客和寻梦的人。

洛杉矶城的中心区位于市区东端，以市政厅及其附近的市、县、州、联邦行政办公大楼为主体，有日本人聚居区“小东京”和华人聚居区“中国城”等。市区东北是这所城市的最初诞生地，带着浓郁的墨西哥色彩的古老广场、街道、商店，至今还伫立在这里，见证这几个世纪以来的风风雨雨。中心区以西的中区是好莱坞所在地，这里高层建筑林立，是全市最繁华的商业街之一，好莱坞大街和横贯全市的森塞特大街、威尔夏大街就从这里穿过。西区大部分为圣莫尼卡山，20世纪60年代初始建的“世纪城”如今已初具规模，占地73公顷，是一个多功能的综合性建筑群，被称为“城中之城”。北部圣费尔南多谷地占市区面积1／2，集中1／3人口，是主要住宅区。中南区和东区分别为黑人和墨西哥人聚居地，住房条件较差。南湾区以旅游胜地海滩著称，南部洛杉矶港区则是对外贸易的口岸。

No.56

拉斯维加斯 LAS VEGAS

——豪赌世界不夜城

很少有人没有在电影电视上见过赌场和赌徒：沸反盈天的气氛，一群满脸油汗的汉子盯住一双急速晃动的手，眼珠子瞪得溜圆，嘴里不清不楚近乎歇斯底里地叫着。突然，“啪”一声响，所有的声音瞬间静止，死寂！接着，天地间的一切声响又全部爆发。有人捂脸，有人狂笑，有人呆若木鸡，有人火急着去扒拉桌上已经属于自己的银子……

上文描绘的是古代中国赌坊的一幕。时光流转到今日，赌博因其危害性已经在国内被明令取缔。然而，在国外某些特别的地方，赌博还具备合法性；不但具备合法性，而且还能救活或振兴一个城市甚至一个地方的经济。

美国的赌城拉斯维加斯就是这样一个特别的地方。

拉斯维加斯位于内华达州南端，是克拉克县首府，不过更大的名头是驰名世界的大赌城。

拉斯维加斯之名源于西班牙语“丰美的草场”。相传19世纪末，从美国犹他州迁来的移民在这里的山谷中掘出了甘美的泉水。不少人闻名而至，这里很快发展为牧场。可是，人们很快又发现，这里的土地并不肥沃，根本不可能形成“天苍苍，野茫茫，风吹草低见牛羊”的千里牧场。经济萧条的状况持续多年后，人们为了摆脱困境，决心通过赌博业来碰运气。因为当时人们的心态正和赌徒一样，怀着的也正是赤贫赌徒那种“空手套白狼”的侥幸心理。确切说，当地人民正是赌城最早的一批赌徒。

1931年，拉斯维加斯的赌博业正式获取法律保护，拥有了合法地位。从此，世界各地的赌徒便像当地人当年听说有甘泉一样蜂拥而至，赌博业开始成为拉城的一大经济支柱。举例为证：第二次世界大战时，城中人口尚仅1万，到1980年时便已剧增至16.5万人，而且成了年平均接待游客2000万人的畸形繁华城市。

既然是赌城就少不了赌场和赌具，就得有赌城的气派。250家赌场和6万多具“老虎机”昼夜不停，几乎比上帝还要繁忙，这使拉斯维加斯成为世界上最豪华的不夜城，其气派风头丝毫不逊于摩纳哥的“世界赌城”蒙特卡洛。大批赌徒的涌入使此地永不缺乏经济发展的潜力和后劲；当然，也有不少人纯粹是来赌城看热闹的。1980年，赌城从赌博业中赚取了高达14.4亿美元的利润。

No.56

为了“回报顾客”，拉斯维加斯也大费了一番周章，创建了很多夜总会和大饭店，无比豪华，其夜总会节目甚或可以说是世界一流的。夜总会老板为了赚钱——赌徒在输光以前往往是很有钱的，赚饱之后当然更有钱——不惜挖空心思花重金聘请超级明星出场，不少明星的出场费高得让人目眩。

当然，赌博业及其他设施的配置也拉动了旅游业的发展，赌城现已成为内华达州旅游业最兴旺的三个地方之一，和里诺、塔霍湖并列，每年慕名来此观光的游客现已多达2800万。

赌博并无任何好处，但观察一下赌徒的表现却未尝不可，而且还可以作为反面教材，防患未然。另外，赌城的其他娱乐场所也确实不错，想体验一下的话不妨试试，不过，千万要记住，只需带必要的花销就够了。

防患于未然嘛，一定要从现在做起！

No.57

墨西哥城

MEXICO CITY

——神灵选址的壁画之都

在传说中，墨西哥城是神灵选中的一块“宝地”。相传1325年，阿兹特克部落在从北向南迁徙的途中，战神辉齐罗波奇特里指示部落的祭司必须在发现一只嘴里衔着蛇的雄鹰雄踞于仙人掌上的地方定居。他们长途跋涉，最后终于找到神所启示的地方，于是就在特斯科科湖定居下来，建立了特诺奇蒂特兰，这就是后来的墨西哥城。

传说虽不可信，但墨西哥城的古老历史确实毋庸置疑。它的创建者阿兹特克人在这里创造了辉煌的文明，他们填湖建城、修筑水道，建起了一座座宏伟壮丽的庙宇、宫殿，整个城市相当繁华。1521年西班牙入侵后，又修筑了许多欧洲式宫殿、教堂、修道院等建筑物，墨西哥城亦于此时得名。墨西哥城既保留了浓郁的民族文化色彩，又是一座绚丽多姿的现代化城市。

进入墨西哥城，最震撼人心的就是遍布在城市各个角落的壁画作品，那些在其他地方大多出现在博物馆里的名家壁画，在这座城市的街边、地铁站、住宅外墙、广场公共建筑物等地也随处可见。这里集中了整个墨西哥80%的壁画。在宽阔的改革大街两旁，公共建筑物上有描绘墨西哥民族斗争史和英雄人物的大型壁画；位于宪法广场的国民宫则是壁画的宫殿，那里珍藏着墨西哥名家的杰作。在众多精美壁画中，最有名的当属里维拉的巨作“墨西哥历史与未来”。这幅壁画现珍藏于国民宫中央楼梯的回廊上，高约五六米、长达数十米，共有1000多个人物，气势磅礴，全景式地展现了从墨西哥沦为西班牙殖民地前的印第安社会到20世纪的全部历史。国民宫每天免费向游人开放，使得来自世界各地的人们可以自由自在地欣赏那些巧夺天工的艺术精品。这些壁画大都气势宏大、色彩鲜艳，处处体现墨西哥人丰富的想象力和民族特色。墨西哥城，无愧于“壁画之都”的美誉。

墨西哥城既是美洲最古老的都城，又是一座高度现代化的特大城市。她位于墨西哥中南部高原的山谷中，海拔2240米，面积达1500平方千米，人口多达1800多万，是世界上最大的城市之一。作为墨西哥的首都，墨西哥城不但是全国的政治中心，也是工商业最发达的城市，陆空交通的最大枢纽。墨西哥城的工业产值占全国的50%，商业占45%，服务行业占52%，银行金融活动占63%，还掌握着全国的经济命脉。墨西哥城的文化事业也相当发达，墨西哥全国自治大学是拉丁美洲最大的学府，有学生30万人。而且这里气候温和，四季如春，大大小小的花园，镶嵌在全城的各处，景色秀丽。城市东北郊有举世文明的玛雅文明古迹、太阳金字塔和月亮金字塔，每天吸引世界各地成千上万的旅游者前来观光。改革大街与起义者大街是城内的两条主要干道，东西、南北贯穿全线。美丽宽敞的街道旁，银行、酒店、餐厅、剧院、夜总会等鳞次栉比，一幢幢风格各异、精致豪华的别墅掩映在绿树浓荫中。城市之中有众多的广场、纪念碑、雕像、纪念馆和文化娱乐场所，可以让众多的旅游者全方位、多视角了解和认识墨西哥的历史文化。

No.57

美洲最古老的都城“壁画之都”

著名景点

- ◆国立自治大学的图书馆
- ◆索卡洛广场（即宪法广场）
- ◆太阳神和月亮神金字塔
- ◆主教座堂
- ◆阿兹特克大神庙遗址
- ◆查普尔特佩克森林公园
- ◆查普尔特佩克城堡
- ◆玫瑰区
- ◆奎库尔科金字塔神庙

特产名吃：
龙舌兰酒
辣豆烧牛肉、凉伴青豆、Tortilla粟米片

工艺品
陶制面具、兽形陶器、
太阳和月亮的图腾造型

“上帝花了六天时间创造世界，第七天创造了里约热内卢。”对于这句让巴西人引以为豪的话，如果不亲自到里约热内卢，是不能真切体会到的。里约热内卢是一个风景如画的美丽城市，这里天空透明、海水湛蓝，到处是高耸突兀的奇峰，波澜壮阔的海滩。如果你注重环境质量，热爱自然山水，就不可能不对巴西的里约热内卢一见钟情，心驰神往！

在葡萄牙语中，里约热内卢是“一月的河流”之意。大概是在1502年1月，葡萄牙殖民者沿着当时发现了仅10个月的新大陆海岸航行，来到了瓜那巴纳海湾，忽见一处前有万顷波涛、后有群山环抱的金色海滩。他们兴奋不已，来不及探个究竟，便将位于大西洋深凹处的港湾误认为是大河的出口，称之为“一月的河流”，葡语中便是里约热内卢。为了纪念这个有趣的错误，后人也就将错就错，把这个充满浪漫色彩的地名一直沿用至今。

里约热内卢有人口约550万，是巴西第二大城市和最大的海港。1934年～1960年之间，里约热内卢曾经是巴西的首都。如今的里约热内卢，是全国的经济、文化中心，有纺织、印刷、汽车、冶金和食品等工业，许多大企业、银行和垄断组织在此设有经理处。遍布全城的高等院校、科研机构和全国著名博物馆、图书馆等，则为这个美丽的城市营造了浓郁的文化氛围。里约热内卢还是巴西重要的交通中心，它的国际机场是世界最先进的航空港之一。作为旅游城市的里约热内卢，则更为人们所津津乐道。她是世界最美丽的三大海港之一，一年四季，不分昼夜，景色都很迷人。在这里，可以在一望无边的海滩上享受阳光浴，可以乘缆车登面包山、耶稣山，俯瞰瓜那巴纳海湾和里约热内卢城市风光，参观世界第三大宝石加工厂，世界最大的足球场、军事俱乐部、跨海大桥，欣赏热情奔放的桑巴舞表演。

里约热内卢又被称为“世界狂欢节之城”。每年2月上旬的四旬斋（天主教的节日）开始前一日，里约热内卢全城、巴西全国及世界各地的许多游人都涌向这个城市的街头参加狂欢节。人们涌向主要街道，汇入游行的人群中，载歌载舞，其中最主要的舞蹈就是桑巴舞。这种舞蹈起源于非洲，而又被巴西人揉入了更加丰富、更加狂热的因素，音乐欢快、节奏鲜明、热情奔放、舞步多变，旋转、跳跃、扭动，活跃而轻松，足可感染每一个观众。狂欢节持续三天三夜，风雨无阻。

里约热内卢的美，还突出表现在它是一个美丽的足球之城。里约热内卢人对足球的理念和执着是十分感人的，足球在他们的生活中占据着重要的位置，球魂成了他们振奋民族和城市自豪感的特殊词汇。在这里人们最崇拜的英雄是球王贝利，贝利及其他球星的海报、广告举目可见。在里约热内卢，最令人欣赏的格言是足球方面的，其中在儿童中最广为流传的一句是“不会踢足球的男孩子不算男子汉”。

著名景点

马拉卡纳足球场、耶稣山、面包山、伊圭苏大瀑布、现代艺术博物馆、市立剧场、国立博物馆、圣安东尼奥修女院

马拉卡纳足球场

世界上最大的足球场。整座球场设有15万个座位，300个包厢，可容纳20万观众，是为1950年7月在巴西举行的第四届世界杯足球赛而建的。球场内还有一个足球博物馆，展示了里约热内卢市参加世界性和全国性体育比赛，以及球场兴建和曾在这里举办重大比赛的历史。

耶稣山

海拔约700米，又叫科尔科瓦多山或驼背山，因山上有耶稣神像而得名。这座神像是由巴西著名雕塑家瓦尔·科斯塔及其同伴花费了整整45年的时间精心设计，协力雕塑，终于在1931年完成。雕像总高38米，头部长近4米，钉在受难十字架上的耶稣两手伸展宽度达28米。整座雕像用钢筋混凝土堆砌雕塑而成，重量在1000吨以上，屹立在驼峰山的擎天柱石上。从城的每个角落远远望去，都可以清晰地看到耶稣受难的身影。这座建筑不但是里约热内卢的骄傲，也是整个巴西的骄傲。

面包山

面包山的高度约海拔400米，站在山顶往下看，里约热内卢市容以及大西洋沿岸世界闻名的戈巴卡瓦那的十里海滩，尽在眼中。据说，当年葡萄牙殖民者的航船快要到达里约的时候，远远地看见了面包山，因其山的形状有些像面包(其实称之为窝头山则更要形象些)，船员们便高呼“面包，面包”，故而得名。估计船员们也是饿坏了，看到的与想到的都与食物有关，只好望梅止渴，过一把干瘾了。

伊圭苏大瀑布

高80公尺，宽5千米，与加拿大尼加拉瓜和津巴布韦之维多利亚瀑布，并称世界三大瀑布，也是世界上最宽的瀑布 。

载歌载舞、热情奔放的桑巴舞

一个美丽的足球之城

一个风景如画的美丽之城

特产名吃：

特产：咖啡

美食：烤牛肉，黑豆加肉块(feijoada)、香肠、猪耳、猪尾及白饭；鱼油加虾及椰汁配上白饭及面包(vatapa)；内脏加蕃茄(sarapatel)、胡椒及洋葱汁；虾加秋葵(caruru)、洋葱及胡椒；烤牛肉加蕃茄(churrasco)、洋葱酱；鲜虾浓汤(lacaca)；椰汁海鲜(moqueca)；生啤酒(chopp)

工艺品

印地安手工艺、古董、各式石头、咖啡、鞋、陶器、水晶、皮件、珠宝、蛇皮制品

非洲第一大城市 世界文明的主要发祥地之一

开罗著名景点

◇吉萨金字塔 ◇狮身人面像
◇爱资哈尔大学 ◇埃及博物馆
◇棉花博物馆 ◇萨拉丁城堡
◇阿里清真寺

源自埃塞俄比亚高原西北部的青尼罗河在苏丹国喀土穆附近与尼罗河的另一支流自尼罗河汇合，形成尼罗河主流，水势浩大，北经干旱的撒哈拉大沙漠，迤逦行去。在埃及首都开罗附近形成三角洲，分流注入地中海。尼罗河为世界最长河流，流域面积约占非洲总面积1/10。其下游每年6—10月份都会习惯性地大泛滥，日积月累，淤积下大量沃土，经先民长期垦殖，形成著名的河谷绿洲农业带。而河口的方形三角洲地带，更是世界古文明的主要发祥地之一。

——尼罗河送给埃及人最珍贵的礼物

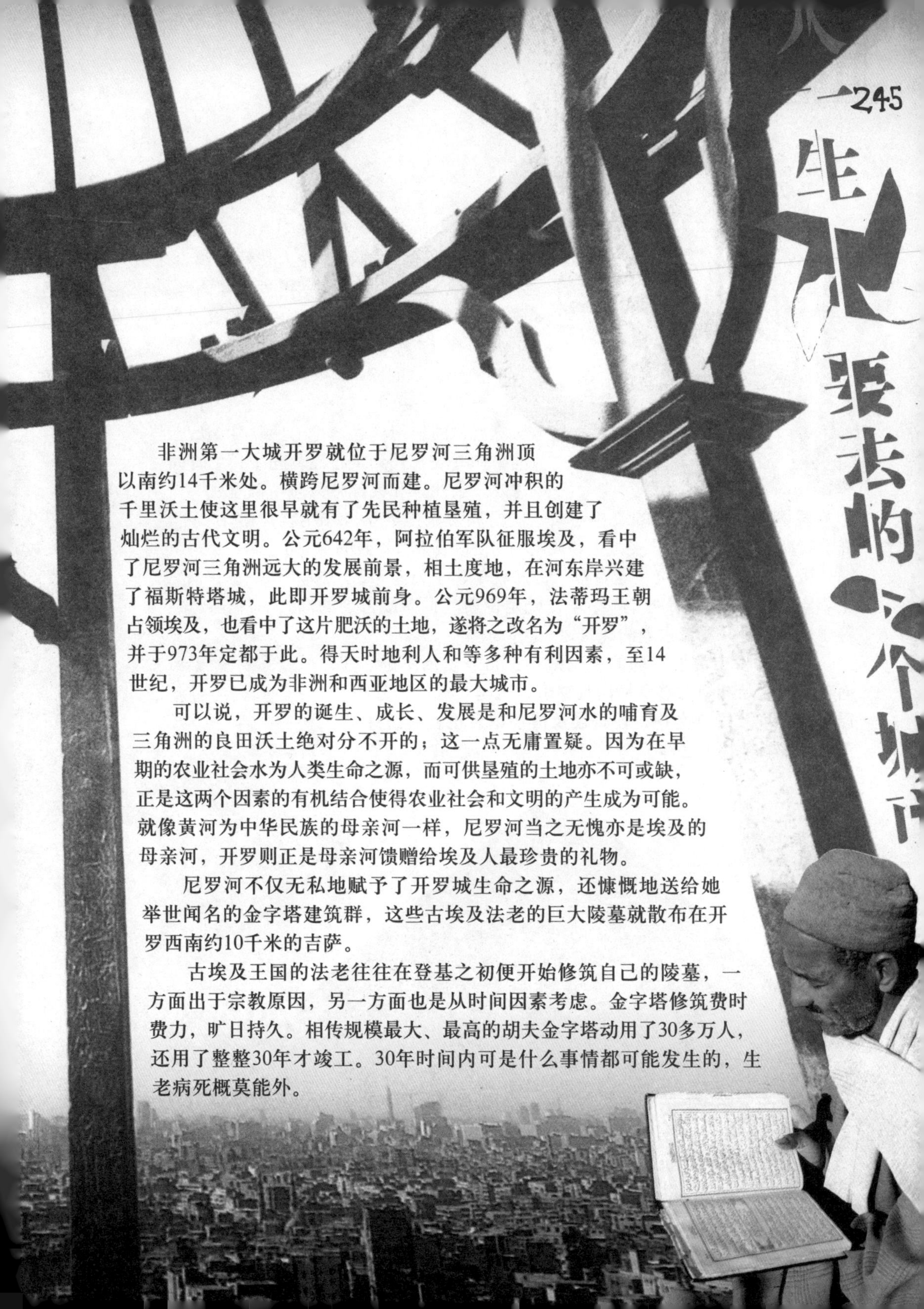

非洲第一大城开罗就位于尼罗河三角洲顶以南约14千米处。横跨尼罗河而建。尼罗河冲积的千里沃土使这里很早就有了先民种植垦殖，并且创建了灿烂的古代文明。公元642年，阿拉伯军队征服埃及，看中了尼罗河三角洲远大的发展前景，相土度地，在河东岸兴建了福斯特塔城，此即开罗城前身。公元969年，法蒂玛王朝占领埃及，也看中了这片肥沃的土地，遂将之改名为“开罗”，并于973年定都于此。得天时地利人和等多种有利因素，至14世纪，开罗已成为非洲和西亚地区的最大城市。

可以说，开罗的诞生、成长、发展是和尼罗河水的哺育及三角洲的良田沃土绝对分不开的；这一点无庸置疑。因为在早期的农业社会水为人类生命之源，而可供垦殖的土地亦不可或缺，正是这两个因素的有机结合使得农业社会和文明的产生成为可能。就像黄河为中华民族的母亲河一样，尼罗河当之无愧亦是埃及的母亲河，开罗则正是母亲河馈赠给埃及人最珍贵的礼物。

尼罗河不仅无私地赋予了开罗城生命之源，还慷慨地送给她举世闻名的金字塔建筑群，这些古埃及法老的巨大陵墓就散布在开罗西南约10千米的吉萨。

古埃及王国的法老往往在登基之初便开始修筑自己的陵墓，一方面出于宗教原因，另一方面也是从时间因素考虑。金字塔修筑费时费力，旷日持久。相传规模最大、最高的胡夫金字塔动用了30多万人，还用了整整30年才竣工。30年时间内可是什么事情都可能发生的，生老病死概莫能外。

No.59

金字塔的具体规制、详细情形早已为世人熟知，而且据说还蕴含着不少令人费解的离奇之处。甚至有科学家大胆设想金字塔系外星人所造，这确实有点匪夷所思。姑称为一家之言，此处不予置评。

开罗城内共有250多座清真寺，漫步城中，随处可见高耸的塔尖，故开罗又有美誉“千塔城”。其中，位于萨拉丁城堡上的穆罕默德、阿里清真寺，是一座具有十足土耳其风格的寺庙，1840年起建，花了17年时间建成。当然，和大部分只剩下破壁残垣的城堡相比，清真寺的资格还嫩了些，因为城堡早在1176年就开始矗立在穆卡塔姆山坡上接受战火和风雨的沐浴以及漫长岁月的洗礼了。

开罗城内还有一位“老资格”，那就是建于公元972年法幕玛王朝定都伊始的爱资哈尔大学，她是伊斯兰世界最古老的高等学府，也是开罗最古老的建筑之一。

位于开罗市解放广场的埃及博物馆自身资历不够，里面存放的展品却绝对够资格而且够份。这里收藏着15万件以上的古埃及珍奇文物，使得埃及博物馆名正言顺跻身于世界著名博物馆之林。

博物馆共有两层。一楼除介绍古埃及发展情况外，还陈列着从公元前27～前22世纪埃及古王国时代到公元5～6世纪罗马统治时代的历史文物，其中以第十八王朝法老图坦卡蒙陵墓中发掘出的1700多件文物最为引人注目。如图坦卡蒙的黄金面具、黄金宝座、黄金棺材均为稀世珍宝。二楼西南角为木乃伊陈列室，安放埃及历代法老及其后妃们的木乃伊。这里的很多木乃伊保存相当完好，甚至可以清晰地看出头发和脚趾甲的模样。眼下保存最好的木乃伊系第十九王朝法老拉美西斯二世的遗体，距今已有3000余年历史。

开罗还有不少有名的广场。开罗火车站对面的拉美西斯广场即是其中之一。广场中心所立拉美西斯二世的巨大雕像，原本位于埃及古王国时期的都城孟菲斯，1955年移置于此，现已成为开罗的一个标志。剧院广场和苏莱曼帕夏广场也颇有名头。前者系1869年为庆祝苏伊士运河通航而建的歌剧院所在地。而埃及博物馆则位于苏莱曼帕夏广场与尼罗河之间的解放广场。

尼罗河已滔滔不绝地流淌了不知多少年。而她所孕育的开罗城业已成长为一个成熟的城市。越来越向全世界展示出独特的都市魅力。

No.60 悉尼 SYDNEY

——澳洲第一名城

No.60

澳洲第一名

在18世纪中期，地处澳洲的悉尼还是一个不为人知的地方。1780年，当殖民者开普敦·库克宣布占领澳洲的时候，悉尼的命运也随之改变。在强烈的外来殖民文化的侵蚀下，土著文化一步步地失去原有的阵地，而悉尼也逐渐由土著聚集地而变为殖民者的流放地，从而成为欧洲大陆在澳洲延伸的新天地。1788年，来自英国的第一批移民在此登陆并定居下来，悉尼从此成为澳大利亚的发源地。

经过200多年的发展，如今的悉尼已经成为一个功能完备、设施齐全、经济发达、风景迷人的著名都市。悉尼的最大资产是她的气候及自然环境。她安详地偎依在澳大利亚的东海岸，豪克斯贝利河从她的北部流过，南部则环绕在植物港及其他海口之间，而黄金海岸及未受破坏的灌木林更增添了它的美丽。市里星罗棋布地分布着40多个美丽的海滩，其中邦迪、桑戈、塔玛亚玛是最著名的。悉尼市温度适宜、四季如春，每天甚至一年之内的温差都很小，每年它的最高温度在27℃左右，最低气温也在17℃之上。这使得悉尼自然而然地成为度假、疗养圣地。金光闪耀、白帆逐浪的海港，细腻迷人的海滩和阳光充沛的地中海气候，街道处处野芳幽香，佳木秀丽，海鸥盘旋。

除了优越的自然环境之外，悉尼还有许多显著的人工添加的特色，其美丽的建筑物、休闲的生活方式和具有多元文化的人口都为悉尼带来独有的蓬勃生机。砖砌的房屋、烟囱林立的街道，尤其在罗福特街，以及靠山地区的长屋居民阳台上的种种装饰，像花边织网似的典雅的组合，都将悉尼装点得如诗如画。

悉尼港不仅风景优美、景色秀丽，而且功能完善。作为澳大利亚最大的港口之一，这里的工业很发达，建有许多造船厂、炼油厂、纺织厂，汽车、电子、化学等工业也很兴旺。这里的商业发展兴盛，主要输出商品有毛织品、小麦和肉类等，这些出口商品中的大部分都是在新南威尔士州的乡下田园中产生的，而悉尼正是新南威尔士州的首府。同时，悉尼是澳大利亚重要的经济文化中心，也是整个大洋洲最重要的金融中心。悉尼的地理位置使其成为全球主要外汇市场中最早开始一天交易的市场。从近年来的情况看，在东京和香港市场开市之前，悉尼市场大都比较平静，交易量不大。但如果前一个周末发生了重大事件，那么悉尼市场往往会在周一开市后作出迅速的反应，汇率发生大幅变化。悉尼市场上的主要交易品种为澳大利亚元兑美元、新西兰元兑美元以及澳大利亚元兑新西兰元的交叉盘交易。

工艺品

宝石、羊皮、牛皮、绵羊油、动物玩具

主要景点：

悉尼海港大桥、悉尼歌剧院、澳大利亚博物馆、悉尼铸币博物馆、新南威尔士美术馆、悉尼塔、皇家植物园、达令港、国立海洋博物馆、悉尼水族馆、中国花园与中国城、市政厅、伊莉莎白海湾宅邸、圣玛利大教堂、2000年奥运村、海德公园

特产名吃：

小生蚝、葡萄酒、牡蛎

经过一年的辛勤工作和不懈努力，《人一生要去的60个城市》终于付梓了。在此过程中，我们遇到了种种始料未及的问题，譬如资料整理、信息查核，图片取舍等等，这无疑是对编者和设计人员的一次磨砺，也是对团队合作的一次考验。不过解决问题的过程也是提升自身能力的过程，忙碌之后，回望走过的路，我们感到兴奋和自豪。

在编辑过程中，徐老师（我们老板了啦！）不仅给了我们编辑制作人员一个非常宽松的环境，同时还在整本书风格定位上提出了很多好的创意。

排到"莫斯科"时，开始排得很呆板，李艾红看过说："为啥不设俩儿雪花呢？"经过高人点拨，真是茅塞顿开啊！于是一个漂亮的"莫斯科"就出炉了。

施凌云，就是我口中的"施老师"。大理、丽江、昆明、大连的图片很大一部分都是"施老师"无私奉献的。

黎娜好——湖南妹妹，遇到这样或那样的问题没少麻烦她。

排到重庆时，我图片遇到了很大困难。这时董雪莲伸出了援手。委托她在重庆的朋友唐泽给拍了近十张很好的图片。由衷地感谢这位重庆的朋友唐泽和董雪莲。

"三亚"那个椰子很漂亮哦！那是刘琳在自己工作很繁忙的情况下，翻遍所有图库给帮忙找到的。借着这个机会，向刘主任说一声："你受累了！"

还有很多朋友都给予了大力支持和帮助，同时，我们还得到了有关专家、学者的帮助和指导，吸收了他们很多好的建议。此外，文稿由孙锦宁、陈锋老师负责审阅。这本书同样凝结着他们的心血和智慧，在此一并表示诚挚的谢意。

05.1.28

2005年元月28日
《人一生要去的60个城市》制作完成了
但我们还是感觉意犹未尽
尽管制作过程中新的创意不断涌出
尽管我们采用了最能体现每个城市个性的表达方式
但相信读者对每个城市都有自己的理解
但愿亲自读完本书的你读到这里
也能意犹未尽
行者无疆
更盼望读者能够迈开你行者的脚步
发现第61个……第n个人生要去的城市

人一生要去的60个城市

编　　著/王慧川 姚晓华
封面设计/施凌云
版式设计/刘海筠
图文制作/刘海筠 姚晓华
电子制图/杨　娜
摄　　影/施凌云 唐　淳等
责任编辑/海　心
责任印制/刘颖丽 武雅彬

图书在版编目(CIP)数据
人一生要去的60个城市：彩图版/王慧川，姚晓华编著.北京：中国书籍出版社，2005.1
（彩色读书之旅）
ISBN 7-5068-1108-1
Ⅰ.人… Ⅱ.①王… ②姚… Ⅲ.城市－旅游指南－世界 Ⅳ.k919
中国版本图书馆CIP数据核字（2004）第134983号

出版发行/ 中国书籍出版社
地　　址/ 北京市丰台区三路居路97号(邮编：100073)
电　　话/ (010)51259192(总编室)　(010)51259186(发行部)
网　　址/ Chinabp@vip.sina.com
印　　刷/ 北京外文印刷厂
经　　销/ 全国新华书店
版　　次/ 2005年2月第1 版
印　　次/ 2005年2月第1次印刷
开　　本/ 720×980mm　1/16
印　　张/ 16
字　　数/ 152千字
定　　价/ 38.00元

（本书如有印、装错误，请直接与承印厂联系。）

本书部分图片由imaginechina和www.quanjing.com提供

柏林
之所以
会有如此
景，并不完
样悠扬的乐曲声
它的血液、灵魂。
实和双子城，碧波
北流向东南……
洞乎东方的欧
而且本身就是
出色的城市风
全拜大自然所赐。
维也纳每天都沉浸在
中，音乐，已经
布达佩斯是一
莫斯科不但有
一座英雄的城市。
流行音乐、偶像
化妆品、厚底鞋以及前卫的化妆……这一切都是
尚年轻人的最爱，都从这里开始。这里一切都是
无形之中也向游人
全新的，是年轻人的乐园和天堂。
东西方文明的精
华都曾在此驻足观望并得以尽情挥洒
和展现。
4000年的风风
雨雨，3000年的剑影刀光，它已
然悟出了
所有的真谛，故而无语
笑对
朝日夕
阳。